晴空楼顶

张先航　著

九州出版社
JIUZHOUPRESS

献给阿怪，以及那些坚信爱与梦想，在黑夜里追逐希望的人们。

楼顶之上，用心灵抚摸世界

雨　燕

　　朋友让我给孩子的作品作个序，我欣然应允了。原以为高中生出书，无非是把数年写的小散文编辑起来结集出版而已。作为搞过文字的长辈，推介鼓励一下也是理所当然。但是，作品发过来，没翻几页背心就渗出些许汗粒，原来是洋洋洒洒二十万字的长篇！

　　这个我未曾谋面，把自己叫作怪人三桑的孩子，无疑生活在一个幸运的时代。如果我们单纯地把他们理解成一个幸运儿，是无忧无虑"饭来张口衣来伸手"的一代人，那就大错特错了。他们的确拥有优越的物质生活，但世界呈现在他们眼前的是丰富多彩的模式，他们每天都面对着目不暇接的新事物。

　　然而，他们欣喜不已的同时，也面临着太多的困惑和痛苦。

　　认为衣食无忧，可以选择自己喜欢的方式学习或生活就没有了烦恼，没有对生命何去何从的思考，这是我们这一代人对他们的误解。这也许也是两代人之间无法逾越的鸿沟。换句话说，这是我们对他们的亏欠，我们为他们创造了丰厚的物质，却没有在这些物质中间为他们劈开一条通往自性心灵的路。我们为了生存，远离本真走到一个极其繁华而又偏远的世界，把他们降生到这里，带领他们一块迷失，忘却了归途。

　　我们依然在世界忙碌，太多的俗务，太多的竞争与应酬……世界的喧嚣，已经压制了来自心灵的声音。我们拥有前所未有的繁华，也拥有从未经历的孤独！

然而，他们却真实地听见了。

在怪人三桑这部作品里，我看到了这个时代的孩子那种不甘心被物质埋没，渴望回归的精神实质。对艺术的追求，对爱的渴望，对生命意义的思考，纠结在一个孩子的心灵深处。在我看来，楼顶是一种期待突破或超越的意象。一个人不自觉喜欢的东西或地方，是心思意念的一种折射。从屋顶往下看，对世界的角度是审视。同时，楼顶也是一个孩子在纷繁复杂的世界上的一个真正属于自己的空间。小小年纪的人，常常爬到楼顶，有意思！楼顶的故事多半是虚构的，在这个虚构的故事里，是一个孩子以独特的视角，来诠释他对这个世界的观感，以及世界之上，阳光、蓝天、云朵、雾霭的遐想。

你，我，都看到了什么？

我不想也不能用自己肤浅的理解来诠释这部作品，即使一个技法娴熟的大家也不可以。因为，对艺术作品的欣赏，往往是见仁见智。不同的角度，不同的认知，所领受的完全不一样。我很愿意流连于这些文字，他的文笔老练，细节丰满让我惊叹！作品给我全新的视野，还有对少时的回味与怀念。致我们逝去的青春，我们能说什么呢？感谢他为我们这一代人进行了捡拾与整理。虽然不同年代，但，青春却是一样美好，如四月天的似锦繁花。

我喜欢的一位日本作家岛田雅彦说：每一个人都在寻找自己的生态龛。

寻而未见是痛苦的。

但愿怪人三桑在寻找的旅程中，寻就寻见，叩门门开。

2017 年 12 月 1 日

（雨燕，女，原名罗晓燕，中国作家协会会员。代表作有散文《空中的园子》、中篇小说《旺子的后院》、长篇小说《这方凉水长青苔》《盐大路》）

CONTENTS
目 录

第一章

1

背着画板，一口气爬上了六楼，呼吸变得有些急促。

穿过杂物堆积的窄道，推开满是灰尘的陈旧木门，张桑桑眯着眼睛望向来自远方天空的光。"今天是个好天气呢！"他在心中欢呼道。

他取下画板正准备找个地方坐坐，却突然听见了一阵轻柔的琴声。桑桑虽不怎么懂音乐，但知道这是在调音。但仅仅只是这样，他就被那一个个诱人的音符吸引住了。

"Do，Re，Mi，Fa，Sol，La，Si，（Do）。"从低音到高音，不快也不慢，显得舒缓而自然。在楼顶的拐角处，站着一个人。桑桑继续听着琴声，轻轻朝那里走去。他穿过随风飞舞的音律，踏着谜一般的音阶慢慢靠近，总觉得会遇见什么不平常的人。转过那个拐角，楼顶的全貌映入眼帘……

是一个穿着浅蓝色连衣裙的女孩。

张桑桑停住了脚步，悠扬的琴声也停歇下来。

那女孩正将一把小提琴架在左肩，右手拿着离弦的琴弓，整齐的栗色卷发不及她小小的肩膀。不经意间，她转身望向桑桑。

一瞬间，两人的视线交汇在一起……

"今后的阳光可能会更加灿烂了。"说不出原因，这一刻的桑桑忽然有了这种感觉。

2

“又是个让人心烦意乱的雨天。”张桑桑挤在人群中，小声地自言自语。

陌生人一个个都板着脸向前走去，雨水沿着他们手上的伞滑落，微微打湿了满是褶皱的衣服，时不时能感受到旁人呼出的气与雨中湿漉漉的空气混在了一起被吸入口鼻中。

张桑桑的高中生活差不多过去了六分之一，可他觉得一点真实感也没有。天微亮就起床，吃饭，赶车，然后在教室坐上一天再回家睡觉。一想到这种日复一日、无聊透顶的痛苦日子还将持续八九百天，他的脑袋便又开始隐隐作痛。为了避免自己手中的伞挂到别人，他把伞压得很低，伞面盖住了他毫无表情的脸。

“要是现在我能直接升入大学，就会有大把的时间去做自己想做的事情……”他机械地迈动脚步，出神地思考着。

不过现实是他必须在这所好不容易才考上的市重点高中一点点度过难熬的分秒。这不是科幻小说，时间不会跟着自己的意愿流逝，空间也不可能凭空跳跃。只是他，还想象不出自己究竟该如何度过这两年半，以及之后的自己会是怎样。

张桑桑的视线越过了伞端，又跳过了几个低头向前的学生。被雨淋湿的街景模糊地从眼前淌过，厚重灰暗的雨云下面是一片提不起精神的风景，只有教师公寓楼投射的灯光显得略微有些刺眼。走在前面的两个穿着校服配高领毛衣的女生托着伞有说有笑的，大概是在讨论昨晚电视上播出的有趣节目。“大清早就这么有精神，真让人羡慕。”他在心里这样念道。

人群像是草原之上的羊群，在无形牧羊杖的驱赶下朝着固定的方向前进。桑桑觉得自己既不属于羊群中的一员，也无意去做伤害羊群的狼或是保护羊群的牧羊人。他只是想做那沾不到半点水汽和灰尘，追赶阳光和梦想的自由自在的热风而已。

脑中又开始出现一个个画面，那是他向往着的美妙生活……

想着这些，他不知不觉放慢了脚步，后面不断有正在小跑的学生撞上他。"啧。"尽管此时出现在耳旁的是不满的咋舌声，但沉浸在自己世界里的他都满不在乎。

雨水沾着天空中乌云的味道，混在其中的也有泥土的气味。

下雨天还真不该走这路过来的，全身湿漉漉的，明明已经很小心了，鞋上还是沾满了泥水。

看透了这一点后，桑桑索性收起伞，有气无力地朝着教学楼走去。

啪嗒啪嗒下个不停的雨，丝毫不肯安静下来。"雨天，真是糟糕透了……"

突然，桑桑脑中的画面开始消失。确切地说是被另外两幅画面所替代。这两幅画面时常会出现在他的脑海中，带给他一种难以言状的感觉。这种感觉既没有过多快乐的成分，也没有悲伤作添加剂，只是像两则故事一样常被人讲起，带给他丝丝警醒以及对"做自己"的认识。"当你真心渴望追求某种事物的时候，整个宇宙都会联合起来帮你完成。"他想起《牧羊少年奇幻之旅》中的句子。

"嗯，我拥有了无比珍贵的梦想，我会带着最真实的自己去实现它。"张桑桑的脚步声拍打回旋在走道间，细雨打在灰色的房檐上浅浅低吟……

3

不是所有人的名字都有幸陪伴着他度过一生，张桑桑此前的名字便是从这件事情开始死去的。

在张桑桑结束一天课程回到家准备迎接自己第十四个生日的

时候，家里却空无一人。先不说父亲，因为他动不动就加班，可连平日里一下班就往家里赶，早早给他准备晚饭的母亲也不见了。

"搞什么啊……"桑桑在家转了几圈，找了半天也没能找到一张带有字迹的纸条。今天可是他的生日……说不定父母正悄悄计划着给他一个前所未有的惊喜呢！可没过几分钟这种想法便自行打消，逐渐扩散的不安感让他难以忍受。桑桑拿起座机听筒，先是给父亲打了电话，发现是关机，转而打给母亲时候又一直是"暂时无人接听"……

"去那里的话兴许能找到妈妈。"坐立不安的他决定出去一趟，走前还特意脱下校服，换上一件父亲的皮衣。

"那里"指的是母亲常去的微醺酒吧。"唔……果然在这里。"气喘吁吁跑到酒吧的桑桑，隔着一层淡棕色玻璃看见了端着烈酒杯晃来晃去的母亲。说是"微醺"，可这样子已经喝得大醉了吧？他不禁开始担心起来。

"哎？小朋友，未成年人不可以进这里面。"当他正准备进去时，却被一位穿着西服、系着领结的侍者给拦住了。

"我来找人，又不是来喝酒的。"桑桑一边说着一边朝母亲坐的方向探了探脑袋，可母亲似乎已经沉在了音乐和酒精里，根本没注意到这边。

"请让我进去一下，马上就出来……"他压制着已经在心中生起的不耐烦尽量礼貌地说道，余光依旧落在母亲身上。他注意到那张脸上不光是带着醉态，红肿的眼圈让人一眼就能看出是哭过很久。

"那你快点出来啊，酒吧都是有规定的，被发现了是要扣我工资的！"侍者把夹着的盘子扶正，皱着眉头说道。

"楚泽？你怎么在这里？"身后传来了熟悉的声音，他转头一看是表姐黄红蓝。

"哇，注意脚下！"两人费了好大的劲才将母亲从酒吧里拉出来，出来时还差点儿踢到门槛。桑桑没有空闲来问表姐为什么会在这里，因为要扶好喊着"我没醉，喝"还做出各种夸张动作的母亲已经花费了他此时所有的精力。

"唔……呕！"快走到楼下时，母亲不管不顾地吐了起来。

"真是……明明就不是特别能喝酒，还老去这种地方。"桑桑一边擦拭着大衣上的污渍，一边看着吐得满地都是的母亲。

"小姨最近是不是不大开心？"表姐走到他身边问道，袖子上也沾着一小块满是酒味的痕迹。

"没有啊……"他想着，母亲不是每天都以一副微笑的样子迎接自己回家的吗？

"嗯……总之我们得先把她弄上楼去才行。"说着她挽起袖子，做好了苦战的准备。

"小蓝呀……"这时母亲开口说话了，"不用扶，我好多了，没事了，就让我和楚泽一起上楼吧，你早点回家休息。"

黄红蓝似乎明白了什么，点点头，又望了望桑桑，转身离开了。剩下的两人伴着沉默朝楼上一步一步走去，母亲走得很慢，像是故意在延缓步子。

"妈妈，你走不动就别勉强。来，我背你。"桑桑朝前跨了两步，在母亲面前弯下腰来。母亲犹豫了一下，还是趴了上去。一路无言，只有喘气声和脚步回响在昏暗的楼道里。

"以前都是爸爸妈妈背你，现在你都可以背动妈妈了……"好不容易到了家门口，母亲才带着略微沙哑的声音说出这样一句话。

"真的是长大了呢……再过几年就是真正的大人了，对吧？"母亲的呼吸和垂到桑桑脖子上的发梢混在一起，弄得他怪不舒服。他慢慢放下母亲，不知道该如何回应这突如其来的奇怪问话，接下来的沉默中多了一份难以表达的预感。

"楚泽……我和你爸爸离婚了。"

"什……什么?"其实桑桑已经听得很清楚了,只是还不敢相信自己的耳朵,或者说,他多想是自己听错了。

"因为爸爸妈妈已经没有了在一起过好日子的感情,所以决定离婚,所以……"

"胡说!为什么?你们不是一直都好好的吗?为什么突然就这样了?告诉我为什么!"他有些被自己的声音吓到,那是一种完全不同于以往的声音,像是生锈的琴弦硬生生紧绷在乐器上发出的声响。

母亲说不出话来,她捂着嘴任由眼泪流淌。

"我真的……搞不懂!"桑桑扔下这句话的同时也扔下了打开家门的钥匙,头也没回地冲下了楼去。

公共电话亭里,一只惨白的小灯亮着。"不管怎么样,还是应该给爸爸打个电话问清楚发生了什么。"他心里这样想着,拿起了黑色的听筒。"对不起,您拨打的电话不在服务区或已关机……"冰冷的提示音从冰冷的铁制听筒里传出,简直不带任何感情。他似赌气一样又拨了好几次,直到耳朵已经被听筒按得生疼才选择离开。无论多少次结果都是一样的,关机。

其实,张桑桑已经很久没见过自己的父亲了,以至于他差点儿习惯了这种感觉。但现在想来,父亲就好像突然从这个世界上消失了一样。每次回家问母亲,她也只是带着微笑随便一两句就糊弄过去。他能隐约感觉这个家出了状况,只是他真的不愿往坏的方面想,是的,半点也不愿意。可是今天,母亲的话语和眼泪让他不得不明白,自己的担心的确确成了现实。

今天是他的生日,本应该吃着可口的饭菜,吹着生日蛋糕上的蜡烛,开心而满足地度过这一天。可是现在……他强忍住泪水,看着越来越安静的街道和呼啸而过的车辆,不知道自己该如何度过这最暗最冷的一天。

4

将张桑桑从泥沼中解救出来的是一位叫冯柯西的女孩。冯柯西上幼儿园和小学一直都与桑桑同班，初中也在同一所学校，家又离得不远。要用四个字说清关系的话，就属"青梅竹马"最合适。他们一起上学放学，一起在院子里玩各种各样的游戏，一起闲逛，一起走过这小城市的各个街道和角落。桑桑本对这些简单而无聊的事情不怎么感兴趣，但跟柯西在一起的时候总好像充满了魔力，她就像画中美丽的景色一样，总能让人不自觉地扬起微笑。

桑桑"离家出走"十分钟后，来给他送生日礼物的冯柯西发现了瘫坐在门口的桑桑妈妈。了解了大致情况，她便把桑桑妈妈扶进了屋内，在床边说了句"您好好休息，我去找他"便匆匆跑下楼去。

柯西想遍了桑桑可能去的地方。新川体育场、大欧广场、名城乐园、土星城他俩周末和节假日常去，现在他估计是不会去的。柯西叫了一辆出租车直奔凤凰蛋公园，她在山腰观景台看到了桑桑。此时，他正呆呆地坐在那棵还残留有几片黄叶的银杏树下的长椅上，任凭冷冷的晚风拂面。

"张楚泽。"柯西慢慢走到她的面前，轻轻说道。

他有气无力地抬起头，并没有显得那么惊讶，也没有开口说话的打算。

"给。"柯西递给桑桑一个包装精美的紫色小盒子，"生日快乐！"

"谢谢。"桑桑从喉咙里挤出两个字，泪水在眼眶里打转，折射出路灯的光芒。

"你没事儿吧？"看到桑桑那没有生气的表情，柯西带着更为担心的语气问道。

"能陪我一起走走吗？"

母亲突然宣布的消息让他觉得自己变成了无家可归的孩子，变成了迷途中的羔羊。他被一种极度的忧郁感和不安所笼罩。他想着要是和柯西在一起走走，身边有温柔而善解人意的她陪伴着，说不定这一切就会像车窗上刚蒙上的雾一样被暖风吹散。

初冬的夜，黑乎乎的天空夹着灰暗的云团，只有月亮透出一点微弱的亮光。枯黄落败的梧桐叶不停地在风中回旋，不时与地面接触发出"咔咔"的轻响。说是走走就真的只是走走，他们俩谁也没说话，或者是不知道到底该说些什么好。桑桑和柯西走得很慢，挨得很近，他仿佛能感受到身边这个乖巧而安静的女孩身体里散发出来的温度。

桑桑想抱住身边的女孩，这种想法在这一瞬间涌上了心间，心跳在不断地加速。

他想开口对柯西说些什么，可不知为什么脑中突然浮现出了母亲的醉态和满是泪水的红肿的双眼。加速的心跳慢了下来，身体随着一阵风冷却。

"走吧，回去！"桑桑突然难受得连自己都无法相信，几乎没经过大脑思考，扔下这句话便逃似的往山下跑。

"欸！喂，喂！你等等我啊！喂，张楚泽！你干什么啊？"

桑桑知道，现在的身体是不会听自己使唤而停下脚步对她说声对不起的。他快速穿过观景台，飞快地跑着。

"喂，你到底是怎么回事啊！"冯柯西几乎是拼了命才追上桑桑的，她扯住桑桑身上的那件大衣喊道。不用回头他就能想象出自己身后的柯西是怎样一副表情，他握紧拳头，再次陷入沉默。晚风加快了速度，吹得两人发颤。

"我……不想回去……也不想去上学了……"过了许久，他才艰难地挤出这句话。他不敢望向柯西的脸，只能盯着没有温度的地面。

"什么？就因为你爸爸妈妈离婚了吗?"柯西问道，而他依旧低着头。

"我……不想看她那副丑态……他们根本就没有考虑过我的感受！"

"你以为你妈妈好受吗？你怎么能说出这样的话？难道全世界只有你一个人会碰到父母离异吗，请问那些连父母都没有的孤儿要怎么活下去呢?"柯西越说越快，如果他此时看过去，也许会注意到那张快要哭出来的脸。

"你懂什么！"桑桑的声音在颤抖，他的大脑似乎已经失去了控制语言的能力。

"行，我不懂，我什么都不懂。那你就从此倒下，自暴自弃，逃避下去吧！"柯西说完转过身去，边跑边哭。

"就这样走了？我应该追过去，至少应该为自己的无礼道个歉吧。"望着柯西渐渐远去的背影消失在黑暗中，桑桑虽在心中这样想到但却像钉在了原地没有挪开脚步。

灰暗云层的缝隙中不时露出几颗冷星。明天，会是个好天气吗?

张桑桑开始迟到，有时干脆不到学校去，直到又过了一个多月放了寒假。

尽管放了假，但家里一个人影都看不到。

最近一直如此，表姐跟同学成天游玩，很久没来拜访过了。母亲的话，除了和一些桑桑不认识的人谈生意，喝酒便成了她每天的"必修课"。父亲……自然是不会再踏入这个家门了。

桑桑劝自己干脆什么也别想，于是脱掉厚重的衣物走进卫生间。打开喷头放进泡澡用的大木盆里，然后蹑手蹑脚地躺进盆内。热水一点点涌上来，温暖的感觉也在心中随着水波一层层荡漾。

张桑桑用毛巾简单地擦干还在滴水的身体，换好衣服。他瑟瑟发抖地朝里走去，很自然地推开画室的门。昏暗的灯光下，各种风格、各种色调的画就像博物馆陈列的珍贵物件一般，暗淡的光镶嵌在画板的缝隙中。有传统的中国水墨山水画、流行的动漫水彩、看起来很成熟的肖像画，还有远望过去就像真的一般的油画。桑桑望着自己这些还算不上作品的画出了神，画室里自在的感觉和那种熟悉的颜料气味让他的心情一点点平复了下来。空调也开始使房间的温度升高，身体慢慢停止了颤抖。

收集画作是父亲的兴趣，替父亲整理、打扫这间画室是桑桑从小的任务。当同龄的孩子们还在对飞机、坦克、赛车模型和奥特曼爱不释手的时候，桑桑就迷上了画室里的一幅幅画。如今父亲早已离开这里，但自己对这个画室的感情却没有变过。

在关上画室的灯和门之前，桑桑又望了一眼夹在画板上的画。那是一幅油画，画中有个女孩，背着手在一片晴空之下灿烂地微笑……

"嗯，明天会是个好天气的。"躺在床上的张桑桑在心里这样想到。

"喂！学习这么差劲，你怎么还有脸画这些没用的东西啊？"

"因为……因为我喜欢它，我喜欢画画！"

"你还真可笑。"

虽然不知道这声音是从哪儿来传来的，但听到这话的瞬间，桑桑心中涌起了想破口大骂的冲动，但陌生的声音让他不知骂谁才好。于是将这块愤怒的炭火熄灭，硬生生地咽到肚子里面去。一时大脑又不受控制了，冯柯西转身离开时的背影，母亲哭泣的背影，表姐提着包笑嘻嘻的背影……全都变得越来越模糊，接着这些背影重叠在一起，每个人都变得如此陌生，泪水代替咽下的炭火涌了上来……突然画面一闪，又换到了另一个场景。

"这也怪我吗？这难道不是你们大人的错？"

"受了一点打击就想逃避吗？一点也不懂事！"

"爸爸你也真是……你知道妈妈因为这些事喝了多少酒、流了多少泪吗？"

"大人的事你少管，做好你自己的事吧。"

"……爸爸。"

"嗯？"

"你到哪儿去了？难道你就没有想过我吗？"

"我是走得太久了，对不起，对不起。"父亲抱着桑桑，轻声说道。

滚烫的泪水从桑桑的脸上落下，不知为何他觉得好受多了。透过百叶窗帘，外面几缕轻快的晨曦跳了进来。

"原来是梦……"他小声说着，伸出左手来开了帘子，令人愉快的阳光便照在他的身上。心情还不错，他伸了个懒腰，走出了卧室。

时间从不曾对人们心怀善意，一眨眼寒假便过完了。

开学那天，张桑桑并没有像寒假前跟几个哥们儿宣称的那样不上学了。他去了学校，而且并没有招来如他所担心的异样眼光。他清楚自己还有很重要的事情要做。

课间他和几个关系不错的朋友站在走道上聊天。一个女生路过时笑着跟桑桑打招呼："张楚泽，好久不见呢。"他连忙点头回应了一下，不禁红了脸。

"哦，对了。我改名字了，你们以后就叫我张桑桑。"见那个女生走远，桑桑郑重其事地对几个还在嬉皮笑脸的朋友说道。

"还是叫张楚泽大气！"

"我觉得听着很顺耳，很可爱啊。"

"好难听！不过无所谓啦，改名字就像换发型，下个月再换成'张乱差'……"说这话的人见桑桑瞪着自己，转身就跑。

"有本事别跑！"桑桑龇着牙追了过去……

午休时，张桑桑去了楼下的班级找冯柯西，但教室里空无一人。于是放学后又去找了一次，但还是未见那个小巧的身影。"难不成她故意在躲我？"桑桑摸着脑袋想，"不会是生病什么的没来吧？"

张桑桑已经想好见到柯西后应该说些什么。首先是替上次在公园情绪失控的自己擦屁股，好好为那件事道歉。然后告诉她自己会努力变得更加成熟和坚强，不让其他人担心。最后，如果还有机会的话，他还希望能和柯西再去一次凤凰蛋公园。

正在桑桑四处寻找之际，一个看起来很面熟的女孩出现在他的视线中。桑桑想起她是柯西班上的文艺委员，好几次看到她们俩走在一起。

"打扰了，请问……"

"噢噢！这不是楚泽吗？"

"欸，你认识我？"

"当然啦，你经常在学校门口等柯西一起回家呀，她老是跟我提起你呢！"

"哦哦……那，她今天没来学校吗？"

听完桑桑这句话，对方望望他，脸上写满了难以置信。

"不会吧，难道柯西她什么都没跟你说？"

冯柯西的父亲因为车祸意外去世，现在她已经跟着母亲搬了家。而此时，桑桑才知道这件事。有谁能想到一个并不算长的寒假里会发生这么多事呢？

当时的张桑桑没有手机，也没有柯西的联络方式，从那之后就再也联系不上她了。那个哭泣的柯西、转身离去的柯西，究竟希望自己变成什么样子？他也无法再得到一个准确的答案了。

不过在那之后，张桑桑通过对搬家公司的死磨硬泡终于找到了柯西的新家地址。他寄去了一封信，上面只有短短的一句话：

"我决定要和你一起变得更加勇敢。"

一周后，他收到了一张漂亮的明信片，显然是精心挑选过的，背景图片上阳光刺穿了厚重的乌云，那是冯柯西给他的回信：

"加油！张桑桑。"

第二章

1

　　李周周和欧阳老师的故事，得从小学四年级刚开学的第一节音乐课开始说起。

　　欧阳老师温柔地将一张张乐器志愿单发到每个同学的手上，孩子们通透的眼睛里便开始闪闪发光，想着选什么乐器才是最适合自己的。

　　正当她的视线徘徊于各种乐器的图文介绍之间的时候，远处不知从哪儿传来的小提琴声将她带离了教室。视野中是一幢高得看不到顶端的耸入云中的白色圆塔，而自己正乘着一朵柔云绕着塔盘旋而上。被夕阳和晚霞染得橙红的街道越来越小，渐渐只留下一片无边无际的粉蓝。奇妙的旋律中居然能映射出美得如此不像话的景色，小小的她呆住了，这些画面她不曾在书上或是电视上见过，更别说亲眼看过。而一幅幅画面还清晰地停在脑中，这种感觉对周周来说还是第一次。她望向四周的同学，但他们的注意力似乎还在那张满是表格的纸上，根本没人注意到这琴声。周周顿时觉得更加不可思议了，她用手撑着脑袋望向窗外，想了半天，然后拿起自动铅笔将"小提琴"下方的空白轻轻涂满。窗外什么都没有，但远处的琴声依旧回旋在她的世界里……

　　放学后，周周跑到艺体教师办公室将这件事告诉了欧阳老师。她害怕老师会笑她傻或是说什么"可能听错了吧"敷衍过去，没想到欧阳老师竟像个小女孩一样惊呼起来：

"真的吗？老师也听见过呢！看来我们都有被帕尔曼青睐呢！"

"欧阳老师，帕尔曼是谁啊？"旁边的男生问道。

"是啊，是啊，经常听您提起呢，不会是国外的男朋友吧？"几个女孩也跟着起哄。

"你们这群小鬼呀，伊扎克·帕尔曼可是当代最伟大的小提琴家之一哦。"欧阳老师微笑着说出这句话，依然带着几分小女孩的味道。

"什么鬼声音？我怎么没听见呢？"一个男生露出头问道。不知什么时候，欧阳老师的办公桌旁又多了几个放学不急着回家的好奇男生。

"是啊，我们怎么没听到？"另一个男生刻意望了一眼周周，又望着欧阳老师说。

"不是的……我也是很疑惑才……才……才……"周周不禁竭力辩解道，可她刚用颤抖的声音开口就停了下来。所有人都望向她，周周感到呼吸困难，浑身都在发烫，便没有继续往下说。她明白自己口吃的毛病就像从窗口灌进来的风，说来就来。

"天哪，事情又变成了这样……谁来……帮帮我！"周周那颗快要陷入绝望的心在黑暗中拼命地呼喊。

就在那一刻，欧阳老师又以教师的口吻说道："怎么样？大家今天都选了自己喜欢的乐器吧？"

"长笛不会太难吧？"

"口风琴很可爱呢！"

"不过上低音号好重哦。"

学生们纷纷回答道。

欧阳老师温柔地笑着，让之前奇怪的气氛缓和了下来。不知不觉，学校铃声响了起来，孩子们陆续向欧阳老师道别。

窗外渐渐西沉的落日，加上欧阳老师略显肥大的身躯和那些穿着校服的学生背影，就像是画中的世界一般。周周长松了口气，并在心中暗自感谢欧阳老师："是老师转移话题解救了我，又让人觉得很及时，很自然。""对我来说，欧阳老师真的太伟大啦，就好像在炸弹快要爆炸的瞬间及时切断了那根危险的引线。多亏了欧阳老师，我才从尴尬的黑暗中走了出来。"这种话周周没有当着欧阳老师或者其他同学的面说过，但在之后的生活中不知对自己说了多少遍。

从在万州生活的孩童时期起，周周就拥有一份独特的美。

她美得不太现实，在普通的世界里显得异样。在那个被老房和山林、码头与长江包围的山城里，无论走到哪里都引人注目。与她擦身而过的任何人都会一脸惊讶或是欣喜地注视着她，那眼神就像看一件稀有的小物件一般。而周周每次都会为此不快，人们对她的反应令她感到厌恶。年幼的她时常让妈妈抱起来去照梳妆台上高高的镜子，镜中的她有着可爱的小脑袋，腿和胳膊又细又白，棕黑色的瞳孔在闪动的双眼皮下愈发迷人，细长的睫毛散发出一丝忧郁的气息，她的全身如同工艺品一般精巧。周周的美犹如升空的绚丽烟花，足够吸引所有人的目光，但也亮得有些刺眼。

不知道原因，也问不出原因，周周就要念完三年级的时候跟随父母到了新川市。在学生不断增多的新川市彩虹小学里，周周的苦恼也随她日渐变长的头发越来越多。只要周周在教室待着，气氛就会变得很奇怪。男生们会像小猴子一般坐立难安，女孩们也不知是在吃谁的醋，经常会为此感到不高兴。无论是不小心掉下课桌突然发出声响的文具盒、散落了一地的铅笔和橡皮擦，还是值日站岗、领早餐、派课间牛奶，又或是被老师点起来笨呼呼地弄错了问题的答案，周周都会成为被关注的焦点，老师们经常会下意识地照顾她，本应和她一起愉快玩耍的同龄女生却不知不觉将她孤立起来，还在背后学着她结结巴巴地说话。

而且，她总是害怕面对那些繁杂的人和事，因此显得过于紧张，看起来又弱又笨。她不擅长体育，跑步总是落在最后，没有什么项目是适合她的。所以每到体育课时，她便悄悄地溜到图书馆去看书或是到二楼的音乐教室看其他班学生上课。她害怕再出差错了，如果是其他孩子，这种程度的失败谁都不会在意，但如果失败的是周周，就会给人留下深刻的印象，然后成为大家日后填补空闲时间的绝佳话题。"你们班的周周好可爱啊！""你看你看，她又把头发别在耳朵后面去啦。""她好像不太理人。""真是个奇怪的美女呢。""哈哈，结巴美女？"……孩子们都在背后理所当然地议论她，有的声音小得像烦人的蚊子，有的大到像是故意说给她听的。为了尽量不引人注目，周周努力地做好身边的小事，一直小心翼翼地活着。

周周第一次遇见欧阳老师时，便认定了这位平凡的音乐老师身上有着自己所渴求的东西：看起来就很温柔的面相让她更加平易近人，微胖的模样让人感受不到危险，随时都有孩子跑去拥抱她。最重要的是，她有着一份无论遇见什么事都不慌的从容和稳重，她站在孩子们中不会显得刺眼或是别扭，而是一种亲和、自然的存在状态。

周周很羡慕，甚至觉得这是很不公平的。欧阳老师的容貌就像是空气一般，放在地球上任何地方都是协调的，而自己，天生就不怎么讨人喜欢。她甚至希望哪天童话里的巫婆能盯上自己，然后把自己变成灰姑娘一开始的丑陋模样。

"……也许，那样就不会有这些烦恼了。"那时候，周周无数次在难眠的夜晚这样想过。

不过，周周渐渐发觉了一件奇妙的事情，那就是只要欧阳老师在场，总能自然而然地冲淡周周身上那浓郁的不凡气息。每当周周快要把周遭的气势变怪时，欧阳老师总能神奇地抑制这种变化并化解周周心中的劫难。平日里，大家的视线难免有意无意地聚集到周周身上，但只要有欧阳老师在身边，平和地说几句无关紧要的话，大家的注意力就被这温柔的声线不可思议地完全转移了。日子长了，同学们似乎也在摸索中渐渐学会了如何与周周和平相处。

对周周来说，那段时光也许是童年里难得的快乐时光。乐器志愿的统计结果被高大的班长贴在教室后面的小黑板上，可能孩子们都知道小提琴难学，所以小提琴班的名单里只有"李周周"三个黑色铅字孤独地躺在那里。欧阳老师在一次体育课快开始时叫住周周，摸着她小巧的脑袋微笑着说："老师知道周周不喜欢体育课，但适当锻炼也是很有必要的。更重要的是不能到处乱走哦，要是突然不见了会让很多人担心的。"欧阳老师头轻轻侧了一下，接着说："要不这样，我跟你们班主任方老师说一下，以后实在不想上体育课就请了假跟我去音乐教室练琴，愿意吗？"

"嗯……"周周点了点头，用快要哭出来的声音回答欧阳老师。在周周的心里，第一次有了真正被拯救的感觉，学校不再是个只会让人痛苦和烦恼的地方。在音乐教室，周周第一次体会到和同龄朋友聊天的乐趣，即使练琴时慢半拍或是出了按错弦的小差错，也总会有几个活泼的女生和文静的男生耐心帮她改正。有疑问时周周也会鼓起勇气向他们请教，他们的反应也总是让周周感到被阳光照射般的温暖。

这一切的一切，都是欧阳老师的功劳。

不知从何时起，周周对欧阳老师的感情从一心向往的尊敬、仰慕，变成了喜欢。她明白这种喜欢并不同于自己对父母的那种感觉。

周周将身子钻进柔软芬芳的被窝里，一边想着欧阳老师的样子，一边想着即将到来的第二天甜甜地睡去了……

毕业那天，周周站在校门口，和同学们一一道别。她还不想走，她在等待一个人。之前的一段时间，周周很久没有去音乐教室练琴了，因为方老师跟她讲过欧阳老师这次外出培训时间会很长。她心里很清楚，欧阳老师此时绝不会出现在这里，但她还是多么希望能够突然看到那个熟悉的身影。最后等到关校门时，天色已经暗下来，周周转过身面对着刚下过雨的马路，一阵微凉的夏风从她身旁掠过，强忍着眼泪和不舍，终究没能等到欧阳老师从自己的眼前走过……初上的街灯映照着她娇小的背影，渐渐消失在夜色之中。

2

上初中后，周周和她的美丽变得更加耀眼，但却不带着令人反感的气味，于是便悄然融入了这个世界。棕色的西装校服，剪短的鬈发带着黑色的蝴蝶结发卡，红白相间的长裙下是她雪白细长的双腿。远远望去就像动画里走出来的美少女，又像是电视中才能见到的童星偶像。不过正因为能被别人联想成种种角色，周周的美也不再那么异样，与众不同的程度也没有那么夸张了。她能感觉到自己不再像肥皂泡一样一戳就破了，也不会像水晶球一样易碎。带着普通人的标签活在一个稳定而平凡的环境里，这让她觉得无比地轻松和自在。

"李周周！这跟你一点关系都没有！无论是面对生活的勇气还是关于自己的一切信心，都是欧阳老师无私地给你的！"这种声音时常还会在辗转反侧的深夜像一艘破旧的帆船悄然浮上脑海，被那天雨后冰冷的风吹入灰色的漩涡中。有时从梦中惊醒的她会一下子从床上坐起，用手巾擦擦湿透的后背，手指触碰到背的瞬间，她不知自己的背和手哪个更凉，只知道那个曾经和她拥抱在一起给予她一切的欧阳老师再也不会出现了。她把头埋到自己的双腿间，不住地低声啜泣。那种夜晚，周周都是哭到精疲力竭才勉强睡着。每个人都有难言之隐，每个人也都有自己要做的事，所以即使是与众不同的周周，也没有人会去刻意地问起她红红的眼圈和憔悴的面容是怎么回事。日子不会停下脚步，生活也还得继续。只是……周周眼中的那片晴空，已经很久没有闪耀过光芒了。

"嗨！周周，好久不见。"

"嗯嗯，大家好，好久不见。"

周周用心地与每一个同学打招呼。大家都很小声，久别重逢的喜悦在内心被压抑着。因为大家都知道今天是一个多么特殊的日子。

毕业后时隔两年，小学时代的乐团成员聚集在母校那间曾经属于他们的音乐教室。墙面重新粉刷过，男生们不小心制造的球印随着女生们的涂鸦一同消失。以前放谱架的地方堆满了新成员的长笛和军鼓的包装盒。最后一次演出结束时欧阳老师和大家的合影与那尊开始生锈的奖杯一同被放进了终日不见阳光的展览柜。大家好像都能找到自己曾经的影子，但一切看起来却又是那样的陌生……

那天从早上就开始下雨，阴暗的房间光照不足，不得不提早打开教室里的九盏白炽灯。天气阴冷着，大家几乎都穿着深色的朴素外套。

"大家能来我很高兴，是李周周提议要在今天也就是欧阳老师的生日回到这里来看看，没想到有这么多人会回来。"有个声音还算有力地说道。

这是小学音乐组的负责人，满头白发和缓慢的动作是苍老的有力证明。她在那张钢琴条凳上坐下，接着慢吞吞地说："我和你们欧阳老师在一起可工作了不少年头，一个天津姑娘放弃了大城市的生活，来到我们山区，我曾断定她在这里待不上半年，不想她一直坚持到了最后。她真是个较真儿的人。记得有一次音乐节，她为了把《卡农》的最后一段练完，甚至是睡在音乐教室的，当时的她就像个永远充满能量的精灵……"

"我记得，欧阳老师经常跟我们提起帕尔曼，那时候眼睛都在放光呢。"

"嗯，帕尔曼可是她的偶像。"

"对啊，只要谈到帕尔曼，欧阳老师的声音就会突然变得像个小女孩一样。"

"还有一次演出她指挥得投入，差点儿从指挥台上掉下来呢。"不知是谁说出这句话，大家都开心地笑了起来。

不过笑声并没有持续太久，接下来充斥在整个房间的便是可怕的沉默。没有人再去发出话题，也没人去喝杯里的茶水，所有人都紧锁着眉头，有人开始抽泣，这算是带了个头。

终于，那浓得无法消散的情绪就像一根紧绷着的琴弦，在下一个瞬间被无尽的痛苦、悲伤、压抑包围，一触便彻彻底底地断开了。女生们抱在一起失声痛哭，有的男生把头扭到一边，有的走去给女生们递纸，自己却哭得比女生还要厉害。

此时的周周却平静得出奇，就像没有一丝风的湖面，然而思绪早已回到了一年多以前。

刚上初中那会儿，周周跟所有新入校的学生一样，被无休止的作业和测验压得喘不过气来。看到某个年轻老师的背影她偶尔会在心里闪过一个念头："有点儿像欧阳老师，不知她现在怎么样？"只不过来不及多想，她又得迈着匆匆的脚步往教室赶去。

"年纪轻轻的就癌症晚期，说是人都快不行了。"

"真是可惜啊！多好的音乐老师啊！"

周末回家的公共汽车上，李周周听到有两个人无头无脑地对话。她敏感的神经被高高掀起，感觉自己血压在不断上升，呼吸也变得有些不顺畅。她想问问那两个人说的是谁，可是不知为什么她竟然连这点勇气也没有。"别瞎想，李周周。不会的，不会的。"她拼了命让自己冷静下来。"可我也真是，这么久居然连电话也没有给她打一个。"

　　这个周末。李周周面对一堆从来只涨不消的作业，怎么也提不起精神，满脑子都是欧阳老师的影子。一连拨了几次欧阳老师的电话都是关机。欧阳老师……心急如焚的周周快哭出来了。

　　后来，周周打通了班主任方老师的电话。说了些什么都已经不记得，只记得方老师在电话里的最后一句话："你应该去看看她。"

　　周周挂断了电话，一口气跑下了楼才记起没问欧阳老师住哪家医院哪间病室。"市中心医院，重症监护室。记住，要下午四点才能进。别哭了，听话。"拿着电话，坐在小区的花坛边沿，周周感觉心里空空的，有一种天要塌下来的感觉。她不想哭，可是泪水却不受控制地往外涌，无声地从她苍白的脸颊上淌下，打在手机的屏幕上吧嗒吧嗒地响。

　　在生命的最后一段时光里，欧阳老师让家属委婉地谢绝了所有学生和家长的探望，说要把最美好的模样留在大家心中。

　　"连葬礼的时间也没告诉大家，只知道从那时起就没有了你，没有了你的疼爱，没有了你的笑容，没有了与你息息相关的一切。你选择埋葬在老家，大家就选择在这里，曾经与你时常相处的这间教室来缅怀你。"周周在心里默默地念道，似乎还在看着欧阳老师的眼睛说话。

　　负责人眼里泛着泪花，轻声把周周叫出了音乐教室。

　　"你是欧阳老师最疼爱的孩子，她知道自己得了癌症活不了多久，临走的前几天还一直放不下你。她真的很想见你一面，又不想让你看到她那种样子……"负责人已经说不下去了，哽咽着不断用手揩去已经装不下的眼泪。

"……对不起，我以为我这把年纪眼泪早就哭干了，没想到还是控制不住。"她又顿了顿，从包里拿出一个盒子说，"这是欧阳老师让我在适当的时候交给你的，我知道大家都不愿面对这件事，所以一直没机会，今天总算可以完成她的心愿了……"

周周接过盒子，她猜不出里面是什么，现在也不想去猜，只感觉心突然收得有些痛，就紧紧地抱着它蹲了下去，两行泪水无声地挂在她面颊和下巴柔和的交界处。

不知不觉，窗外完全黑了。白炽灯映照下的音乐教室相比之前显得更加明亮，沾着水滴的玻璃窗在夜色中呈现出室内的模样。情绪慢慢稳定的大家擦干眼泪，离开座位，鞠躬、道谢、挥手、转身，然后相继离开。最后只剩下周周和那个满脸皱纹的负责人。

"我来收拾一下教室。"负责人依旧慢吞吞地说道。

"嗯……我也来。"周周跟在她旁边，轻声说道。

周周弯下腰，捡起一个个纸杯，将变得冰凉的茶水缓缓倒进下水池口。再将空空的纸杯堆叠在一起，连同负责人打扫出的小垃圾一同放入垃圾桶里。

"无论今后会怎样，过得如何，这里都欢迎你回来。"负责人在周周离开时送上了这样一句话。

"嗯，今天给您添了不少麻烦，辛苦了……"周周系上领结下的纽扣，深深地鞠了一躬。

"哪有的事……"望着周周娇小的背影，负责人用轻得几乎听不到的声音说道。她关上灯，扶着讲台靠在干净的黑板上，借着夜色将目光投向空荡荡的教室，叹了口气自言自语道："唉，珊子啊，你的小家伙们也慢慢长大啦。没想到啊，来了这么多孩子，珊子你做得很好，真的很好……"

回到家的周周没来得及跟父母打招呼便跑进了自己的房间。她打开那个用蓝绸包裹着的盒子，里面放着一封信、一把小木梳和一本旧得有些发黄的琴谱。

信的内容是这样的：

周周：

当你收到这封信的时候，我不知道自己会在哪里。请原谅我没有亲口告诉你我生病住院的事，因为这对于你和我还有大家毕竟都不是什么好消息。我不让他们关掉病房的窗户，因为它正对着学校的方向，有时顺着风听到学校广播体操的音乐声，我的心就随着音乐飞进了学校，飞进了我的音乐教室，也飞到了你们的身边。无论是白天还是夜里无法入睡的时候我都会想起你，还时常梦见你，总是头发卷卷的，超级可爱的小模样。你也会想我是吧？就在今天我做出了一个决定，托人把我最心爱的两样东西带给你，我知道你一定喜欢它们。如果你愿意，今后周周早晨起床可以用老师的梳子梳头，看着老师的琴谱练琴。是不是很亲切？感觉老师一直陪伴在你身边一样。

宝贝儿，你家里的情况我是知道的。我知道与一般的孩子相比，你所承受的要多出很多，勇敢地去面对，不要逃避，用自信去战胜自卑和怯懦。暴风雨再大也总会过去，不论你遇到了什么事情，再委屈难受，都只是人生中一段小小的插曲。请永远不要忘记风雨退去后那一片晴空有多美丽。

祝健康快乐，天天向上！

爱你的欧阳江珊

在信的封面上印着一幅画，画中的小河在晴空之下闪闪发亮，倒映着几朵花一样的云彩。信的内容不多，但每一个字都磁石一般吸着周周的眼睛和心灵。

"怎么办……要忍不住了。"周周捏着发酸的鼻子。她把信放回盒子里，又用那蓝色的绸布把盒子重新包起来，然后小心翼翼地放进床头柜最下面的箱子。接着她拿起那本琴谱，刚翻开就掉出一张纸，啪地盖在地板上，她急忙拾起来。那是一张收据，背面有一行小字："长大了，一直用儿童琴可不行，拿着它去甘溪琴行，老师送你一把全尺寸的。这是秘密哦，可不能让其他人知道。"最后还画了个笑脸。

周周一直在心里告诉自己绝对不能哭，欧阳老师看了也不会开心的。但此时此刻，下午音乐教室的场景、负责人的话、那封信和有关欧阳老师的所有记忆都像放电影一样在脑中清晰而又飞快地闪过。滚烫的泪水还是从冰冷的脸颊滑了下来，她双手捂着脸，心想明明老师都已经不在了，自己对老师那份情感却在与日俱增，这样下去，这样下去真的……太痛苦了。

这一天对她来说的确太累了，哭着哭着不知何时便倒床上昏昏睡去了。

3

闹钟在响个不停。

她闭着眼，伸手去拿闹钟，抓了几次才成功关掉。尖锐的铃声让人感到浑身不快，真不敢相信已经早上六点了。眼睛刚睁开一条缝，刺人的光线便涌了进来。脑袋痛得厉害，眼睛也有些红肿。虽然难受得要死，但她必须起床上学了。

刚从床上坐起，就因为低血糖差点儿摔倒。"得找点儿东西吃才行……"她这么想着，从桌上拿起果盘中的苹果，胡乱咬了两口。

穿上外套时，周周才注意到窗外的雨。无声的小雨，悄悄地告诉人们，今天不会是个好天气。

但愿天气不会每天都如此。

出了小区，车流不息的航空南路，撑着各色雨伞的人在人行道上默默朝着各个方向前进，不时有几个穿着鲜黄色雨衣的小学生冲过亮着绿灯的斑马线。周周努力跟着人流来到附近的公共汽车站，小使了点儿力气才收起了伞，轻轻甩掉伞上的雨水。望着自己那把柄上镶着塑料海棠花的蓝色小伞，觉得已经筋疲力尽。周周想找个能靠的东西，但发现此时的世界正被雨水占领，她现在看起来就像个无家可回的旅人或是迷了路的小孩。带着那种想哭的冲动拼命挤上了车，踮起脚尖，一手拉着拉环，一手用伞支撑着身体，她依旧觉得疲惫无比。

"新的一天才刚开始呢……"她低着头喃喃自语。

"真的假的啊！哈哈哈，你真是笑死我啦！"周周突然被旁边的声音吓得不轻。她转身望去，两个女生正坐在旁边聊天，从她们身上的校服可以知道是同校生，不过是高中还是初中就不得而知了。

"还不都怪我妈！非要我陪她看。"

"放心啦，我是不会告诉别人你昨天看了一晚上《乡村爱情故事》的，呵呵——嘿嘿——"说话的那女生故意把电视剧的名字拖得很长，笑的声音也拉出了音阶。然后又是诸如今天早上吃什么啦、不要被查出作业是手机上搜的答案啦等一堆无聊的对白。

周周一边吃力地站着，一边听两个女生讲话。周周眼中的她们就像两块拥有生命的士力架，蕴含并散发出如此巨大的能量。她思索着："仅仅是坐车去上学就可以这么开心……骗人的吧？"

天还没有完全亮，即使低着头，周周也能清晰地感觉到陌生人的视线正毫无顾忌地投向她映在车窗玻璃上的影子。

"没关系，我的打扮很正常，应该没有什么毛病可挑，没事的。"她理了理头发，在心中默默念道。

深棕色的学生制服搭上浅灰的衬衫，宽松而不失规矩的打底裤，平底的黑色浅口鞋。整齐的栗色齐耳短发，没有与年龄不符的任何首饰。这样的打扮再正常不过了。

车停在了离校门不远的站牌处，周周跟着那两个女生下了车，快到大门口时，两个女生改变方向去了高中部，而周周继续向前走。她突然抬起头，发现雨在不知不觉中已经停了……

4

听到脚步与楼顶特有的空心砖交杂在一起的回响，周周转过身，眼前是一个背着画板的少年。

一瞬间，两人的视线相遇，她心想：这么陈旧的楼顶居然会有第二个人上来，真是不可思议。暗怪这位突然闯入的少年打扰了自己练琴，但又觉得这个男孩给人的感觉很奇妙，不知怎么表达，至少，她不准备一开始就讨厌他。

"呃……早上好。"眼前的少年望着她别扭地挤出几个字。

"嗯，早上好。"周周放下琴，点了点头说道。

对话就此结束，少年在不远处找到一块空心砖坐下，取下背后的画板，从上衣口袋里取出铅笔开始在纸上涂涂画画。

"应该是在写生吧……不过，他一直低着头，到底在画什么呢？"周周侧着身子偷偷望着少年，散发出强烈的好奇心。

"在他的世界里，会是怎样一幅画面呢？不对，我在干什么呀……"周周赶快恢复了拉琴的姿势，她好久没有对一件事这样感兴趣过，连自己都惊讶不已。

熟悉的琴声再次响起，周周不知道这是多少次听到属于自己的琴声，也不清楚挥动了多少次琴弓。但有一点她很清楚，那就是：她很喜欢听小提琴独特的明朗乐音，也很享受拉琴时的美妙感觉，并将乐此不疲地进行下去。

二月末的早晨，太阳还没完全升起，但天已经全亮了。起风时会带动连衣裙的裙摆左右飘动，给人一种既清爽又寒冷的感觉。鸟儿们似乎很喜欢这样的早上，一会儿在电线上追来逐去，一会儿欢快地唱起歌来。鸟儿的轻鸣伴着舒缓的琴声飘向远方，除此之外，还有铅笔在素描纸上滑动时发出的温柔且细小的"沙沙"声。两人离得不远不近，神奇的是彼此都没有被对方干扰。

突然铅笔从少年的手上飞了出去，"啪嗒"一声落在空心砖上，他本人也下意识"啊呀"一下叫出了声。铅笔接着又滚到了周周的脚边，琴声戛然而止。周周将琴和弓放在一起用右手提着，左手捡起那支铅笔递给正准备赶过来的少年。

"呃……对不起啊。"少年慌忙地接过铅笔。

"没关系的。"周周看着比自己高出一个头的少年发出如此慌张又有点青涩的声音，不自觉露出了微笑。

少年重新回到之前坐的那个位置，准备继续画画。但刚坐下就像被针扎了般站了起来，将那支铅笔放回口袋里，夹着画板逃也似的离开了楼顶。

噗，看起来真笨。

周周发现自己很久没有像今天这样愉快了。太阳差不多已经升上来了，天空中的云朵不知什么时候开了几团，跟着风儿向东方慢慢飘动。周周一边练琴，一边想起少年的模样，不由得有一丝喜悦浮上心间。她也搞不明白自己是怎么了，就仅仅为这种小事高兴成这个样子。但她意识到，那个少年今天不会再来了……想着这漫长的一天才刚刚开始，她原本晴空般明朗的心情又渐渐混入了湿润的阴云，蓝天一点点变青，最后又转为了平日里灰蒙蒙的罩子了……

拥有一切　在我手里　一场风雨　夜半来袭　还以为人生全由人控制　一觉醒来才发现一切随阳光消失……

按着歌的调子，周周用小提琴拉了出来。

啊——暴风雨不可理喻　把美好的事　破坏无遗……

她将琴弓一横，曲子像是被拦腰截断一样，停了下来。她叹了口气，心想：属于今天的时间还是慢慢的，自己却……无法坚持下去了。周周心里清楚，她从不怀疑自己对小提琴的热爱，但置身在特殊的境况中她无法不去思索和应对。

"不要忘记风雨退去后的晴空有多美。"周周突然又想起欧阳的话。"欧阳老师……我到底怎么办才好？"望着越飘越远的云，周周用快要哭出来的声音说道。她收起小提琴，背着琴箱一步步走下了楼顶。家中忘关的电视正在播放《天气预报》，男播音员带着富有磁性的声音说道："亲爱的观众朋友们，预计未来一周将是持续的晴天……"

这是她当时所不知道的。

第三章

1

"我不是故意泼你冷水……这个梦想看起来有点不切实际。"

我刚喝下一口红茶，还没品出那又甜又涩的滋味便听到了这话。尽管茶还有点烫，但我接着像喝啤酒一样大灌一口。不知为何，喉咙很干，口渴得要命。

"你倒是说句话啊，我是在为你的事情担心呢！"

本想着不理他继续吃我的西泠牛排，但他又开口了。

"你的意思是?"我停下了正在用餐刀切肉的手，狠狠地瞪着他。他看起来有点心虚，目光不断地四处躲闪。

"我是想说……"

"你是想说我就一定要像那些大学生一样玩到毕业，然后找个工作，最后天天加班变成个谁都不愿意要的黄脸老太婆吗?"

"我不是那个意思啊，我是不愿看你每天把自己累成这样。我这还不是关心你嘛……"

"但愿如此……"

我说完这话，又低下头，继续切我的牛排。一边切一边想，人都是自私的，哪有一直在说为我好为我好的。越想越觉得烦恼，那块牛肉早就切了下来，但刀还一直在铁盘上磨来磨去。

我应该是故意的。

从今天开始就觉得有一捆黑线缠绕在心中，总想找点儿事情来发泄，可今天是和谭奕华少有的约会日，怎么也不忍心去破坏，或者说是找不到机会。

　　我自顾自地把带着牛肉块的叉子送到嘴边，嚼了几下又端起装红茶的玻璃杯，然后借机偷瞄着谭奕华。他也正把叉上卷成团的黑椒意面放进嘴里，然后拿着手机装作看新闻的样子，一本正经地发呆。

　　他的嘴角沾了一点儿黑胡椒酱，在不算明亮的灯光和手机屏幕亮光的共同作用下，看起来完全丧失了原本的那份活力，就像自己高中时代那个呆板的数学老师。当初我就是被他那种活力阳光又热爱生活的气息迷住的，可现在……心里难免会有失望和生气的感觉。又好像终于尝到了被男人欺骗的滋味，很想指着他破口大骂道："好啊！你这个大骗子，终于露出尾巴了吧？"眼前陌生的他，看起来让人心痛，灯光下投射出的是布满阴郁的影子。

　　"可是，如果不把自己的时间都安排得满满的，不给自己施加一点压力，那我的梦想又怎么会实现呢？"我突然冒出这话，他像是愣住了，过了好几秒钟才反应过来。我实在无法继续之前的话题。

　　他放下手机，推了推那副蓝框大眼镜，慢慢张口说道："这么讲吧，光听你描述的那些，就能感觉到你每天会忙得喘不过气来；再说，你一边要去照顾跟阿润合伙开的酒吧，一边还得上学，真是有够辛苦的。而且，你本来也只是因为兴趣才开始接触拉丁舞的，结果弄得自己这么累，我觉得是不值的。"

　　听完他这连珠炮似的话，我更加生气了。从他的话里，我好像能听出许多味道，不知道是嘲讽还是敷衍又或者只是为了打圆场而已，反正这种味道不怎么好闻。

　　正当我想着怎么开口回他话时，穿着西装的服务员来到桌前，递给他一杯柠檬水，又给我的杯子里添了些茶水，然后又礼貌地鞠上一躬，转身走向下一桌。

"不要总是折磨自己嘛……什么事我们都得现实一点，你说呢？小蓝。"

喉咙越来越干，真奇怪，明明一直在讲话的是他，为什么我会这么渴？

"……对于拉丁舞。"我吞了一口比先前淡过许多却依旧很烫的红茶说道，"第一，我是发自内心地热爱它，喜欢它。第二，我会一直努力下去，无论有多苦……第三，这是我的梦想，我是下决心要去做的，不会像一般人那样心猿意马，三分钟热度。再说了，我又不是小孩子了，也不用什么事都按照你的计划行事吧？"我也一口气说了好多，那种带着挑衅的提问真是让人解气。

"不想和你争了，我又不是专门跑来跟你吵架的。"

"明明就是你挑起的！"

"要跟你说多少遍？我这是为你好！"

"才没有！你就是不支持我，嘴上一直说什么关心我，为我好，真是够了！"

"唉……"他叹了口气说道，"刚才说的，都是我的心里话。明明都这么久没有约会了，你却这样无理取闹……"他好像还想说点儿什么，但咽了下去，一个劲儿地摇头。

"谭奕华，你叹什么气啊，想说什么就直接说出来啊！"

"没什么要说的了。"

"不是吧？我看你今天好像挺能说的嘛，继续说啊，把你那一套一套的理论全部说给我听啊！"

"我跟你没什么好说的！"他突然拍桌大吼。

我被吓了一跳，就那样傻傻地望着他说不出话来。

"小蓝，对，对不起……"他挠着后脑勺，一副焦头烂额的模样。

"你!"拼命压制着想撕碎一切的冲动，我一把拎起椅子上的小挎包，飞快地冲出那家西餐厅。我气喘吁吁地坐上一辆出租车，只觉喉咙和嘴巴快干得炸裂。窗外的夜景匆匆滑过，我抬头望着天，让吹进的风轻拂额头和头发。天上无星无月黑乎乎的，什么也看不见。

2

我和谭奕华是高中时的同班同学，从认识他那天起到现在已经快八年了。那时我坐最后一排，他坐我前面。我同桌叫阿润，跟他关系不错。不管上课还是下课，他总喜欢侧着身子把头转过来，跟阿润谈论游戏。

"老华，你又买了把新剑啊？"

"嘿嘿，那可是我这个月省吃俭用的成果。"

"正好我也给我的魔道买了把不错的扫把，要不这周末回去来一局PK？"

"正合我意，看我不把你打哭。"

"哈哈，到时候看看谁把谁打哭。"

我本来在做英语练习，但越听越好奇，便轻轻戳了阿润一下，问道："你们在聊什么呀？"

谭奕华突然调整姿势，侧向我说："当然是《DNF》啊，这么火的游戏你都不知道？"

"噢……听起来好像蛮有意思的。"

"要不你也来玩吧，我和阿润一起带你打怪升级。你也来选个魔法师吧，不骗你，又可爱又厉害。"

"欸欸，别听这小子的，那个角色没什么用，还是选狂战士，超猛超帅气。"

"喊……没根据别乱说。"

"你还不服气，周末打一局就知道了。"

他们一聊起来就两眼放光，我完全没机会插话。但是能这么近看着他，我产生了一种奇怪的感觉。

自己都觉得鬼使神差，回家后我便一直泡在那个游戏里，还叫上我那除了画画对什么都不感兴趣的表弟，我一边和他们打怪刷图，一边让表弟帮我百度各种知识和小技巧，以便能尽快熟练操作让他们不把我当菜鸟看。有时间我还会去他们的 PK 房间观战。看他们操作的角色在一个小房间跑来跑去，互访技巧。

再回到学校时，我和谭奕华的关系似乎悄然发生了些改变。

"嘿，感觉怎么样！"他一下凑到我面前，活力十足地说道。

天哪，好近！突然的心跳加速，让我不知所措。我能感觉到脸在发烫，肯定还红得要命。"啊？什，什么……"话刚说出口我便怪自己太笨，该说什么都不知道。

"当然是《DNF》，就是《地下城与勇士》啊！"他一直望着我，眼神中充满了期待。

"哦……嗯嗯，很好玩的。"我尽可能保持冷静，让自己说出来的话是通顺的。

"嘿嘿，今后你就当我小妹吧，看你挺有天赋的，好多小技巧我都不会呢！"他说话时眼睛睁得大大的，卷曲的睫毛看起来也迷人至极。

"我，我，我不行的……从小就没有游戏天赋，玩什么都玩不好。"我还是显得手足无措，语无伦次，明明没什么好紧张的。

"你就不要谦虚了，就这么定啦！"他转过身去，还在"咯咯咯"地笑。

当时的我并不清楚他在笑什么。望着他的背影，我仿佛看到一面洒满阳光的墙，墙上还有许多爬山虎温柔地贴在上面。一时间，欢乐，悲伤，害怕，嫉妒，像丝线般缠绕在一起，我想轻轻朝那面墙伸出手，但又不知爬山虎是敌是友。

语文课自习，老师站在门外。谭奕华又转了过来，只是没有之前靠得那么近。

"欸，等你十八级了，想转什么职啊？"

"嗯……都行吧。"

"怎么能这么随便呢！要不就召唤师，好像可以叫很多精灵跟着自己一起战斗呢！"

"好呀……"

"Nice！听说那职业很炫酷的，到时候我送你一套好装备，肯定厉害。"

"好。"我瞄了一眼语文老师轻轻地说。

"嘿嘿。"

"喂喂，我说老华……"阿润不高兴了，拍了拍他的肩膀，"你们两个的关系什么时候变得这么好了，没说什么时候送我一套装备的。"

"哈哈，毕竟人家是可爱的女生嘛，你一个死大老爷们儿凑什么热闹。"

"你……你呀，既然都这样了，不如把我换到前面去，黄红蓝做你同桌如何？"

"没问题啊，我完全同意。"他笑着说道。我则什么也都没说，认为那不过是他对阿润说的玩笑话。谁知，刚一下课谭奕华便跑到班主任办公室去了，片刻后兴高采烈地回到教室对着阿润喊："老润快搬桌子，老班（班主任）同意！"

也不知道他是怎样说服老班的，我就这样莫名其妙和谭奕华成了同桌。一开始真的好紧张，他稍稍靠我近一点儿，我便仿佛能听到心脏在左胸腔剧烈跳动的声音。

每天除了数理化能看见他认真学习的样子，其余时间统统在玩，可每次考试都能不出意外地考进年级前五十。虽然我成绩也还不错，不过需要花大把的时间去学习才能维持。我从来不问他任何问题，除了游戏也找不到其他话题。可有什么关系呢？至少我可以每天看着他阳光帅气的侧脸听课，这就足够了。

日子一天天过去，我跟谭奕华也越来越熟，心的距离也在不知不觉中一步步拉近……

高三寒假还剩最后三天，仿佛过了一个世纪的我再也无法忍受心中的那份无聊和孤寂。"我真是喜欢上他了！"我决定鼓起勇气，当着他的面前表明我的心意。很难为情吧？会不会太直白？女孩子是不是应该多一些含蓄和等待？可比起那些不能在一起的煎熬这些又能算什么呢？

我发了短信给他，说有很重要的事情需要见面说。不到一分钟便收到了回信："笨蛋，再重要的事情也得等来学校了再说啊，难不成你还来万州找我呀？"

"嗯。"我深吸一口气，按下发送键。缘分真的是很奇妙的东西。谭奕华是万州人，每个假期自然是在那里了，而我的老家居然也在万州，只不过在下面的一个小县城，前些年还跟着爸妈回去看望过大伯。看了看表，十六点二十分。估计今天很难回家了，于是我给父母留了一张纸条，告诉他们我去表弟家里玩一天，这样他们也就不会担心。然后再打电话给表弟，说明了情况，让他打打掩护，见机行事。"知道啦，笨蛋老姐。"他说完这句话便挂了电话，我知道这时他一定坐在画室里忙得不可开交。

从房间里出来，乘上"咯吱咯吱"响个不停的老电梯。我的目光停在映有自己影子的电梯玻璃上，快到一楼时电梯会像往常一样发出"哐当"的声音，回荡在狭小的空间里显得格外大声。本就跳个不停的心脏此时变得更加不听话，除开呼吸声就只能听见它剧烈跳动的声音了。

"啊……下雪了!"我住的城市不常下雪。而此时,灰暗的天空下雪夹着湿漉漉的雨滴,不知以何种速度向下飘去。我顿时感到十分不安,于是急忙披上围巾,向车站跑去。

去万州的路我并不陌生,但独自一人来到长途汽车站还是人生第一次。从外面上到二楼过安检,又从二楼下到车站内部。放眼望去,开往万州的车已经不多了,只剩两辆大巴停在乘车指示牌旁。

"是不是去万州的?"司机将头探出车窗问。

"是的。"我点点头小声说道。

"快快快,快上车。"收钱的那个中年女人催促着。

"可我还没买票……"还没等我说完,那女人便说:"就差你一个了,上来之后给钱就行。"

大巴里挤满了去万州的乘客,就如那女人说的一样,一个空位也没有。我坐在最后一排靠右窗的位置,心想能看见外面就足够了。一声沉闷的轰鸣后,大巴缓缓启动,车上的人都找到了自己可以干的事情:有人把身体靠在座椅上,看车上的小电视或是自带的杂志;有人带上帽子,拉紧衣服开始睡觉;也有人小声地打着电话或是跟同行的朋友谈天说地。

我的心情无法安静下来,因无事可做,只好一会儿望着窗外的景色发呆,一会儿又偷偷观察遭的乘客,似乎只有我一个人与身边的环境格格不入。为了缓解这种不安,我也学着他们的姿势,闭上眼睛,心想要是睡着了时间一定会不知不觉加快脚步的。然而,当时的我就像打了亢奋剂一样,怎么也睡不着。在数次睁眼闭眼之后,我又轻轻坐起,扣上之前忘系上的安全带,专注地盯着车窗外一闪而过的风景。灰蒙蒙的天空中飘着数不清的白色小花,北风吹得他们四处飞舞,时不时有几片成群结队地打在车窗上。大巴出城后,窗外的建筑物逐渐变得稀少,取而代之的是群山之下被一层薄薄的白雪覆盖的农田。太阳又微向西斜，冬日冰封着的夕阳，看起来是那样柔弱，就像快烧尽的蜡烛一样，只放出一点点橘黄色的微光，洒在远山的尽头。

"唉，他好像没给我回信呢……"我从口袋里摸出手机，自言自语道。这才发现手机已经因电量低或是天气太冷无法开机了。天已经慢慢黑了下来，稀稀落落的灯光在远处闪着微弱的光芒，雪好像已经停了，但雨却越下越密……

"完了，为什么会下这么大的雨啊……"我心里陡然升起一阵焦虑。这种雨要放在夏天一点儿也不奇怪，但寒冬腊月还这样就少见了。明明雪都停了，我却觉得寒冷似乎一下子加剧，鸡皮疙瘩在全身蔓延。车上开着空调，却丝毫感觉不到温暖。可能是没有吃晚饭的缘故，酸软的身体里拉扯着空空如也的胃，再加上原本的紧张与不安，我真切地感受到了那种无能为力的绝望。不知不觉，车上的乘客大多已进入熟睡的状态，我试着移动双腿，但突然传来比痛还难受的麻痹感，就如同厚重的石膏紧贴在本就冰冷的双腿之上。

"那个……师傅，照这样下去还要多久才能到万州啊?"有位刚醒不久抱着孩子的母亲轻声问道。

"这个嘛，你也看到了，雨下这么大，视线不好，这路又不好走，少说也还得两三个小时。"司机的嗓门儿很大，坐在最后面的我也听得清清楚楚。

"哎呀，真是气人，不知道那宜万铁路什么时候能修通，火车可比这方便多了。"坐在第二排的一位大叔像是埋怨一样怪声怪气地说道。

听着他们的对话，疲惫感在周身每一个毛孔中渗透。我将左臂举到面前，借着指针上的荧光一遍又一遍地看时间，心中拼命地祈祷指针走慢一点、再走慢一点。手机也尝试开机许多次，但屏幕一直黑着，就像窗外的夜。带的瓶装饮用水早已喝完了，喉咙干得要命，嘴唇也已经裂开了。而大巴依旧以如此缓慢的速度向前行驶，到达目的地的时间变得遥遥无期。大雨敲打着车窗，发出"嗒嗒嗒嗒"的声响。他现在在哪儿？在干什么呢？有没有给我回短信？会说什么呢？不会是把我说的话当成玩笑或是恶作剧了吧？我的脑中浮起这一个又一个问题，双手紧紧捂着小小的手机……

没想到这时，更糟糕的事发生了——我所乘坐的大巴在临近万州的一段泥泞的路上完完全全地停了下来。前面堵了一长串车，司机跳下车不一会儿回来对着乘客们喊道："前面出了车祸，挺严重的，一时半会儿可能也走不了。想上厕所的可以去后面的超市，顺便可以买点儿东西吃。"我跟着车上的人下了车，外面的寒风吹得我直打哆嗦。明明饿得要死，却懒得买东西，我知道当时自己是没这个心情的。上了个厕所，便又逆着风快步回到车上。

我把脑袋靠在车窗上，拼命忍住快要从眼眶中溢出来的泪水。陆续上车的乘客手里拿着饮料和食品，玉米棒和茶叶蛋的香味混在一起在车中肆意飘荡。手机的开机键已经被我按了几百遍，我都怀疑手机是否已经坏掉。

这么晚了，我应该去哪儿才能找到他？而且，时间越晚，相见的可能性就越是渺茫。

"几乎没有可能了……"

一想到这儿，不安和绝望便像两只黑手一般硬生生地扯出了眼眶的泪，顺着冰凉的脸颊流下。

窗边始终不变的是丝毫没有结束迹象的风雨，一边呼啸，一边急旋。

大巴重新启动是在一个多小时之后了，当我疲惫无力地走下车厢时，已经快到晚上十二点了。雨小了不少，风继续带着凉凉的湿气涌至脸旁。车站里也满是雨水的味道，下楼时我还差点儿滑倒。走到下面才发现大门已经上锁了，又只好跟着最后下车的那几个人一起摸着栏杆走侧门出去。我深吸一口气，望着远处星星点点的灯光，天桥下不时有几辆汽车飞驰而过。我像个迷路的孩子，不知该去哪里才好……

"黄红蓝？"他正靠在侧门旁的路灯下，轻轻张开颤抖的嘴唇。此时此刻，眼前的情景让我不敢相信是真的，但滚烫的泪珠伴随着胸腔涌起的热浪一齐翻滚，下坠。

"谭奕华……"我的声音也在颤抖，而且还十分沙哑，听起来完全不像自己的嗓音。他慢慢朝我走来，我却如同被定住了一样无法动弹。

是谭奕华，真的是他！

"奕华……"我小声地叫着他，声音依旧在抖。

"嗯，怎么啦？"他带着那一向很好看的微笑问道。

"你……"

"我是怎么找到你的？"我还没说出口，便被他抢着说了。我使劲点头，黄豆大的泪珠被甩了出来，不知飞向何处。

"你呀，真是太笨了。你没看我给你的回信吗？"

我摇摇头，委屈地说："手机不知道为什么，一直打不开……"

"喏。"他把手机给我，上面有给我的回信："你要是真决定了，我就在车站等你。"

"所以……你从那个时候开始一直等到现在？"

"对啊，你可别笑我惨，再惨也比不上你一半惨。对了，一定还没吃东西吧。来，给你准备了，应该还是热的。"他伸手递出饭盒的那一刻，我再也抑制不住内心交织在一起的情感。我冲上前去紧紧地抱住他，像个孩子一样放声大哭起来。

他也抱住我，轻拍着我的背说："好啦，别哭了，你看，月亮都从云里出来了。明天应该是个好天气。"

我把头埋在他的怀里，侧脸过来斜望天空。正如他所说，云开月出。

因为没地方可去，我跟谭奕华又从侧门回到了车站的候车室里。我们坐在蓝色的铁椅上，一起吃着饭盒里的东西，那种味道至今还忘不了。

"真好吃。"我自己都不明白为什么又抹了一把眼泪。

"好吃个屁啊，我自己做的，最近才刚学会……是因为你太饿了，才会觉得好吃，换平时你一定会吐出来的，嘿嘿。"他摸着脑袋，月光透过候车室的大窗洒在他爽朗的笑脸上。

"才不会呢，我又不骗人。"

"哈哈，一看就知道你是瞒着爸妈来的，还说不骗人呢。"

"哼！"我把头扭到一边，装作生气的样子，可是心里的喜悦还在不断往外冒。说实话，我好喜欢他说话的风格，真性情不做作。

吃完东西，我感觉舒服无比，之前的不适也不知跑哪儿去了，幸福充斥在我的身体里不愿离去。

"那么，你是有什么重要的事情需要说呢?"他用那双大大的眼睛望着我，让人无法抗拒。

"嗯，那个，就是，就是……"被他突然这么一问，我舌头打结了。

他不说话，明亮的眼里含着无尽的笑意。伸手过来将我额头上的头发轻轻拂起，那掌心的热流直达我的心房。

"我喜欢你！"一个字不多，一个字不少。那一瞬间，我和谭奕华的声音重叠在了一起，回响在空空荡荡的候车室。我俩都愣了一下。

"你这个傻瓜！"

"我……"我刚要开口，却被他一把抱住，温暖和淡淡清香将我包围。

"不用说了，我全都明白。这句话我很早就想对你说了，只是我的理智一遍又一遍地告诉自己不能冲动，不能冲动，要是一心急，不能将这份感情带上责任去付诸行动，我怕你只会离我越来越远……"他顿了顿，又轻声说道，"所以啊，高三这剩下的一百五十天，我们都要加油了，再苦再累，我都会陪你一起走下去。"

　　"然后我们读同一所大学吧，到时候你得帮我搬所有行李。"我甜美地说道。

　　"哈哈哈哈……你是准备把我当一辈子的奴隶使唤啊。"

　　那晚，我和他坐在一起聊了很多。玩游戏的经历，彼此从什么时候开始喜欢对方，在学校发生的各种事情，做过的最出丑的事，父母年轻时候的事，去过哪些城市，还有什么没吃过的美食……从孤单一人到现在自己最想见到的人就在面前，且不被打扰地跟他在一起，这让我无比快乐。

　　窗外的云变得越发稀薄，月光丝毫不吝啬，毫无保留地泻进候车室，把一大块地方都照得亮亮的。不知过了多久，我们俩依偎在一起沉入了甜美的梦乡……

　　第二天早上我是被和煦的阳光唤醒的，头枕在谭奕华的大腿上，身上盖着他的外衣。昨晚月光倾泻的地方变成了朝阳的流径，温暖地照满了全身。比我早醒的他正微笑着看着我。

　　站外湛蓝的天空万里无云，朝阳照耀着昨日雨水浸润的地面，仔细看还有缕缕蒸气缓缓向上飞升。这是冬日里难得一见的好天气。

　　我登上七点半出发的长途客车，故意选了最后一排靠右窗的那个座位。我打开窗户，看着车下的谭奕华。他脸上露出熟悉的笑容，那件深蓝色风衣或许还留着我的气息。

　　"就要走了呢……你……回去吧。"我低声说道。

　　"是啊，要走了。"他一直把手揣在兜里，白气从口中飘出来。

"这个给你。"我把那条暗红色的围巾取下来递给他，像个小孩子一样笑了起来。大巴启动了引擎，所有座位都在颤抖。

"回去要加油哦！别忘了我们俩的约定。"他踮起脚尖，把手伸到我的面前。

"嗯，Fighting!"我也把手推过去，轻轻击掌。车开走了，我和他越来越远，一直到他的身影消失在我的视野之中。

不管未来会怎样，这个人一定会陪我一直走下去。

我闭上眼睛，未来的种种画面像放幻灯片一样在脑海中不断闪现。

开学了，我们不再坐同桌。我在最前一排，他仍在靠后的位置。毕竟是高三下学期了，我们必须在这一百多天里朝着约定的目标暗自努力。这种刻意制造出来的距离感其实是很美妙的。我偶尔会偷偷回头看一看他埋头苦干的样子，有时恰好他也正看我，我们便相视一笑，短暂得除了我俩不会再有其他人觉察得到。

3

出租车开到了表弟家的小区。我也说不出理由，比起回自己家，更希望来这里好好静静。回想这一天所发生的事以及曾经的美好，我的心便隐隐作痛起来。口还是很干，一会儿上楼还得喝三大杯才行。

"开门。"我连门都懒得敲，发了一条短信给表弟。"好久不见，笨蛋老姐。"表弟打开门朝我挥挥手。

"哟，来了个稀客呀！"厨房传来小姨的声音。

"小姨好。"我脱下外套，顺手搭在沙发上。洗了手又冲了下脸，然后走进画室。表弟开完门便回到了这里，一个人坐在画板前挥动着铅笔。是有多久没见到他了，很久了吧……

"怎么了，是不是心情不好？"他停下笔，转过身面向我说道。

"你怎么知道？"

"这也太明显了吧？以前每次看我画画总是会像个老太婆一样问好多无聊的问题，今天却一反常态啊，黄红蓝小姐。"

"喊……"

"让我猜一下，嗯……不会是跟男朋友吵架了吧？"

"才没有！"

"哇！回答得这么果断？你的'没有'就好像在告诉我'事实如此'哦！"被小我七岁的表弟看得一清二楚还真是不爽。我决定反击："那阿桑呢？就没和女朋友吵过架？"

"唔……"他立马背向我，拿起铅笔继续画画。

"喂喂，别不好意思嘛，我又不是不知道是谁。柯西她现在还好吧？"

铅笔在纸上"沙沙"作响，他不自然地沉默了一会儿，然后开口说道："冯柯西啊，她早就搬走了。哦，不过她倒是说过很想再见见你呢。"

"真可惜呢……"

"欸，你指什么？"

"两个方面，一是我也很想再见见她，二是这么好的女孩我老弟都没追到，想想觉得可惜啊。"

"哼，你就别拿我开玩笑了。倒是老姐你啊，跟男朋友闹什么别扭啦？"

"去，给老姐倒杯水我就告诉你。"

我接过水，一口气喝完，然后把今天的事全都告诉了老弟。

"虽然这么久没见了，但你还是一点儿都没变呢。"

"是啊，但阿桑却变得越来越没良心了。"

"你看你，为这事儿还生一大肚子气，是又伤心又伤身哪。"

"你老姐我还是有脾气的，怎么会让他压着我。他居然吼我！他居然敢吼我！"

"行啦，看你这样就知道没多大事了。我看他对你很好啊，你的脾气我还不知道？都是他惯出来的。"

"喂，你还真是没良心啊，尽帮他说话。"

"哪有啊，我说实话而已。笨蛋老姐，你先歇着消消气，一会儿就好了。"说完这句话，他一边往外走一边对着厨房喊："妈，碗留给我来洗。"然后又回过头一本正经地望着我说，"如果我没猜错的话，有人会写检讨的，是一个真正在乎你的人，尽管他并没做错什么。哦，一会儿别忘了关灯。"

"知道啦！"我隔空给他一巴掌。

"唉，才多久没见阿桑这家伙，长大了不少呢……"门被轻轻带上，我这样想到。

手机突然"叮"地响了一下，是奕华发来的短信："小蓝，对不起。是我老想着把自己自私的想法强加在你身上，没有顾及你的感受，更不应该冲你大声嚷嚷发脾气。原谅我好吗？妹妹好像有点儿不舒服，这会儿我得去照顾她。如果小蓝看见了就给我回信，不然我会担心的。"

看完短信我的气已经全消了，但想着要让他更深刻地反省自己，我轻吐了一口气，然后带着恶作剧的心态回了个冷冷的"哦"字。

"我跟爸妈说了，这几天就住在这边，还有我的容身之处吧？"我关上画室的灯，走到正在洗碗的表弟身边拍了拍他的肩膀说道。

"当然啦，沙发永远属于你。"

"什么嘛，我可是贵宾！"

"哈哈，开玩笑的。你睡客房，老妈刚刚已经为你收拾好了。"

"噢……"突如其来的暖流在心间涌动，用洗洁精擦过的木地板散发的味道让人觉得舒适而安心。洗完澡后，我穿上小姨的睡衣，钻进被窝。

谭奕华又发来一条短信："知道你还在生我的气，早点休息，晚安。"

看完我把手机扔到一边，感觉心情还不错。"明天就睡到自然醒吧！"我这样想着，又想起奕华自信的举止，比别的男孩子多出的那份稳重和成熟，还有他标致性的微笑……

"我们还是分手吧。"我无法看清那个人的脸，可声音却是谭奕华的。

"为什么……"我的声音简直小得可怜。

"黄红蓝啊，你一边忙着毕业的一大堆事，一边还要照顾那尚不稳定的酒吧和拉丁舞活动室，根本没有心思和我一起生活，这种状态的你也不能带给我快乐。这样下来，真的不如散了好。"说完这话他转身就走。我本还有很多话想说给他听，但再怎么拼命呼喊他也没有回头，直到消失在远处的那片黑暗之中。

惊醒的我差点儿从床下滚下来，拿起手机发现已经快四点，窗外还是漆黑一片。我开始怀疑自己是不是哪里有毛病，连自己的情绪都无法清楚地知晓：明明是怀着开心的心情入睡的，为什么此时会难受到呼吸都在疼痛呢？不对，我好像有很长时间没看到他笑过了；也不对，准确地说是没看到他以前那种透着活力的笑容了。难道是工作压力实在太大？还是他真的已经开始厌烦我？回想梦境，我努力抑制啜泣的声音不让任何人听见，无法向人倾诉的心情一个劲儿地挤压着胸腔。雨不知什么时候又开始轻敲帘后的窗，"啪嗒啪嗒"响个不停。

小时候，我跟表弟的性格简直是两个极端。我生性活泼得像个多动症患者，干什么都是大大咧咧；而表弟在我所见到的男生中简直是个异类，除了画画就只剩下看别人的画了。我都不明白两个性格差距这么大的人是如何在童年时期和平共处还建立友好关系的，大概是因为我家的书种类齐全、样式繁多吧。不过有一点我俩倒是很像，那就是都很讨厌下雨天，但我知道其中的原因一定是不同的。

早上如愿睡到自然醒才起来，穿着白色卫衣的表弟正在厨房煮面条，小麦的香味从冒泡的锅里溢了出来。

"要吃早餐吗？"他发现身后的我便转过身问道，"这份是给老妈的，你要的话我再加一份。"

"好，帮我加个鸡蛋。"他此刻的样子一如那个活力十足的谭奕华，想到这里心中不禁感慨万千。夹起那个漂亮的金黄色煎鸡蛋，抬头发现窗外已是一片晴空了。

"老姐，我出去一下。"表弟背着画板微笑着朝我挥了挥手，兴冲冲朝外走去。

我一口咬下鸡蛋的一大半，心想这家伙绝对是有女朋友的。这时手机突然响了，是阿润打来的。

"小蓝姐不好了！酒吧出事了，你快过来！"他的声音中透着一股慌张，听起来确是出大事了。

"好，你别急，我马上过来。"我顾不上那碗还冒着热气的面条，提着包冲了出去，楼下正好停着一辆出租车。出租车在酒吧外停下，我急匆匆推门下车，因为忘付费又被司机叫住。

推开门，眼前的情形让我只觉头晕目眩。吧台前靠着几个满身是伤的店员，地上到处散落着残破的玻璃杯和让人发软的碎片，桌椅东倒西歪，不管怎么看，这里都像经历了一场可怕的劫难。

"小蓝姐，你可来了……"阿润瘫软在沙发上有气无力地说道，他大概是晕血了，记得他讲过他晕血。

"到底发生了什么？"我赶紧上去扶起他问道。

"六点……六点多我准备打烊，谁知一大帮醉鬼不但不结账，还突然拿起酒瓶对我们大打出手，把好几个店员都打伤了，店里也被他们搞得一团糟……"

"先别说这些了，这会儿我马上带大家去医院，阿润你也去看看。"

"不不，我没受伤，只是有点儿晕血而已。之前已经报警了，一会儿警察就会过来处理现场的，店里总需要人看一下。"

"好吧，撑不住就休息一下。"我一边说着一边招呼着这群挂彩的家伙走出酒吧。帮着他们给家里打电话说明情况，给需要动手术缝针的填表签字交费，奔波于医院各个地方。

走出医院大门口时已经快下午两点了，忙了大半天连饭也没顾得上吃，真是又累又饿。此时的我只想找一个清清静静的地方躺下来，什么也不做，什么也不想。可是，手机又响了。不过这次的来电显示让我想不到什么坏事——是活力运动公司的老板打来的，别看他是个老板，为人却谦和得很，一点儿架子也没有，一开始合作时还帮了我不少忙。

"是小黄吗？"

"嗯嗯，罗总有什么事吗？"

"这个嘛……有件事需要通知你一下，希望你能理解啊。"

"哎，您说……"

"噢，是这样的。公司最近的运作出了一些问题，我们董事会决定要放弃几个收益低的项目。"

"您的意思是？"

"对不起了，贵活动室需要搬走。哦，不过我们会按合同条款给予你适当的补偿，相关事宜就请你联系一下财务部冉……"

"我知道了。"没等电话那头的声音响完我便挂断了电话。

一时间，我呆呆地站在原地不知往哪儿走。鼻子又酸又疼，像是被什么猛敲了一下。很想趴在街上大哭一场，但又怕被熟人撞见丢脸到家。索性买几罐啤酒，跑去附近的公园痛饮一顿好了。

"咕咚咕咚……"坐在长椅上的我一口气喝完了整整一罐，接着又拉开了第二罐。酒精慢慢发挥作用，昨天那场失败的约会又浮现在脑海中，赶都赶不走。我只觉脸在发烫，举起第三罐啤酒望着灰蒙蒙的天大喊："谭奕华，这下你满意了吧？我啊，我什么都没有了……明明跳拉丁舞是我唯一的梦想，是我真正感到快乐的事……为什么总有人冒出来反对我，阻碍我！"我也不管旁边是否有路过的行人，只想一个劲儿地发泄出浑身的不快。视线像是猛地晃动了一下，顿时一阵眩晕感占据了全身，我突然不受控制似的趴在长椅上吐了起来。明明肠胃都痛得要命，却吐不出什么东西，只能带着恶心的感觉硬生生地干呕。黏糊糊的液体抽着细丝从嘴角缓缓滑下，眼泪和鼻涕也同时流了出来。我在心里绝望地想："如此狼狈的自己看起来应该就像个快要死掉的怪物老太婆。"

不知过了多久，醒来发现自己正躺在病床上，点滴瓶里的无色液体顺着输液管一滴滴输入到血管中。胃里翻江倒海的感觉已经消失，但头依旧疼痛难忍。这时，病房的门被打开了，眼前的身影是那样熟悉……

"小蓝，你终于醒了！"谭奕华提着黄白相见的塑料口袋朝我飞奔过来。

"奕华……你怎么找到我的？"我的声音变得沙哑且无力，"我怎么在这里？"

"我给你打了十几个电话都没人接，于是我打给阿润，他说你很早就去了中心医院。我赶过来找了半天也没找到你，就想着你可能去了哪些地方，然后一个个找，最后在山景公园才找到你。"

"我当时……是不是很难看？"

"你当时可把我吓坏了，呃呃，我不是那个意思……"他说着又连忙摆了摆手，"我是看你躺在那里担心坏了，背起你就往医院跑，哪还顾得上仔细看。再说了，我的小蓝不管什么时候都是最好看的！"

"满嘴谎话……每次都在我最惨最狼狈的时候才出现，真是……真是指望不上！"我想这样说却没有出声，眼泪不停地落在蓝白条纹的病床上。说来奇怪，心里想着指望不上，可委屈的情感好像总能被眼前的这个人催生出来。

"对不起，小蓝，对不起……"他上前轻轻抱住我，在我耳边温柔地重复着这句话。我靠在他的怀中，泪如雨下。

"好啦好啦，来，吃点儿东西。这可是我跑去很远才买到的，当当当——当！你最喜欢吃的桂圆红枣粥！"他一边说着一边从袋子里端出粥，舀了一大勺吹了吹送到我的嘴边。我张开嘴，任凭甜蜜的滋味在心口深处绽放。

"好吃吗？"他又舀了一勺吹了吹，然后抬头问道。

"嗯，好吃……"我点点头，声音还是很小。

"你呀，医生说你都喝中毒了，也不知道你到底喝了多少酒。"他摸着我的脑袋，一脸心疼地说着。

"我以为只要是啤酒喝多少都没有问题呢。"

"噗，真是个笨蛋，以后不许再这样了，知道我有多担心你吗？"

"今天是太难过了，感觉老天都在故意整我，所以才……"

"好啦，我都知道了。酒吧那边已经解决得差不多了，闹事的人也全部抓起来了，酒吧里所有的维修费用也由他们付。活动室的事我也打电话问过人家了，他们这样做也是有他们的难处，我们要理解对不对？昨天跟你吵架后，我回家想了很久，当时我也实在是有些过分，现在我想清楚了，你有你的梦想，我应该竭尽全力支持你才是。从现在开始，不管再苦再累我都会陪你实现梦想！因为你是我最爱的人！"

　　我好不容易停息的泪雨又开始倾泻。二十四岁的我，收到了他的长情告白。透过窗户，望着满天繁星，我拉住他的手微笑道："奕华，谢谢你。喏，你看，明天一定是个好天气！"

　　"嗯，有你在身边的日子，不管是哪天，都是万里晴空。"他俊朗的脸庞上写满真诚。然而，在他那看起来明亮清澈的眼底有一丝阴郁一闪而过，这是旁人所不能领会的。

第四章

1

昨天那个打断周周练琴的少年正背着画板朝她走来。再次望着少年青涩的脸庞，她不禁有些开心。

"早上好。"这次换周周先打招呼。

"你好。"少年朝她挥了挥手回答道。他取下画板，坐在不远处那块微凸的空心砖上。一朵云慢慢飘到了少年的头顶，他似乎很快就进入了自己的世界，一个劲儿地在纸上画着什么。

"对了，你昨天怎么突然走掉了？"因为练琴太久想放松一下的周周竟然转过头来主动找少年搭话。她想着眼前这个人怎么看都不陌生，但又实在记不起是在哪里见过。

不过少年看起来很紧张，脸也有点儿红，愣了一下才吞吞吐吐地回答道："昨，昨天只带了一支铅笔，摔断了，只好回家拿新的……"

"噢，以后多带几支来吧。"周周微笑着说道。

"嗯嗯，这次拿了一盒。"少年还是微微不好意思地摸着脑袋笑道。

"那你慢慢画，我差不多该走了。"周周把琴放回琴箱，提着把手说道。

"现在就走吗？"

"嗯，今天还有很多事情需要做呢。"

"那个……你明天还会来吗？"少年一脸期待地小声问道。

"当然啦，不下雨的话每天早上都会来的。"

2

"你明天还会来吗？"那位少年这样问会不会有什么特殊含义在里面呢？为什么总觉得在哪里见过他呢？不可能吧……或许只是因为他长着一张跟欧阳老师一样可以让人感到亲切的面孔而已。坐在车上的周周想着这些入了神，以至于差点儿坐过站。

"要下车的赶紧！"司机撺了下喇叭扭过头去喊道，似乎对周周这种迷迷糊糊的乘客不太满意。

她站起身，急忙提着米色的帆布挎包跑跳着下了车。

"呼……这司机真是太可怕了……"看着渐渐远去的大巴，周周长舒一口气说道。

穿过晴空之下的柏油路，再向左踏几十块红绿相间的石砖便可以看见十字路口拐角处一家普通便利店，这是她临时工作的地方。成为艺术生的一系列花费的确是家里一笔不小的开支，在她看来必须尽自己所能分担一点本就属于自己的责任。

"嗯，加油！"说着她走进了店里。

"啊，周周来了，正好我这会儿要去进货，好好干哦！"店长热情地跟她打了声招呼便离开了。

周周坐到收银台前的转椅上，开始了直到九点半才会结束的打工时间。

"喂。"周周正埋头整理着那些碍事的硬币，突然听到一个粗糙的声音。

"您好，买东西吗？"周周抬起头，发现收银台外站着一个又高又壮的男人。

"这个。"男人提起一瓶白酒顿了顿说道，"两百元是吧？上面写着买一送一呢。"

"是的，这种酒正在做活动，买一瓶送一瓶。您要是需要的话请到这边结账。"说不出原因，这个人的出现让周周心生不快。但毕竟是来买东西的顾客，她依旧保持着微笑，尽管笑得很僵。

"我的意思是，这个给你，我只拿一瓶，ok？"男人把手里那一张红色的钞票扔在周周面前，自顾自地拿着酒准备往外走。

"请您等一下，对不起，我们店里没有这种卖法，您要是只带了一百块的话可以看看其他的酒，实在需要的话我可以为您联系店长，让他来……"

周周的话还没说完，男人便突然转身将手里的酒扔到地上，按着收银台大声吼道："啰唆什么？当老子没有钱啊！"那个人带着满身的酒气，满脸通红地瞪着周周。对方比她高出几个头不止，黑色的皮夹克下隐约可以看见鼓鼓的肌肉。

"对不起……我只是……"她在这儿工作了快一个月，第一次碰上这种事，慌张得不知如何说下去。

"喂！傻了啊？要么给老子重新拿一瓶，要么就挨揍！"男人发出恐吓的声音，目光如匕首一般飞向周周。

"对不起，我，我不能这么做……"她全身都在颤抖，但还是讲出了这样一句极易激怒男人的话。

"你是不是想找死？"男人一边吼道，一边做出挥拳的动作。周周害怕极了，下意识蹲到地上，闭上眼睛抱着脑袋缩成一团，还发出一声尖叫。

"这位客人，你要是来本店买东西的话，我们非常欢迎。但要只是来捣乱和欺负小朋友的，那就不好意思了。"一个低沉稳重的声音传到了周周的耳中。不知什么时候，便利店的门被店长推开了，身后还站着两个分别来换班和上货的小伙子。

店长一步一步走到那男人面前，踮起脚靠在男人的肩上咬牙轻声说道："如果没什么事的话，带着你和你满身的酒气滚蛋吧！"

男人用他那双微红的眼睛扫了一圈，撇起了嘴，但气势却明显弱了下来，往后退的那两步因踩到玻璃碎片还差点儿摔倒。"哼！"他带着如猴屁股一样的脸色转过身去，推开两个小伙，狠狈地拉门离开。

呼……得救了！周周感觉全身都变软了，一下坐在了地上。

"你们两个快去把小家伙扶起来。"店长拿起扫帚将带着白酒味儿的玻璃碎片扫进铲子里。两个小伙赶紧跑过来一把拉起周周，把她扶到转椅上。

"那死变态竟然敢趁我不在欺负可爱的小周周，真可恶，下次见到一定得狠狠揍他一顿！"穿着牛仔衣外套的小哥捏着拳头愤愤说道。

"刚才你看到没，店长，明明比人家矮上一大截还敢过去放狠话，真是笑死我了！"另一个负责上货的小伙子拍着店长的肩"咯咯咯"地笑了起来。

"都是老江湖了，这就叫英雄气概！"店长得意地晃着脑袋。

"哈哈哈哈哈……"一时间，便利店里充满了愉快而温馨的气氛。

下班后，周周和店长并排走在没什么人的街上。"世上不是所有人都会心存善意的，所以周周还需要更加小心才行。"店长温柔地对她说道。

"嗯，谢谢店长。"周周双手提着长长的帆布包，朝店长深深鞠了一躬。晚风送走了暮光中的彩霞，又轻拂周周短短的鬓发。

"不过我始终相信，好人一定比坏人多。所以呀，我们不能害怕黑暗，要对生活充满信心才行。"

"嗯！"周周点点头望着店长，街灯下两人行走的影子模模糊糊的。明明只比周周高一点的店长，此时在她的眼中却无比高大。

店长姓夏，名安东，年近四十，侨居澳大利亚十多年。第一次被同学介绍到便利店打工时，便觉得他是个外表开朗、内心成熟的人。因为较长时间生活在澳洲，夏安东可以说出流利而纯正的英语，周周无法模仿那种发音，只是单纯地觉得听起来十分迷人。看到店长与不时来店里光顾的外国朋友交谈时，她觉得他超厉害。夏安东是因为要照顾患有老年痴呆和抑郁症的母亲才从澳大利亚回来的。当时他一回国便在家附近找了一家待遇不错的公司上班，但又担心不能时刻守在老人身边，便通过朋友介绍请了临时保姆，没想到来的保姆竟是位温柔体贴又漂亮的女孩。在国外饱尝世间冷暖且有过一次不成功婚姻的夏安东抛弃了很多不切实际的幻想，变得越发实在。姑娘虽然学识资历差了点儿，但无论长相还是人品都很不错，就这样日久生情了，加上母亲也对她很依赖，两人最终走到了一起。一年后，两人带着双方父母和亲友的祝福举行了婚礼。

婚礼上，夏安东单膝跪地为她戴上戒指，笑着说："今后照顾妈可不会再给你发工资了。"

"没关系，你整个人都是我的啦！"她吐了吐舌头俏皮地说道。

"惠惠，我爱你。"在一片欢呼声中，两人幸福地亲吻……

关于店长夏安东的故事，周周是一点一点知道的。有的是从那个时常来送货的小哥那里听到的，有的是夏安东送她回家时自己当笑话讲出来的。周周觉得，只要是关于店长的故事，一定是浪漫而传奇的。

"来，周周，多吃点儿！"

"这个好吃，来一点儿。"

"小家伙，油麦菜也要吃才行啊，哦哦，还有这个，别客气啊！"坐在周周对面的夏安东和付惠笑嘻嘻地招待着第一次来他们家的小客人。

"他们真是太热情了！"看着碗里堆满的饭菜，这让饭量本就不大的周周哭笑不得。付惠做的菜都是美味，而且全是周周以前没吃过的菜肴。什么香菜南瓜饼啦、鸡蛋豆腐卷啦、麦片通心粉啦，还有夏安东最喜欢的糖醋莜麦菜。

"无论在什么地方，我家惠惠都可以抵一个师。"他挥着筷子自豪地说。

"你呀，又不是打仗，就别在周周面前取笑我啦！"两人亲密无间的样子让周周也很开心，她心想：这两个人真是太般配了，这就是别人所说的恩爱吧？

"听说你才十四岁，为什么要急着打工呢？还要上学，弄得自己多累啊！"付惠一边收拾餐具，一边问道。她脖子上挂着的银项链在灯光下闪闪发亮，带白点的棕色围裙就像是为她量身订制的一样。

"我……就是想锻炼一下自己吧。"周周没有说出真实原因，但想着这样说也是正确的。

"真能干，要是我今后也能生个你这样又听话又可爱的女儿就好啦！"付惠就算不说这话，她原本也自然地给了周周一种年轻妈妈的感觉，是那种既成熟又富有活力的形象。

"要不要去楼顶走走？上面挺宽敞的。"洗完碗的付惠脱去围裙，加上一件橙色外套。

"嗯，店长呢？叫他一起去吗？"

"哈！"付惠拿出手机递到周周面前说道，"你看这家伙刚发的短信，他说有你陪着我就行，他已经跑去楼下买彩票了。我猜啊，准又是哪个澳洲回来的朋友约他出去喝酒啦！"话虽是这样说，但她一点儿生气的味道也没有，反倒像个孩子一样开心地笑了起来。

"还真是个特别的人!"周周在心里想道。付惠牵着周周的手离开房间,爬了几段台阶,打开上锁的青色铁门,一阵清凉的风便扑面而来。

"哇哦,好舒服……"付惠学着鸟儿的样子张开双臂,静听风儿吟唱。

"对了,惠惠姐。"

"嗯?"

"刚吃饭时怎么没看见夏奶奶呀?"

"妈她……已经走了一年多了。"周周捂上嘴,望着她的背影,突然明白自己提了不该问的问题。

"对不起……"周周不知道自己现在除了道歉还能说些什么。

付惠慢慢坐下,双手撑着膝盖叹了口气说道:"没关系的。'这样对妈来说或许是种解脱。'安东是这样对我说的。"她继续说道,"妈的病实在是太严重了,每天活在那种煎熬中谁看了都会难受会心疼。有好几次她抱着我说:'惠惠啊,妈一直把你当亲女儿看,妈走之后你可一定要好好照顾安东和自己啊……'那天谁都没注意,她……突然就从这里跳了下去……"付惠背对着周周,声音里是无法言喻的悲痛。

周周朝楼下望去,不时闪烁的霓虹灯伴着模糊不清的街景沉浸在一片触不到的黑灰之中。那一刻,十四岁的周周明白了——每个人的生命中都有不可避免的暴风雨。付惠先是坐着,而后索性躺在水泥地板上。她没有掉眼泪,只是呆呆望着悬着几颗冷星的夜空。

"人啊,只要活着,谁也不敢保证不会遇到悲伤的事……"她喃喃说完这话之后,许久才缓缓坐起来,露出原先那孩子般的笑容望着周周说道:"好啦,现在轮到你来讲故事给我听,要讲有趣的！”

不知为何，周周突然想起了那个在楼顶遇见的少年。那青涩的面容、可爱的神情，以及铅笔滚落时慌张的模样都一一浮现在脑中。“这几天早晨去自家楼顶练琴，总会遇见一个画画的男生。怎么说好呢，他一旦画起来就好像进入了一个不属于这个世界的地方。”见付惠歪着脑袋盯着自己笑，周周不讲了。

“继续啊，应该有好故事发生！”付惠抿起了嘴，眼睛笑得弯弯的。

“不是啦。”

“哈哈哈，周周该不会是喜欢上那个男生了吧？一见钟情之类的。”

“才没有啦……”

“你害羞了，真可爱！”

“惠惠姐真是的！”

“姐逗你呢，不过想想那种感觉真棒呢。你想呀，楼顶之上，晴空之下，少男少女，拉琴作画，怎么想都是很有诗意的画面呢。”

“嗯……”周周笑了起来，“或许吧……不过，奇怪的是我总觉得之前在哪里见过他。”

“那还不简单，会不会是你们住在一栋楼，总该也会碰到过几次？”

周周摇摇头，喃喃说道：“不知道，没有，应该没有。”

“你傻呀！下次见面问问他不就得了？”

“不行啊，哪有女孩子主动去问别人这些的，人家不觉得怪怪的？”

付惠捂着嘴哧哧地笑，只露出那对弯弯的眼睛，“那你自己今后要加油哦！”

在店长送周周回家的路上，她一直在思索那个“加油”的含义。

3

"阿桑，我们去外面吃东西吧！"张桑桑刚完成一幅画的最后上色，长舒了一口气顿时觉得心满意足时，表姐推开了画室的门，将白皙的双手背在身后歪着脑袋一脸兴奋地喊道。最近，刚结婚不久的表姐又找到了一个挺不错的工作，说是为实现梦想打下坚实的基础，所以走起路来又恢复了那种脚下生风的模样。

"奕华哥呢？"桑桑转过头问。"他们公司还有一个小会，结束就马上过来。"

"那我不去了。"桑桑故意沉下脸说道，"度蜜月是两个人的事情，我才不要当闪闪发亮的电灯泡呢！"

"哟哟哟，你以为我稀罕你啊？是你奕华哥想你去，说三个人的话，比较热闹。怎么样？你姐夫对你好吧！"表姐压低声音道，一脸得意。

"那你呢？"

"那还用说，你可别没良心啊。嘿嘿，再过几天就会搬到那边去了，今后一直都是二人世界还怕过腻了呢！"

"你就嘚瑟吧，以后小两口吵架了可别跑我家来发脾气。"

"得得得，一小屁孩儿，哪来那么多话！你就说吧，去还是不去？"

"不去。"

"去嘛、去嘛，大画家，姐求你了。"表姐一边嗲声嗲气闹着，一边反复拉扯他卫衣上的帽子，她每动一下马尾就在空中俏皮地摆来摆去。

"行啦，我去。"桑桑最"烦"也最怕这一招，举旗投降。他看了看书柜，心想：出门前得带本有参考学习价值的画集，反正他们在一起谈论的事情自己不见得感兴趣，不如就坐那里静静看会儿书好了。

两人选择去了一家西餐店，因为只要脸皮够厚，随便要两杯什么饮料便可以一直坐到打烊。

"欸，跟老姐说说你女朋友？"表姐懒洋洋地趴在盖有格子花布的餐桌上，一脸坏笑地问道。

"才没有……"

"慢慢就有！"

"你烦不烦哪？离我远点儿！"

"哟哟，还急了。你这么优秀不可能没有女孩子喜欢你。"

"……只是见过几次而已，可能连朋友都算不上。但是……"

"嗯嗯，但是什么？"

"我想自己可能真的有点儿喜欢她，但是她根本就不知道。"

"嗯……"表姐先是一副若有所思的样子看着别致的天花板，接着脸上慢慢浮现出温柔的微笑。"然后呢？"她用透明的玻璃吸管搅动着还剩一半多的雪顶咖啡，声音里带着催促的味道。毕竟是个小鬼，表姐一出招就菜了。

"最近经常在晴天的早上跑上楼顶去画画，和那个练习小提琴的女孩简单问好，然后各做各的事。有时她会停止拉琴，稍稍走近几步和我聊天。怎么说呢……总觉得她很特别，和她每次短暂的相处让我感到奇妙而温暖。"

"这样啊……"表姐将杯中的咖啡一饮而尽问道，"长得是不是很漂亮？"

"何止是漂亮……我认为她和她拥有的那种美丽，就好像不属于这个世界一样。"

"天哪，太棒了！阿桑，听你这样讲不是比柯西还漂亮？得赶紧追到手才行啊！"

"你快闭嘴啦！"桑桑涨红了脸，伸手想要去捂住表姐的嘴。她则灵巧地避开，歪着脑袋故意眨了眨眼睛调皮地说："哎呀呀，第一次见阿桑脸红呢，真可爱！追，一定要追，要不然就成一辈子的单相思啦。"

"你怎么这么烦人哪，姐夫，快点来啊，救命啊！"桑桑抱着头往沙发靠背上撞。

两人在西餐厅坐了约四十分钟，表姐的老公穿着黑色的西服套装赶来了。大家围着菜单点了很多东西，等待之余三人不知怎么聊起了夏达，从独特的作画风格到一系列有趣耐看的作品内容，等菜上了之后又接着边吃边聊到一些关于夏达的故事，不知不觉竟又过了一个小时。桑桑自己都不敢相信能如此自然地融入其中，放在背包里的书一次都没拿出来。真希望他们两人能永远这样幸福美满。自己的爸妈或许也曾坐在某个餐厅，微笑着盛一碗白饭或热汤，给彼此轻轻讲着浪漫的爱情故事或是甜蜜的话语……

"爸爸，你在哪里……"吃完后，桑桑透过灰蓝色的玻璃窗户，望着一点点变暗的天空发呆。此时，表姐二人说的什么他一句也没听进去。

"不下雨的早上都会来的。"桑桑想着那个女孩说的话，沿着扶手一口气爬到六楼。

他停下脚步调整自己变得有些急促的呼吸，发现楼道随意摆放的杂物此时变得整齐有序，附在木门以及堆积在扶手上的灰尘也全都消失不见。

桑桑像往常一样推开门，朝着楼顶轻轻走去。他仰望着蓝色的天空，云朵被风吹成一卷一卷的。

"这周天气都很好呢！不过……"桑桑干脆不去乱想，走近转角处。

那果然女孩在这里！她正一手提着琴一手轻轻挥手跟自己打招呼。

桑桑一边微笑着挥手回应，一边暗自庆幸自己不是表姐家里那只憨憨的金毛犬——不然一定会忍不住喜悦而呆傻地停在原地摇尾巴。

"那个……楼道的那些杂物是你收拾的吗？"桑桑取下画板，在原来的位置坐下。

"嗯嗯，因为这段时间常来，太乱了觉得不方便，就顺便整理了一下。"

"扶手和门那块儿也是吗？"

"对呀，就跟自己房间一样，干干净净的就会觉得心情舒畅呢。"女孩看起来很开心，笑容一直挂在脸上。

"打扰了，你继续练琴吧。"

"嗯嗯，你也要加油。"听到女孩甜美的嗓音，桑桑立刻低下了头，他不想让她看见自己不知有多红的脸。

女孩拿起琴，视线重新落在琴弦和琴谱间，桑桑也看着画板拿起了铅笔。

"她的美丽的确不属于这个平凡的世界……"桑桑用余光悄悄看着女孩，再次确认了这个想法。这种美不太现实，像是除了这个楼顶，放在其他任何地方都会显出格格不入的异样。她的皮肤如白雪一般，卷卷的淡栗色短发齐耳。睫毛长得似乎能把桑桑手中的铅笔放上去，风吹起裙摆时会稍露出白皙而细长的大腿。声音也很好听，就像动漫里可爱的女主角一样。桑桑也不知道自己是何时将注意力从画转移到女孩身上的，但只要他一开始画画眼前这个女孩便会在他的脑中转来转去。"这已经是第六次相遇了。"桑桑记得每一次共度楼顶时光的情景，就算是第几次他也能清楚记得。

桑桑打算偷偷在纸上画下这个专心练琴的女孩，本来今天他的任务是从三个角度画下对面瓦房上精致的檐。可铅笔刚触到素描纸，他的心便剧烈跳动起来。不行啊！手抖得这么厉害怎么画啊……桑桑握着铅笔，暗怪自己没用。但只要稍稍望过去一点，他便觉得自己像个鬼鬼祟祟的小偷。

还没等桑桑理清这团纠结的线，小提琴的声音已经结束。

"呃……又要走了吗？"桑桑望着正在将琴收回琴箱的女孩问道。

"嗯嗯，今天就练到这里，还有其他事情要做呢。"女孩提着深蓝色的琴箱微笑着回答他。

"那个……今天……"

"嗯？"

"今天谢谢你了。"

"咦，我吗？"

"嗯，一个人打扫了楼道，又把门啊扶手啊什么的擦得这么干净，真的很感谢！"

"哈……只是为自己做了点儿力所能及的小事而已，哪需要你来感谢我啊？"

"总之，我认为应该道谢。"桑桑的眼中流露出一丝坚定。

"嗯嗯，知道啦，那先走啦。再见！"

"嗯，再见！"

"为自己做的？"目送着那个娇小的背影从门洞里消失的桑桑自言自语，"这周天气都很好呢，不过……总归是要下雨的。"想到这里他望着天上的云彩，叹了口气。

时间不曾对任何一个人抱有善意，一转眼，早前空空的日历已满是红红的圈。这个月的日子，所剩无几。欲来的春天将那原本遥不可及的雨水一同带来，一觉醒来桑桑便听到了雨滴敲击着窗外防盗网和雨棚的声音。"啪嗒、啪嗒、啪嗒"，他听着令人厌烦的雨声，走进了自己的画室。本想着给满是颜料味的房间通风，可刚打开窗便有一阵浓郁的雨水气味夹杂着漫天的灰尘味扑鼻而来。"真烦!"桑桑连骂带摔猛地关上窗户,震落了躺在画板上的素描纸——那是他未完成的画作。他弯下腰轻轻拾起那张纸,重新放回原处,然后慢慢走出了画室。

"哟!阿桑这么早就来学校,真有点不习惯呢。"桑桑背着书包走进教室,好几个正拿着饭盒享受早餐的同学纷纷望向他。"天哪,阿桑今天居然没有迟到,到底发生了什么,不会是世界末日要来了吧?哈哈哈哈……"坐在他旁边的男生原本正趴在桌上睡觉,听见有关桑桑的动静便突然抬起了头,闪光的眼神像是搞到了什么不得了的新闻。时间一长,张桑桑这个三个字便慢慢被身边的人接受,原来的张楚泽也就如废弃的纸团一般被扔入了垃圾桶里。

"哈哈,你们就别嘲讽我了,也许只有这一次哦。"桑桑笑着回应,然后走到自己的位置坐下。拿出平日里在学校常用的素描本,想着只要不是老班的课便能利用自己的后排优势继续画画。

桑桑尽可能不去过多关心周遭与自己无关的人和事,他只想用自己的方式度过在学校的时间。窗外的绵绵细雨仍下个不停,隔壁班化学老师讲课的声音混在雨中从窗外飘进又飘出。他画完一页后又翻向下一页,一张对折后仍比素描本略大的纸张从里面滑了出来。他小心翼翼地打开那张未成品——上面只用铅笔简单勾勒出一张侧脸,透过发丝似乎可以看到细长的睫毛和宝石一般的眼眸。桑桑相信这幅画会有画完的那一天,也许就在不远的将来。他把画夹回素描本里,关于那个女孩的记忆又像藤蔓一起爬满整个大脑。

"天哪!好丢脸……当时竟然对她说了那种话。"桑桑回想起两人上次相遇时说的话,红着脸后悔地自言自语,"都怪当时太激动,居然说出了那种话……"不过转念一想,毕竟是自己内心的真实想法,再加上是对她,就算说了也没什么大不了。

"画家？"女孩的声音至今还附在耳壁。她的嗓音甜美中带着一丝稚嫩，总能让桑桑联想到午后天上轻柔的白云，那是一种自然而舒适的感觉。

"我真的非常非常喜欢画画，希望能有一天成为那种可以开个人画展的画家……"说完这句话桑桑突然觉得很难为情，又红着脸加上一句，"现在的我还没那种水平。但是，我会一直努力下去直到梦想实现的！"

"嗯嗯。"女孩微笑着点点头，接着用水灵灵的眼睛望着他说道："会的。"

两人的目光交汇在一起，瞬间又各自分离，桑桑的脸更红了。"嗯，所以我决定更加努力，更加勇敢地追寻自己想要的东西！"

这些话就像是说给楼顶之上的晴空听的，又仿佛是将心声告白给眼前的女孩。如果那时能听到她的赞美和鼓励，自己会不会更高兴呢？桑桑在心里美滋滋地思索着。不过，光是她微笑着认真倾听的可爱模样，对桑桑来说便已经足够了……那女孩，她的名字叫什么？她的梦想又是什么？每天那么努力地练琴是想成为小提琴家吗？她眼中的我又是怎样的呢？桑桑很想快点再见到她，想一点点解开有关她的所有谜题。

入睡前，张桑桑望着百叶窗帘缝隙后的黑暗，强烈地祈求天空放晴。那晚，桑桑做了一个梦。

梦里，他是一只被关在动物园的灰色兔子，暴风雨没有任何征兆地下了起来，狂风刮乱了他漂亮的灰毛。雨越下越大，快要淹没了整个动物园。斑马、老虎、猴子和黑猩猩被马戏团开来的大卡车匆匆接走，狐狸趴在长颈鹿的身上朝高处跑去，所有的鸟类聚在一起像飞毯一样抬起飞不高的孔雀和不会飞的鸵鸟逆着风雨拼命向上挥动翅膀。不一会儿，整个动物园只剩下被关在铁笼中的他，涌来的洪水快要将他淹没……

"谁来救救我？"他焦急地想着，但怎么也喊不出来。

就在这时，一只巨大的白兔叼着钥匙朝他飞了过来。雪白的大兔子带着他飞出了动物园，迎着暴雨越飞越高，穿过一层层乌云，寒冷的感觉正渐渐消散，他这才发现全身已被灿烂的阳光洒满。巨大的白兔在上空回旋，他跟白兔一起打转，在白兔柔软的绒毛上跳舞。接着白兔竖起耳朵，向下俯冲。他不知什么时候变回了人的模样，正兴奋地抱着白兔一边大笑一边尖叫。下面有人仰着头高喊："快看，那人骑着会飞的兔子！"他太高兴了，以至于从白兔身上滑落，不过没关系，他发现自己原来也可以飞，甚至不需要挥动臂膀就能随心所欲地改变高度和方向。他和白兔并肩向下飞过云层，那个熟悉的楼顶就在眼前，他抬头望向天空，乌云散去，雨在一阵悠扬的琴声中停了。

他降落在楼顶，顺着楼梯跑下去。拿起了铅笔，背上画板，又飞奔至楼顶。推开门的那一刻他分明看到了雨点砸落在水洼里翻起的小花。这天又下雨了。

窗外的雨还在"啪嗒、啪嗒"地下个不停，他叹了口气，卷起被子翻了个身，又开始祈祷着天晴。

4

打完临时工回到家，周周拖着沉重的步子，掏出钥匙打开客厅的门，按下吊灯开关。

卧室里传来妈妈的声音："回来了？"

"嗯。"周周轻轻回应了一声。

"别反锁门，爸爸还没回来。"

"嗯。"

"快睡吧！"

"嗯。妈妈晚安。"

她躺倒在床上，慢慢将身体舒展成一个"大"字。真是越来越搞不懂自己了，明明只是在便利店坐上几小时为什么累成这样？她将脸轻轻埋进柔软的枕头里，心里想着自己到底是哪里出了问题。她侧身过来，看见早上还很新鲜的红富士现在已失去了光泽显得无精打采，颓废地躺在圆盘里。新买的进阶篇琴谱放在书桌边沿，随时有失去平衡的可能。纱窗上好像又结了一层薄薄的灰，因为热水器故障澡是洗不成了，至少今晚是这样。打扫房间、喊人修热水器这些是不可能等到爸爸来做的。明明还有这么多事情需要做，可身体却已经开始不听自己的使唤，睡意像乘虚而入的小偷悄悄袭来……因为下雨的缘故，她已经好几天没去楼顶练琴了，少年画画的样子自然也很久没见着。明天也许是个晴天吧……周周带着模糊的意识在心中期盼着。

　　"早上好！"少年坐在楼顶的那块空心砖上，清爽的风和这句话几乎同时拂至耳畔。

　　"嗯，好久不见！"周周打开琴箱，微笑着取出箱内右侧的琴弓，轻轻涂着松香说道，"今天真是个难得的好天气呢！"

　　"是啊，只要一到下雨天就会觉得时间过得好慢。"拿着铅笔的少年将视野投向天空悠然说道，仿佛两人是多年不见的老友。

　　"哦，对了。"

　　"嗯？"突然听到周周这么一说，少年抬起头，看到了她伸手递来的琴箱。

　　"这段时间早晨都蛮冷，一直这样坐着会着凉的。"

　　"啊，谢……谢谢，不过这么宝贵的琴箱可以坐吗？"

　　周周不知道少年为什么会用"宝贵"一词，大概是平时自己放的时候都有用纸垫着吧。"这琴箱的确很宝贵，因为是欧阳老师送我的。你身上有着跟老师相同的气息，所以就算坐坐也没有关系，再说要是老师知道我能用这琴箱帮到别人她一定也会很开心的。"周周自然不能这样说，所以她只是轻拍琴箱两下笑着说道："没事啦，能派上用场的才是好琴箱呢，这个很结实的。"

"谢谢……"少年接过深蓝色带着一点黑边的琴箱，平放在砖上，深吸一口气带着小心翼翼的表情坐了上去。

"呼……真怕一下子给坐坏了呢。"他拍拍胸脯深呼吸说道，脸上泛着一丝微红。

"噗，不需要这么紧张啦。"周周忍不住笑了起来，心想这个比自己高出一大截的男生看起来就像个既认真又可爱的小学生。

看着少年专注的神情，周周心中竟生出一丝欣喜。她想，少年坐在自己的琴箱上应该不会觉得冷了吧？

这时，少年突然抬起头朝她看了一眼，但又迅速将视线转移到画板上，在眼神交汇的瞬间，周周感觉像是获得了什么宝贵的东西，于是更加高兴了。

"他说自己想成为画家，不知道每天都在画些什么呢？"周周呆呆地望着不断挥动铅笔的少年，好奇牵住了她的内心。

"不如悄悄走过去看看吧？"在做出决定之后，她拿着琴轻轻迈开步子，慢慢走到他的身后。

"哇！好厉害！这个是我吗？"少年听到背后突然传来的声音被吓了一大跳，慌张地试图用手和身体挡住画板。

"哎！你……"少年满脸通红，一副恨不得把画板抱起来的样子。

"不能看吗？"周周歪着头故意这样问道。

"是的，谁都不能看！"

"真的吗？"

"真的！你快去那边练琴吧。还有，不许再像这样偷偷过来了……"

"知道啦知道啦……"

周周走回原处，把琴放在肩上，看着少年脸上还未退去的慌张神色，不由得又扬起了嘴角。

悠扬的琴声伴着振动的琴弦飘出楼顶，水洼里泛起微细的涟漪。鸟儿倒不分下雨还是天晴，一直站在电线杆或是房顶叫个不停。

"那个……我要走了，谢谢你的琴箱。"少年把琴箱还给周周，脸依旧泛红。

"嗯嗯，再见。"周周挥手送走了少年。

"我，应该没露馅儿吧……"周周小声地说道。楼顶上只是少了一张画板一个人，但此时却显得空荡无比。

无论上学也好、打工也好，都只是想让这漫长的一天勉强过得快一点儿罢了。周周也搞不明白自己为什么会为与少年的些许小事而感到开心，或许这不是真正的开心，无论是灿烂的微笑还是活泼的言语，都是强装给少年和自己看的。

果然，人只要活着，悲伤就会像秋天的落叶一样层层堆积。她想起了那天在另一个楼顶，付惠望着夜空说出的话。

"欧阳老师……我还能坚持下去吗……"周周看着手里的琴，喃喃自语道。

5

"到头来，自己还是忘不掉欧阳老师。"周周将手机贴在小小的耳朵上说道。

"咳咳，你呀，太多愁善感啦。忘不掉欧阳老师是好事啊，咳咳咳，你应该时刻记着老师和我们一起共度的快乐时光，而不是为此感到不开心。"听筒那端传来温柔的女声，连不小心发出的咳嗽声都很温柔，但光是听着这声音就能感受到电话另一端的憔悴与无力。她是当年小提琴班的班长谭亦然，周周在她的眼中就像一个永远需要照顾的小妹妹。

周周躺在床上，怎么也睡不着，拿起手机在通讯录里翻了很久才打出了这通电话。明明冬天都已经过去，但自己还傻傻地在回忆里挣扎。她拼命忍住泪水对着话筒说道："我也……我也不想这样，可是就是无法控制自己的情感……"

"好啦，咳咳……要像我学习，让欧阳老师的正能量作用到自己身上，别担心啦，一切都会好起来的。"

"嗯……"

"不用太勉强自己，放轻松慢慢来，咳咳……"

"可是小然姐，你的病……"

"已经没什么大问题啦，倒是你，要好好照顾自己。"

"嗯，知道啦。"

"好吧，那就先这样，我哥进来找我说点儿事。"

"嗯嗯，小然姐再见。"

失去欧阳老师的不是你李周周一个人，是时候解开心里的那个结了。不过……应该怎么解呢？

周周躺在床上，感觉越来越凉，于是蜷缩着身子，心想这样会暖和一点儿。夜也跟着越来越深，她却依旧睡意全无……

闹钟在响，刺耳的铃声吵醒了不知何时睡着的周周，她困难地支撑起身体，伸出手想要关上闹钟，但一不小心把它从床头柜边推了下去，摔在地上的闹钟继续发出声音，一边抖动一边原地打转。她只好不情愿地睁开眼睛，下床关掉哭闹了快三分钟的闹铃。脱掉粉红色的睡衣，穿上黑色长裙，又套上棕色的毛绒衫，理了理稍稍变长的鬈发。

拉开百叶窗那一刹那，她期待今天会是个好天气——灿烂的晨光随拉起的帘子洒进房间，也一同照在周周的身上。原先停在身边的黑暗全都悄悄退到角落，晴朗的天空下可以看见大小形状各异又富有层次感的云朵。望着楼下花园中生出的一片新绿，她才想起春天的确是到来了……

"这个，是给你的。"桑桑鼓起勇气递给女孩一个蓝色的小铁笼。里面装着一灰一白两只小兔子，这是远在乡下的奶奶托别人带过来的，还写信说家里的兔妈妈生了很多兔宝宝，她特地挑了两只最可爱的送过来。这时，风儿正在楼顶跳舞，发出"呼呼"的声响。

"哇！"周周发出了一声轻呼，仿佛全身每一个细胞都被它俩吸引住。

"因为总是用你的琴箱当凳子，怪不好意思的。之前你不是说最喜欢的动物是兔子嘛，所以我就……"这样讲会不会太别扭了？桑桑一边想着，一边满是紧张和期待地注视着女孩呆呆接过铁笼时的样子。两只兔子正在悬空的笼子里打转，看起来很有精神。女孩像是才反应过来，突然露出惊喜的表情。在柔风的吹拂下，女孩的鬓发轻轻地摆动着。

"好可爱呀！谢谢……"女孩看起来很开心，双眼闪着光，瞳孔中散射着星辰一般的奇妙景色。

"真，真可爱……"桑桑看着女孩出了神，不自觉就冒出这样一句话。

"欸？"

"啊，没，没什么，我说这两只兔子真可爱！"桑桑的心像是被什么揪住了，他很清楚现在自己的脸又红又烫。

"嗯嗯，真的好可爱！"她一边说着一边打开笼子，将手伸进去温柔地抚摸着两只兔子，还轻声跟兔子说了些什么。

太好了！

桑桑松了口气，一阵满足感涌上心头。平时女孩虽然一直微笑着，不过像今天这样高兴还是头一回呢。

"那个……我……"桑桑还在犹豫要不要开口，目光一直飘忽不定，"我最近要画一幅人物画，可以的话……能帮我个忙吗？"

"嗯嗯，没问题，你说吧。"

"我想……我想请你当我的模特，如果你不介意的话……"桑桑觉得这种事情直接说出口实在是太难为情了，他的声音在抖，手中的铅笔也有点捏不稳。

"那我应该怎么做呢？"

这么说她是同意了？

桑桑紧紧捏着铅笔，难掩心中的喜悦。

两只兔子被放了出来，自由洒脱地在楼顶上跑来跑去。女孩像往常一样，把琴放在肩上，灵巧地挥动着琴弓。只是这次，她正面向桑桑。桑桑坐在不远处，视线在画板和女孩之间来回移动，悦耳的旋律一会儿跳到耳边，一会儿追逐着自由的风儿。

桑桑拿着铅笔，笔尖轻触纸张，微微倾斜着挥动，"沙沙"的声响悄悄藏匿在美妙的乐音下。

琴声不断，时而舒缓温柔，时而灵动轻快，时而婉转悠远。画笔不停，迷人的线条在光与影之下优雅地舒张。桑桑心里明白，尽管有点紧张，但他和她都慢慢带着自己心中绚烂的景色进入了彼此美好的世界里。现在的他们，共享着一个鲜为人知的陈旧楼顶，在这片晴空之下，散发着灿烂而耀眼的光芒。

琴声开始变低，节奏也开始放慢，女孩纤细而白皙的手指柔动着琴弦，琴弓以最轻柔的方式一段一段地渐渐离开琴弦。最后的乐音在几秒后消散在刚吹过去的风里，剩下的是铅笔在纸上滑动的声音混在清脆的鸟鸣里。

桑桑心想：这个楼顶仿佛跟她一样，在此时此刻是不属于人间的。

"需要我继续吗？"女孩朝桑桑走进一步，带着微笑问道。

"不用麻烦啦，辛苦你了。"桑桑说着画完最后一笔，长长舒了一口气。他起身带着满意的表情望着这幅画。整幅画算是一气呵成，画上没有橡皮擦擦过的痕迹，从头上的发丝到长裙下的浅口鞋，每一处都是那么自然而美好。

"画完了吗？"

"嗯，不过还需要上色，还需要补充背景，也还有许多细节需要处理……要真正把这幅画完成还需要很长时间……"他像老师翻看自己的作业一样盯着画，自顾自地说道。

"能看一下吗？"女孩说着，又朝他走近了一步。

"呃，啊啊，不行！这……这个是未成品，不能给别人看的！"听到女孩的请求桑桑顿时又涨红了脸，他的心怦怦直跳，说起话来也显得语无伦次。

"真小气……"女孩一手提着琴一手插在腰上小声嘟哝着，但她的脸上依然挂着微笑。

"抱歉，等我画完就拿给你看。"

"好吧……不过你可得说话算数哦。"

"嗯，一言为定！"桑桑递出琴箱说道，"今天也同样感谢你的琴箱，还有，更感谢你能答应做我的模特。"

女孩接过琴箱，这一次，那熟悉的微笑骤然消失了。

"春天……已经到了吧？"

"嗯，按月份来看已经算春天了。"

"那为什么冬天还没结束呢？"女孩用很低的声音说道，眼角不知何时已泛着点点泪花。桑桑呆呆地望着她，一时间不知该说些什么才好。

"有什么烦恼的话……可以说出来，虽然不一定能解决，但我想……至少让倾听的人分担一点后会好受一些。"不善言辞的他想了半天才吞吞吐吐地挤出这些话，女孩如此悲伤的样子，今天也是第一次见。

"我感觉自己快要坚持不下去了……"

"是小提琴方面的吗？"

"大概是……感情方面。"

"老妈告诉我人活着最累的事情就是有着太多理不清的感情，这也许是每个人都难以解开的心结……不过，没关系的，难受也好，委屈也好，都没什么大不了，总有一天都会过去的。"其实张桑桑心里想的是：她不会有男朋友什么的吧？

女孩什么也没说，在风吹动蓝青色裙摆的那一刻，她放声哭了起来。

桑桑不知所措，心想自己说错了话。又一阵风掠过，阳光被正在下压的云层遮挡，看起来快要下雨了。一丝凉意爬上桑桑心头，他记得这种不安的感觉，但现在的他，决定变得更加勇敢。

"对，现在的我不一样了！"桑桑望着开始变得暗淡的天空，在心里这样呐喊。

"走吧，快下雨了，我们一起下去。"这次他的语气很自然。

慢慢停止哭泣的女孩抬起头望向桑桑，轻轻点了点头。

桑桑背着画板走在前面，女孩提着琴箱跟在后面，两人沉默不语，只有踏在一节节楼梯上"嗒嗒"的脚步声。

"我到家了。"女孩突然停下脚步小声说道。

"哦，原来你就住在五楼啊？"桑桑飞快地瞄了一眼门牌，B－502。

周周点点头算是回答了。

"那……再见吧。"

"那个……"就在桑桑准备继续向下走时，女孩轻轻扯住了他的衣袖，温热的手腕顿时有被冰凉的手指触碰的感觉。"今天，谢谢你了……"

"可我并没有为你做什么啊？为什么谢我？"桑桑的不解中好似含着一份新的期待。

"谢谢你陪着我，安慰我。"周周柔声说道。

那一刻，桑桑再一次感觉自己的心好像被什么揪住，甜蜜中还隐隐带着刺痛感。他不知道接下来该如何面对自己内心最真实的情感，也不明白曾经跟表姐提及的"喜欢"到底是不是人们常常说的"爱"。但他想，在表明心意之前至少要将这幅画完成，然后亲自送到她的手里。

透过小窗，带有春天气息的微风吹了进来。周周躺在沙发上，电视里放着无聊的搞笑综艺节目，她不知道为什么那些主持人话没说两句就开始和场下的观众一起傻乎乎地狂笑起来。琴箱慵懒地倒在一旁，荧光屏不断变化的光投射在上面让人不快。她举起遥控器，先是按了"静音"键，后面干脆关掉了电视。

拿起手机，翻开通讯录，发现能拨出去的电话号码简直少得可怜。她想打给谭亦然，又怕打扰到她。那断断续续的咳嗽声，让人既担心又不自在。想来想去周周还是决定写一条短信发给她：

"好久不见！本来想着打电话约小然姐散步的，又害怕打扰小然姐休息，不知怎么又担心起你的身体，所以想着还是发条短信问问才好。"

按下发送键，等待的时间就变得煎熬起来。好在很快便收到了谭亦然的回复：

"的确好久都没见你了，正好今天有时间，去滨江路走走吧。一会儿电话联系我！"

周周起身关上窗，换了件比较休闲的衣服，穿上轻便的帆布鞋，拿着小巧的手包，朝卧室喊了一声"妈，我出去会儿"便出门去了。

"嘿！"谭亦然突然从后面搂住了她，正站在滨江西路路口发呆的周周被吓了一跳。

"啊，是小然姐。"

"抱歉，吓到你啦。咳咳，等很久了吧？"

"没有没有，我也才刚到。"

自从上次参加欧阳老师的送别会后，两人就一直没有再见过面。

"算算时间过得真快呀，都有一年多没有见面啦，咳咳……最近过得怎么样？"

"嗯嗯，还好吧。小然姐你的面色可不好。"

"不啊，一直都是这样的吧。"

两人在流动餐饮车前买了奶茶，边喝边聊着近来发生在各自身边的事。

"咳咳，真难得，周周今天竟然没穿裙子，漂亮的人儿怎么穿都好看。"江边吹来的风拂起谭亦然的长发，浅绿色的连衣裙也跟着飘动。尽管化了合适的淡妆，但缺乏生气的面容依旧无法被完全掩盖。

"偶尔也会穿一些比裙子更自在的裤子啦，不过小然姐穿起裙子来真的好漂亮！"

"哎呀，你就别取笑我啦。"

周周没有说假话，那是发自内心的赞美。只是……这份美丽就像暴风雨中的小花，显得脆弱而无力。

"小然姐……"

"嗯？"

"真的不要紧吗？"

"你呀，什么时候才能改掉这多愁善感和胡乱担心别人的毛病啊？"

"我是……"

"好啦好啦，净会瞎操心，医生都说我没什么大问题了，你就放心好啦！"

两人倚靠在江边的大理石雕花栏杆上，杯中的奶茶所剩无几，话也慢慢变少了。沉默时，周周不时能听见微弱的咳嗽声夹杂在一直向西"呼啦呼啦"吹的风里。

"周周你看，那只'哆啦 A 梦'飞得好高哦！"谭亦然举起手，指着空中一只蓝色的风筝喊道。

"嗯嗯，旁边还有一只皮卡丘，好可爱呀！"周周抬起头顺着谭亦然指的方向望去。

"你说……要是风筝线突然断了，风筝会不会越飞越远，然后飘到一个我们都去不到的地方呢……"谭亦然的声音变得沙哑，听起来十分陌生。周周望向对面那张虚空的脸，不知说什么才好。

"要是我也一直……咳咳……一直追着风筝跑又会怎样呢？"谭亦然双眼无神，像是在自言自语，"咳咳……应该追不上的吧……"

"小然姐……"

"呼……对不起对不起，我……咳咳……我大概有点情绪失控，一会儿……一会儿就好了。"谭亦然抱住周周，靠在她的耳边轻声说道。

风变得微凉，回旋在江岸之上。周周的身体却异常温暖，但她不知晓，那颗被浅绿色连衣裙包裹的心此时正在想什么……

和谭亦然道别后，周周一个人坐上了出租车回家，窗外的天空灰蒙蒙的，飘浮的云朵犹如肮脏的棉球，前方十字路口出了故障的红绿灯闪烁个不停……

由于晚高峰导致堵车，周周回到家时天已经完全黑了。刚推开门便觉得疲惫感像一张带水的蛛网布满了全身，脑袋昏昏沉沉的，眼睛也快睁不开了，每眨一下都是又涩又痛。她在客厅的组合式棕色沙发上坐下，伸手去拿喝水的玻璃杯，无力的手指先是碰倒了杯子，但没抓稳，结果让玻璃杯从茶几滚落到地上。所幸没有摔碎，但发出的声响着实吓了她一跳，她急忙蹲下去捡起还在地板上不规则打转的杯子，可起身时又不小心碰到了茶几的棱角。

"啊，疼疼疼……"周周一边摸着头一边喊道。

"怎么了，周周？"卧室传来妈妈关切的询问。

"没，没怎么！杯子掉了。"她连忙回应，然后皱着眉小心翼翼地站起来，轻轻将杯子放回茶几最中央，生怕再制造出与安静气氛格格不入的声响。

安静，安静。一切又都回复到原来的轨迹。

她抬头望望四周，此时才突然意识到："这样的话，实在是太安静了……"

就在现在，室内室外，再没有什么声音了。

没有爸爸妈妈的说话声，没有电视剧的声音，没有小猫小狗的叫声，没有孩子的哭声或是隔壁一家人的说笑声，没有过路人的钥匙扣"丁零零"回响在楼道的声音……

的确，此时真的太过安静了。周周毫无征兆地鼻子一酸，泪水从眼眶溢了出来。她抽出几张纸巾，连忙接住了无家可归的泪珠。她自己也觉得不可思议：今天明明没有什么值得悲伤的事，虽说不是晴天但也没有下雨，但为什么……为什么自己会忍不住哭出来了呢？

"真希望明天是个大晴天……"在睡着前，周周望着天花板自言自语道。窗外寂寥的夜空中，几颗星正透过薄薄的云发出微弱的光亮，月亮露出小半个脑袋，像浮在海上的牛角船。太阳，在遥远的幕后，静静等待着自己登场的时刻。

第五章

1

刺眼的阳光照在大地上，声势浩大的蝉鸣声让我确信盛夏算是来临了。你坐在麦浪翻滚的田园上，轻轻吹着口琴，我躺在离你不远的一棵香樟树下，侧着头静静望向你。不知不觉到了黄昏，你摘下草帽跑到我身边，轻靠在我的肩上，双手像小猫一样搭着我的后背，我们依偎在一起望着血红的夕阳。你侧了侧身子，在我耳边说道："你猜晚霞和夕阳谁会先消失呢？"我没有开口回答，只是抚摸着你的脑袋，让柔软的发丝穿过指间，一遍又一遍。终于，天边的云霞跟着染红它的夕阳一起远去，天空慢慢暗了下来……

2

三月初的一个早晨，我像往常一样骑自行车到了亦然家。奕哥正拿着紫红色的抹布打扫房间，小蓝姐也提着拖把在客厅和卫生间来回跑。我走到奕哥身边，礼貌地打了声招呼。他转身望向我，笑着点了点头，向阳的那两扇窗被擦得发亮。

"她最近精神还不错呢。"他从小凳子上跳下来，一边将抹布中的脏水拧到桶里一边微笑着说道。

"我觉得……小然还是得找个地方疗养。她不肯去医院，一直就这样待在家里也不是个办法。”

“……”

“奕哥你觉得呢？”见他不打算回答，我只好继续发问。

“倒也行，只是……”他又转身去擦窗台，吞吞吐吐地说着。

“奕哥，我知道你在担心什么，你工作挺忙，小蓝姐现在也有一大堆事，小然就放心交给我吧。地方我都联系好了，就是那所很出名的青藤疗养院，各方面条件很不错，再加上院长也算我老熟人……”他一定能从我的语气中听出认真和坚决，因为这次转头望着我时脸上没有丁点儿笑容。

“咳得那么厉害，能等她稍好一些了再去吗？”

“你知道的，她说什么也不肯去医院。她不能再耽搁了……”

奕哥不再说话，也不再看我，而是扭头望向窗外已经由青开始渐渐变蓝的天空。过了好一会儿，他才又开口道：“沈默……你会好好照顾她的对吧？”

这时候小蓝姐过来了，取下那双粉红色的橡胶手套拍了拍奕哥说道：“行啦行啦，你这不是废话嘛？”接着又解开围裙对我说道，“沈默你别太在意啊，你奕哥也是放心不下小然才这样的。哦对了，小然刚刚应该起来了，我煮了点儿粥，正好你帮我带去。”

我接过微烫的碗，朝亦然卧室走去。门是虚掩着的。我端着碗小心翼翼地走到她的床边。亦然半坐着靠在又高又厚的枕头上，看了我一眼又迅速将视线移回那本绿壳子书上，用纤细的右手中指在书页中间一滑便翻到下一页，发出“嘶唰”的轻响。

“睡醒了啊。”我把碗放好，跟她打招呼。

“嗯，刚起来。咳咳，本来想看会儿书的，但一发呆就都读不进去了。”她合上书望着我笑了笑，小声说道。

她穿着毛茸茸的睡衣，棕色的外套放在书桌旁的木椅上。黑色的长发有些凌乱，脸色依旧苍白。

"这本书叫什么名字？"我问这句话时，她已经将那本书放回枕下了。

"《一个人的好天气》。"她用好听的声音报出书名，脸上露出孩子一般的笑容。

"噢，有机会也给我读一下。"

"才不给你看。"说着她又重新拿起那本书。

"我不能看吗？我就要看。"我半开玩笑地做出要去抢书的动作。

"讨厌啦！咳咳咳……"她尖叫着把书捧在怀里以避开我的双手，却突然又咳嗽起来。咳声很小，但持续不断，每一次都散发出少女特有的温柔气息，但那种声音却让我感到无比心痛。

我试着去抱住她，却被她拒绝了。

"怎么了，亦然？"

"没什么……"她低下头，用几乎听不见的声音说道。

"亦然，去疗养院的事我跟奕哥说了。"

"哥怎么说？"她忽然抬起头看着我，有些担心地问道。

"奕哥舍不得你走，说再等一段时间。他想你缓解了咳嗽再去。"

"这本书……"她顿了顿，触摸着书的封面慢慢说道，"是去年过生日时哥送我的，当时我说会尽快看完，可是直到现在……咳咳，咳咳咳……"

"亦然……"

"抱歉……我以为能忍住的，咳咳……"

"不需要忍的。"

"可我不想你们在的时候这个样子。"

"要不，还是去医院吧，也许……"也许在医院还可以找到办法，要放在以前我一定会这样对亦然说的。上次提到去医院时，亦然竟快哭了起来。那时她突然拉住我的手，就像一块冰敷在皮肤上。"不要！不要！沈默我求你了……"

看到她又是一副快要哭出来的样子，我的心就又凉又痛，于是扭过头去不再看她。

度过了沉默而又漫长的几分钟，她又像什么事都没发生的样子，微笑着抱住我轻轻说道："好啦，等去了疗养院，我们每天都可以这样在一起了，是吧？"

"嗯……"我装作心不在焉的样子应了一声，端起了那碗放在床头柜上的粥：

"吃早饭吧，是好吃的桂圆红枣粥哦，不然快凉了。"

"嗯，我们一起吃。"

我和她依偎在一起，看着阳光一点点洒满窗外一片醉人的新绿……

一阵急促的敲门声响起，我连忙穿上拖鞋跑去开门，门被打开的一瞬间，三个穿着白大褂的男人同时冲了进来。

"你们要干什么？"我往后退了一步，惊恐地望着他们问道。

"当然是带谭亦然回家！"顶在最前面的男人扯下脸上的口罩，对着我理直气壮地喊道。

"你们疯了吧？这里就是亦然的家！"

"哼。"在他右边的小个子男人也扯下口罩，冷笑一声道，"都病成这个样子了，医院才是她的家！"

"别跟他废话，直接带走！"另一个也气愤地说道。

"我们走！"

"走！"

他们推开我大喊着冲进卧室。

"不行！你们不可以！不，不可以……"我拼命地喊着，但全身上下都使不出一点力气。

"沈默！沈默！沈默……"他们抬着不断挣扎的亦然从我的视线中越走越远……

"不要！呼……呼……"我一下从床上坐起，睡衣被冷汗完全浸湿。额头上黄豆般大小的汗珠正伴随着急促的呼吸声一颗颗滴落。睡前一直在想亦然的事，看来是受影响了。

这梦实在是太逼真了。

我打开卧室的台灯，又走出去打开客厅的吊灯，从冰箱里拿出那小半瓶伏特加，一饮而尽。

关于亦然怎么都不愿去医院的原因，一开始我以为是她的心理作用，毕竟从医院出来的病人大概都不愿再回到那个阴暗冰冷、死气沉沉的地方了。但真正的原因，我也是近来才从奕哥口中得知的。

"亦然十二岁那年，跟着我和爸妈一起去外地游玩，当时由于大巴司机疲劳驾驶，返回途中便出了车祸……当我从病床上苏醒过来时，小然正趴在我身上大哭。那时我才知道，爸妈在出事不久就因为抢救无效先后去世了。而我，在病床上昏迷了两天两夜，小然也就在重症监护室外的走廊上等了两天两夜……"奕哥说完时，脸色已经很难看了。我震惊得说不出话来，小蓝姐倒是很平静，看样子她早已知道。

当时的亦然吃不下，也睡不着。看着来往的护士推着一辆辆盖上白布的手术车、跪在地上哭号的陌生人、叹着气说"已经尽力了，请节哀"的医生，还有生死未知的亲哥哥……所有的声音和景象都在那昏暗，泛着冷冷绿光的楼道中反复折射，混杂在难闻的消毒水中久久不能消散。带着已是孤儿的心情，在这种地方待上两天两夜……我不敢，也不忍再继续想下去。

从那次之后，我便决心不再提让亦然去医院接受治疗的话。

到了三月中旬，亦然的病似乎变得更严重。从早到晚都在咳嗽，丝毫没有好转的迹象。那咳声虽轻，但很急促，就好像在提醒我该做点儿什么了。

那天午后，我带着行李去了亦然家。简单沟通后，奕哥和小蓝姐把我们送到了火车站。

亦然在奕哥面前表现得很开心，一直到进站前她都始终保持着微笑。奕哥也努力装出平静的样子，紧紧拉着小蓝姐的手，站在安检门外久久不愿离开。我们乘上开往疗养院所在山区的绿皮火车，火车缓缓驶离站台，把熟悉的风景留在身后，越来越远。我们找到自己的座位，放好行李坐下。亦然靠在我的肩上，忽然一脸落寞，我也将头轻轻靠过去，想用这种方式安慰看起来惶恐不安的她。她望着车窗外一动也不动，不知为何，我的心就像这间车厢一样，空空荡荡的……

睁开还残留着一丝睡意的双眼，发现亦然正躺在我的怀里。她睡眠很浅，我不敢挪开酸麻的左腿，生怕吵醒难得能睡着的她。我将目光投向窗外，灰暗的景色伴着铁皮车厢的摇晃一点点推移。小雨应该是睡着时开始下的，车窗上滑着几道不规则的水痕。

"咳咳……"睡梦中的亦然轻咳了几声，眉头紧锁的样子让人不忍多看。

大约又过了两个小时，火车在目的地停下。

站台前有院长派来的助手迎接我们。我背着行李，搀扶着刚睡醒的亦然，跟在助手后面。走到站外一家便利店旁，她扭头朝里望了望，又迅速转回来。

"饿了吗?"

"没有……"

"累了?"

"嗯，有点。"

"还有一段路要走呢，要不买点儿吃的吧?"

"嗯……"

助手开着汽车穿过全是一排排低矮木房的小山村，前方的路陡然变成了泥沙混着石子的烂路，颠簸中还有无数个弯要转。我伸手打开车窗，担心亦然会晕车。又开过一段路，一片长青树林前面出现了一幢灰色房顶，整体呈白色，类似于别墅却又比一般别墅大得多的西式建筑。建筑物大门的最上面横着一块精致的木板，刻着"青藤疗养中心"几个大字。

"亦然你看。"我用手指着那边小声说道，感觉车子正在减速。亦然微微抬起头，用没什么精神的目光茫然地看着那栋建筑。我看着她，忽然有了一种说不出的担心。

到了疗养院内，亦然跟着医生去二楼进行检查，我则被院长带到三楼的办公室办入院手续。院长叫王池，是父亲当年最要好的大学同学。我曾经跟着父亲参加大大小小的聚会，总能碰见他，现在多年不见，没想到他还是老样子：胖得让人不禁联想到套在最外面的那只俄罗斯套娃，抽烟喝酒时喜欢皱眉，面容看着并不怎么和善，但却是个老好人。

"小默啊，你老汉最近还好吧？"

"多亏有我妈，挺硬朗的，抽烟的毛病也改了。"

"是吗？我倒还时不时来几根。"他注意到我望着房间里"禁止吸烟"的烫金提示牌，又添了句，"哦，二楼有专门的吸烟室。"

"挺人性化的。"

"嘿嘿，与人方便自己方便。走，这会儿应该还没检查完，我先带你熟悉下环境。"说着他带我从上到下把整个疗养院参观了一遍，每走到一个地方都会笑呵呵地介绍起来。我一直点着头，食堂开饭的时间段、热水供应的时间段等重要的事情我会记在手机备忘录上，以便照顾亦然。他的热情让我倍感安心，暗自庆幸带亦然来这儿是正确的选择。没过多久，亦然的主治医师找到我们，手上拿着一张写满字符的纸。

"问题可能比较严重……"他将那张纸递给院长，低声说道。

院长盯着看了半天，带着严肃的语气面向我们道："这些先不要告诉病人，让她先在院里静养，过段时间我会再向你说明具体情况和对应的解决方案。"

"谢谢了，池叔。"

"小默，我看你脸色不太好啊，一定是今天累坏了，快去休息会儿吧。"

"病人在二楼的七号房间，走下去左转就可以看到。"

"谢谢了。"

我推开门轻轻走进去，亦然正坐在床上朝我微笑。房间里有股松木的香味，地板看起来还很新，深蓝色的铁床架看起来很结实，上面铺着整洁的白色床单。不远处有一套桌椅，桌上摆着一只高高的橙色花瓶，里面插着说不出名字的野花。有独立卫生间和洗漱台，有淋浴喷头和防滑垫，白绿相间的窗帘一动不动地垂在窗前。不一会儿，两位护士送来我们的行李。扎着短马尾的那位在桌上放了盏台灯，说道："大山里会经常停电，这是装电池的应急台灯，会派上用场哦！"

"嘿嘿，毕竟是大山嘛。"另一个护士也笑着说道。

"真是很周到，感激不尽。"我接过行李，礼貌地说道。

"今天还有病人会来，我们先走啦！"两位护士说完便离开了，房间里又只剩下我和亦然两个人。

"呐，雨又开始下了……"亦然的声音变得有点沙哑。

我茫然地望着窗外，乌云停在原处不愿离开，风吹进常青树林发出"沙沙"的声响。我关上窗，放下安全栓，转过身走到亦然身边轻声问道："感觉怎么样？"

她没回答，先是摇头，又望着我点了点头。

"现在饿了吗？"

"嗯，稍稍有点。"

"那等我一下，马上就回来。"

外面越来越黑，渐渐地什么也看不到了。

打开灯，我们开始吃从一楼食堂取来的晚饭。虽然两个人不是第一次像这样单独吃饭，但周围都太过安静，难免显得有些凄凉。

饭后我下去接水，好让亦然吃下今天新开的一大堆药片。刚走到门口，亦然的手机便响了。

"哥……"

"嗯，到了一会儿了。没什么事。"

"还好，没怎么咳。"

"你不用这么担心我，哦哦，嫂子也是。"

"嗯，嗯，会的，嗯。"

"沈默啊，给我打水去了。"

"是呀，刚才医生开了好多药。"

"放心吧，沈默会提醒我的。"

"嘿嘿，我也这么觉得，嗯，拜拜。"

我站在门口听她接电话，大概能猜到奕哥对她说了些什么，高兴之余更多的还是心痛。

"问题可能比较严重。"下午医生说的话如同严厉的警告一样时刻浮在脑海。突然我的手机也响了，吓得我差点儿松开提着水瓶的手。

"奕哥，我准备安排妥当后给你打电话的。"

"沈默啊，你在哪里？"

"我在一楼打水呢，房间里没有饮水机，哦，不过环境很好！"

"那你说话小然听不到吧？"

"嗯。不会。"

"听小然说今天也做了检查了，情况怎样？"

"没什么大问题，医生说还需要长时间地静养。"

"那就好，那就好。"

"奕哥。"

"嗯？"

"小然身体的事，我们都要有耐心和信心才行。"

"是啊，你说得对。"

"那先这样，小然还等着水喝药呢。"

"好，好。"

我说了谎，因为我实在不忍心将真实情况告诉一个远在异地，无法为亦然做点什么但又深爱着她的人。这样，实在是太残忍了……

回到房间，亦然扬起嘴角，像是炫耀一般说道："沈默，刚刚我哥打电话过来了。"

"那你一定又像小孩子一样跟他撒娇了吧？"

"喊！才没有呢。"

"奕哥有没有问到我呀？"

"嗯，他知道你给我打水去了，听起来很开心哟。"

"那就好，我还怕你说我欺负你呢。"

"所以啊，对我好一点，不然下次可说不准。"她调皮地一笑。

我也望着她笑了起来，心里却怎么也不是个滋味。

我说了谎，一天之内说了两次。

吃完药，亦然躺在床上非要我给她讲故事。我问她想听什么故事，她将被子扯到颈边，睁着大大的眼睛说道："什么故事都行啦，比如疗养院里流传的恐怖故事也可以哦。"

听她这样一说，我便想起了下午跟院长一起参观时的事情：一楼朝右最里边的那个房间，只是从外面看便觉得既阴森又恐怖。院长说那是他们院里病情最重的患者，同时得了几种奇怪的皮肤病，发痒、溃烂、萎缩直至干枯，但就是查不出原因。现在那个房间已经被当作了隔离室，原因是害怕传染给其他人。我点点头，心想，亦然的病又会有多严重呢？当我跟在院长身后准备返回办公室时候，一阵从未听过的、可怕而异样的干咳声传入耳中。我回头盯着门上的"140"号码，顿时感受到死亡的气息正从门缝中飘出来……

"嘿嘿，你不怕？"我笑着问道。

"不怕。"亦然有些心虚地缩了缩脖子。

"乖啦，睡觉吧，明天讲给你听。"我很清楚，在我疲惫且不安的心里早已生出一丝焦躁。不过我温柔的话语让自己确信伪装得十分到位。

"好吧，反正时间还多的是。"她转过身，扯了扯被子说道。

"早点休息，我去客房了。"

"嗯"

"晚安。"

我说完正准备关灯，亦然却突然起身望着我说道："别关灯，可以吗……"

我走回桌前，打开那盏小台灯，再关上白炽灯。

"这样可以吗？"

"嗯……"

"做个好梦。"我在床边趴下，在温和的橘黄色微光中亲吻了亦然的额头。

"嗯，晚安。"她把被子一直拉到下巴，轻轻说道。

我走出房间轻轻关上门，如释重负般向客房走去。

第二天醒来时已经快十点了，意识到自己已经睡过头，我慌忙从床上跳起来，连床单都没有整理，穿好衣服便朝病房走去。

"早上好。"亦然已经醒了，正朝我微笑。她的问好很有活力，只是脸色依旧显得十分苍白。

"嗯。"我点点头说道，"昨晚睡得还好吧？"

"一会儿就睡着啦，不过没有做梦。"她歪着头说道，看样子心情还不错。

"没做梦说明你休息得好。"我一边说着，一边拉开窗帘。

刺眼的阳光射进了房间，我眯着眼睛朝窗外望去，湛蓝的晴空和远处的青山镶嵌在了一起。花瓶里的白色野花应该被早前来过的护士浇过水，花朵上的露珠在阳光下显得晶莹剔透。

不一会儿，主治医生走了进来，热情地问道："今天感觉怎么样？"

"感觉……还不错！"亦然望着我，笑嘻嘻地说道。

"记得把今天的药吃了哦！"医生指了指桌子上的瓶子，温柔地说道。亦然没说话，只是像小学生一样，满脸认真地点了点头。

午后，我带着亦然到楼下的花园散步。她牵着我的手，在说不出名字的花团里慢慢走着。

"哇！"亦然突然松开我的手，跑向前面不远处更低矮的花堆。她在原地蹲下，转过头朝我招手，"这里！"我赶快跑过去，在她的旁边蹲下。

"你看。"亦然双手支起脑袋，微笑着说道，"这是护士姐姐放在桌上的那种小花哦！"

"还真是，你不说我都没注意呢。"我的语气配合着她的高兴。

"嗯……很香哦。"亦然将身子微微前倾，伸出手轻轻摘下一朵白色小花，温柔的鼻息融进了淡淡的花香之中。我也摘下一朵稍大的，别在亦然靠近耳朵的黑发里。

"你现在看起来就像个十四岁的少女。"我笑着说道。

"噗，为什么一定是十四岁呢？"

"没有为什么，就是这么觉得的。"我没告诉她我是忽然想起了《伊豆的舞女》才这样说的，不过这下我们两个都笑得更开心了。

傍晚，亦然躺在床边看奕哥送的那本书。我靠在窗边，出神地看着远方的树林和山丘，不时有几只大山雀向着山后快要消失的夕阳飞去，它们张开的翅膀连同掠过的云霞都被染成了血红色。只可惜，这样的美景转瞬即逝。

九点钟光景，亦然刚吃完药便来了睡意，既没让我打开台灯也没让我给她讲故事，只是将头歪向一边，发出轻柔的呼吸声。我小心地关上大门，回到了客房。躺在床上怎么也睡不着，只要闭上眼睛，关于亦然的种种画面便会清晰地映在脑海中。我猛地摇摇头，试着去想一些让人感到放松的景色：故乡小桥下清澈的溪水，蓝天白云下一望无际的草原，或是晴空下随风飞舞的樱花雨……可是过不了多久，亦然，她的笑脸，她的泪水，她乌黑的秀发，她时断时续的咳嗽，便又会一一出现在我所想象的那些画面中。

又过了一会儿，睡意全无的我索性睁开有点胀痛的眼睛，披上外套起身朝门外走去。

"抱歉啊，这么晚还来打扰您。"

"哈……这没什么，很多睡不着的人都爱在这个点儿出去散步呢。只不过其中也有病人，那都是去寻死的。"老门卫笑了笑，佝着身子摸出钥匙，打开了挂在疗养院大门上的大铜锁。道过谢后，我谨慎地推开大门，却不料还是发出了与这沉默的夜晚极不和谐的"吱呀"一声，而且关上门时这声音竟难以避免地再次响起。我顿时头皮发麻，全身也起了鸡皮疙瘩，生怕这声响会影响到病人的睡梦。我迈着无声的步子，借着明朗的月光朝外面走去。

我走进来时看见的那片常青树林，踩在泥土上能听见"啪嗒"的声音，只是不大。不时能感受到从远处山麓吹来的风，吹动树枝，长在上面的叶片便来回摇摆擦碰，产生一种"沙沙簌簌"的奇妙声响。这声响从远到近，再由近及远，最后又回旋到了远山的背后……

　　大概走了半小时，我到了树林的尽头。再迈开一步，脚已踏进了一片麦田，那些还在努力迈向成熟的金色叶片在皎洁的月光下显得格外迷人。我拨开交错的麦穗，向田原深处走去，视线变得愈发开阔，隐约能看见远方山岳带点银光的轮廓。我忽然踢到一条伏在地上的粗壮树根，差点儿一个踉跄摔了过去。抬头一看，头顶竟是一棵巨大无比的香樟树。我拍了拍裤子，坐在了树下。虽然是第一次来这里，但不知为什么，这个地方让我莫名有一种熟悉感和亲切感，仿佛是梦中来过一般。

　　又一阵风拂过，田里的麦穗随着微风摇曳，天上的冷云也全被吹开，远方山脉的轮廓变得更加清晰鲜明，月光没费多大力气便从整齐的枝叶中穿了过来，照在我和大半个树干上。我眯着眼，看着一半是光、一半是影的原野，感觉自己快被眼前光影斑驳的景色吸了进去。

　　闭上双眼，任凭风儿在耳边轻吟，在麦浪间浮旋。忽然，一种难以名状的悲伤趁我不备之际涌上了心头。

　　"亦然……假如我的生活里从此没有了你……"

　　"沈默！你又在说这种话！"身体里像是有两股声音在响，后者正厉声呵斥着前音。我紧握着双手，想让自己尽快平静下来。风再次带着麦穗的幽香，给了我一个轻轻的拥抱。我深吸一口气，索性躺在树下。山野深处，夏夜凉爽得恰到好处，我只想歇息一会儿便回去……

　　新一天的早晨，我是被鸟鸣声唤醒的。我扶着树干站了起来，能感受到腰和脖子处传来的酸痛感，头也有点晕，应该是受凉感冒了。衬着东方的晨曦，我看到了与昨晚月色下截然不同的景色，但我来不及去好好欣赏，拍去身上变得有点湿润的泥尘，沿着来时的路快步返回。"沈默啊沈默，你忘了你是来干什么的？"我心中充满了不负责任的内疚。

一路小跑回疗养院，我额头已经微微冒汗。老门卫神色怪异地打量着我，扯着长长的呵欠开了门。我向他问了声好便上了楼。

我小心地推开门走进病房，看到亦然已经醒了，她正披着毛毯坐在床边，屋内光线还较暗，我看不清她的脸。

"亦然……"我感觉自己的脸和额头都有些发烫，但还是装作很轻松的样子问道，"昨晚也睡得不错吧？"

"嗯。"她轻轻应了一声。

太阳出来了，隔着窗帘也能感受到它的热度和活力。我走到窗前拉开了那白绿条纹的窗帘，屋子里顿时变得光亮了许多。

"昨天我让护士姐姐在配药时加了一小点安眠药，效果很好哦，不过这会儿总觉得脑袋昏昏沉沉的。"原来亦然是这样睡着的……

"沈默，昨天晚上我做了奇怪的梦……"她在我身后柔弱地说道。

"哦？是个什么样的梦？"我转过身去看着她问道。

"嗯……"她欲言又止，大约是在犹豫着要不要告诉我。过了好一会儿她才开口："就梦见自己在一座天桥上，拿着手机一直给你打电话，可不管打多少遍都是无人接听或不在服务区。桥上除了我什么也没有，风也没有，云也没有，只有一个红色的月亮悬在上空……你说是不是很怪？"

她望着我，脸上露出不安的表情。

"这很正常啊，谁都会做一些不着边际的梦。没事，我一直在这里呢。"我像安抚小孩一样轻轻摸着她的头，清香随着柔顺的发丝萦绕在指间。"难不成还真有心灵感应，能探测出我昨晚不在她身边？"我的解释撞上了自己的猜想。

"今晚能陪我一起睡吗，我害怕……"她俯身过来趴到我肩头上。

"嗯。"我一手揽着她的腰一手轻轻拍着她的后背。

"今天也能去散步吗？"吃完午饭后，亦然坐在床上歪着头询问端着药盘正要离开的护士。那个护士似乎心情不太好，只是面无表情地点点头便快步走出了病房。亦然倒是没太在意，拍着手笑道："太好啦，今天想去更远处看看呢！"

走在田间小道上，我看着亦然出门前戴上的草帽，不由自主地说了句："这顶帽子你戴着真好看。"听罢，她原来苍白的脸上顿时飞起一片红霞，羞答答地悄声说道："是吗？这也是哥送我的，当时还老嫌它难看，一次都没有戴过呢。"

"真的很好看。"我又肯定地说了一遍。

"哇！这里也好漂亮！"亦然扶了扶帽子，拉着我朝前走。

这里对于我来说已经再熟悉不过了，因为算上这次已经是第四次来访了。也许是心理作用，有亦然在身边，这番景色好像又变了样。风掠过粗壮的香樟树，掠过已经开始泛黄的麦穗，又从我们两人之间吹过，没有夏日的蝉鸣，没有欢快的鸟叫，也没有我和她沟通的言语。这股风，吹来了一丝浅浅的寂寞。我走到树下，看着站在原地一动不动的亦然，不知道晴空之下的她正在想些什么。我所能做的，便是静静守护她……

"想不想听点轻音乐？"在不远处的田坎上，亦然挥动着口琴问道。我点点头，既意外又开心。自从亦然生病后，我便再没有见过她吹口琴的模样了。

琴声从震颤的金属簧片里飞了出来，响亮而舒缓，美好动听的旋律渐渐飘散在整片原野。被风吹动的麦穗和香樟树上的叶子来回摆动，发出"沙沙"声响仿佛附着的和声一般。

"这个地方我们是不是曾一起来过?"我咽下这句话，放弃与模糊的记忆做抵抗，索性躺在曾经入睡的那片树荫下，闭上眼静静聆听这难得的悠扬琴声。

与病魔抗争，健康快乐地活下去是黑暗中唯一的一丝光亮。我知道那是晴空中阳光流转的斑驳，是我和亦然为之坚持下去的希望……

3

暴风雨总是悄然来临。

从一个阴雨绵绵的早晨开始，亦然完全失去了食欲，就连一小碗黑米粥都喝不下去。晚上也难以入睡，不得不增加安眠药的剂量。我开着台灯在病床边陪她睡觉，仅仅只是望着她便能痛彻地感受到她时而平缓时而急促的不稳定呼吸。看着她紧锁眉头的痛苦表情，我多么想进入她的梦境，牢牢抓住她的手，紧紧抱住她。可身处梦境之外，无能为力的我只能坐在她身旁担心地看着她。近日服用相同剂量的药已经失去了效果，令人痛彻心扉的咳嗽声不时响起，这时我便不敢呼吸，我害怕自己任何一个动作都会打断她珍贵的睡眠。

窗外的天空满是阴霾，密布的乌云徘徊着不愿离开，雨时大时小，但一直未停。

一个下着小雨的早上，奕哥拿着把深蓝色的大伞来到了青藤疗养院。对于他的突然到来我并不觉得意外或显得惊讶，因为我知道他迟早是会过来看一看的。

"这里环境真不错啊……"奕哥在院里走来走去，似乎对这里的一切都很满意。

"嗯，整体感觉也很好呢。"他环顾四周，眼睛睁得大大的。

"小蓝姐呢？"其实我也不是特别关心这个，但还是下意识问了出来。

"她呀老喜欢折腾自己，太忙了，实在是抽不出时间。"

"这样啊，不过小蓝姐也一定很担心小然吧？"

"是啊，她也感到很抱歉呢，说没有尽到当嫂子的责任。"

"没关系的，等小然病好了，我们应该再聚一起好好吃顿饭啊聊聊天什么的。"

"嗯，应该，应该。"

"奕哥，我们上去吧，小然就在这个房间里。"我指了指三楼那开着半扇窗的房间。

"好……"

尽管只是一瞬间，但我还是感觉到了奕哥的迟疑与不安，他跟在我身后上了楼。推开门的同时，我用兴奋的语调喊道："小然，你看谁来了？"

亦然躺在病床上，背对着门，听到我的声音，只是将手举过来无力地垂到床沿。

"小然……"奕哥来到病床前，用几近哭泣的声音颤抖着呼唤。

"嗯？哥？哥！你怎么来啦？"亦然转过身，用不敢相信的眼神看着奕哥。

"这不是好久没见小然，想你了嘛。"他的声音恢复了正常，泪水在眼眶中打着转却始终没有落下来。

"哥，我也好想你……"亦然翻身坐起抱着哥哥，眼泪像一颗颗大豆一样瞬间从脸颊上滚落下来，滴在奕哥的臂弯上。

"想着这边应该吃不到泡粑，临走前我就自己做了些，不知道味道怎么样……"说着奕哥从公文包里拿出一个茶色的布袋，鼓鼓的袋子里装满了雪白的小泡粑。

"那我就尝尝哥的手艺！"亦然伸出手迅速拿起一个泡粑放

到嘴边，露出一种这段时间我绝没见过的笑容，我知道这是只有在奕哥面前才会展露的微笑。

"哎，等等！等一下。"奕哥则是一副惊慌失措的样子，对妹妹这一突然的试吃动作感到万分紧张。

"嘻嘻，很好吃哦！还是熟悉的味道，哥有手艺没丢哎！"亦然对着奕哥竖起大拇指，脸上依旧保持着那种微笑。

奕哥不好意思地摸了摸脑袋，回应给亦然的笑显得有点别扭，但在身为妹妹的亦然眼里一定非常可爱吧。

"我出去一下。"我假称要给家里打个电话，好让他们兄妹俩单独待在房间里。

出了房间，我像初来疗养院时一样，从上到下在各层楼道闲逛。走到一楼时，我突然想起那个 140 房间。想象着那个病人身上开始四处发烂的皮肤和低沉沙哑的可怕咳声充斥着潮湿恶臭的阴暗房间……我摇了摇头，中止了这让人浑身不快的臆想。我不打算再继续向那边走了，于是准备转身回去，路上正碰见上次给亦然送药的护士朝着那个方向走去。我礼貌地朝她点点头，可她跟上次一样，没心情跟我问好。跟她擦身而过之后，我跟着来给亦然送药的护士一起上了楼。

"刚才过去的那个护士怎么了？好像最近都不太开心。"我指着那个方向问道。

"那是自然咯，谁碰到这样的事都开心不起来的。"护士摇摇头撇着嘴说道。

我不太能理解，便继续问："具体是什么意思……"

"上次分配任务时，谁都不愿去照顾那个房间的病人。唉，你也知道一些吧？那是个满身黑斑、又臭又烂、长得像鬼一样的老头子呢，明明已经没救了，但还是赖在院里不走。要不是我们院长人太善良，估计早就被赶走了。哎呀，扯远了，院长讲了一大堆良心啦、责任啦、救死扶伤啦也没人愿去，最后抽签决定，你猜怎么着？刚刚那个就是'中奖'的人哦，啧啧，也算倒霉！"

"哦，这样啊。"我听得认真，心里是说不出的压抑和难受。想着那个护士是怀着怎样的心情去打开那扇门的，又想着那位病人是抱着怎样的心态一个人待在隔离室的。

"唉，大家的日子都很难熬呢……"我不禁小声地自言自语道。

端着护士给的药品盘回到房里，看见奕哥和亦然坐在床上，旁边散乱地放着一把南瓜子和一堆扑克牌。我知道这是他们兄妹俩从儿时起就常玩的游戏：两人分别从自己的牌里抽出两张，四张牌面数字用加减乘除四则混合运算得到结果24，先算出来拍手示意，向对方讲明算理的为赢，而输的人则要剥一颗南瓜子喂给赢家。听亦然说过，哥哥有时会故意拍手，然后半天讲不出个所以然，就只好给妹妹剥南瓜子了。

亦然看到我突然进来的反应很有趣，像是做了什么坏事被发现了一样，涨红着脸赶紧把扑克牌收进盒子里。

我明白自己应该还是打扰到他们了，便不好意思地点点头，轻轻朝窗户那边走去。见我过去的两人则继续剥起了南瓜子，用说悄悄话一样的语气和声调谈论着什么。他们一会儿争抢着对方手中正剥到一半的南瓜子，一会儿靠在一起"咯咯咯"地傻笑起来。我猜他们一定在谈论着与我无关，但却对他们来说意义非凡、无比感动的往日时光。看着两人快乐地交谈，看着亦然眼中闪烁着的光芒，看着他们幸福的样子，本以为我会嫉妒，却也不由自主地扬起了嘴角。

"真不好意思，公司有紧急会议需要马上赶回去，请一会儿再告诉亦然吧。"快到黄昏时，奕哥把我带到一楼的打水处说道。

"我觉得奕哥还是亲自去道别的好，不然小然会伤心的。"

我把装满热水的水瓶塞好，看着奕哥说道。

"不，不。"奕哥摇摇头，皱着眉说道，"要是我去和小然说再见，一定会让双方都看到彼此舍不得的样子，那样大家都会更难过的。"

"好吧……那我一会儿再跟小然讲。"我像是叹气一般挤出这句话。

"沈默辛苦你了，照顾好小然，拜托了。"说完他转身走出了院子。外面的雨不知何时下得更大了，他撑开那把略显陈旧的蓝色大伞走进"哗啦啦"的雨中。虽然我看不清，但能感觉到那身影在消失前回头朝三楼的窗上凝望过数次。

"奕哥有急事已经回去了哦。"我走到亦然身边，故意装出很轻松的样子说道。

"嗯，我知道了。"她点了点头。跟我料想的一样，她的脸上瞬间流露出失落的表情。"忙得离开时打个招呼都没空吗？"她小声说道，我不知道她是在问谁。

"没想到你还是个玩牌的高手，亦然今天又变成了十四岁的少女哦！"我走到奕哥之前坐的那个位置，想着尽快将她从那种情绪中解脱出来。

"哎呀，什么高手嘛……'算24'你不会啊？"她把身子朝里移了移，笑着说道。我知道自己的技法是拙劣的，但她能配合我也高兴。

我望着亦然，轻轻地抚摸着她的额头。

"今天，哥又亲我了……"她突然冒出这样一句话，我有点没反应过来。

"唔……"我也不知道说些什么，想了半天才开口，"亲，亲的哪里呀？"

"这里。像小时候亲我一样。"亦然抓住我的手，在她的额头上又摸了摸。

"哦……" 我心不在焉地应了一声。

"等等!" 她把手放在我的脸上问道,"你不会是吃醋了吧?"

"没有。" 我觉得有点难为情,便将头扭到了一边。

"噗,你啊,居然会吃哥的醋,真是太可爱啦,啊哈哈,笑死我了。" 她再次把手放在我的脸边,一边大笑一边盯着我搓来搓去。

"说了没有! 怎么可能。" 我红着脸大喊,也伸手捏住了她小小的脸。

"好哇……你还死不承认!" 说着她拉开我的手,一下凑到了我的脸边,鼻子和鼻子碰在了一起。我先是一愣,接着托住她的下巴迎了上去,一刹那,亦然柔软的双唇在我的嘴边留下了触感。我心跳在加速,身上一阵燥热,不顾一切地紧抱着她,像是生怕她融化了的感觉。

不知什么时候我已抬起头,亦然的脸涨得通红,想必我也是一样。我俩望向彼此傻笑了一会儿。接下来,她低着头不说话,我也保持沉默,就这样听着窗外越下越大的雨。我不知道为什么会这样,毕竟这并不是我俩的初吻。说实在的,从她病情加重这一两年以来,已很久不让我吻她了。

"你不饿吗?" 过了好久,我才用这句话打破沉默。

"还好,你呢?" 亦然还是没看我。

"刚刚吃过你了,所以还不是很饿。" 我有些放肆地说出这样的言语。

"噗……" 没想到亦然居然笑了起来。她笑得如此开心,以至于笑出了眼泪。"你今天也变成十四岁了。" 她试着收住笑声,抹着眼泪说道。

"有这个可能,不过这下总算把之前的醋全吐回给奕哥了。"

"好啊,我要给哥通电话打你的小报告! 等等,你之前果然吃醋了吧,哈哈……" 亦然拍了拍手,笑靥如花。

"亦然。"

"嗯？"

"我爱你。"

"嗯！我也是。"

在那个下着大雨、不见夕阳的黄昏，我和亦然仿佛真的回到了如晴空般灿烂美好的十四岁。

晚上，雨小了一会儿，但没消停多久便以更猛烈的形式向着大地进攻，那是一场可怕的暴风雨……

吃了止痛药和安眠药，亦然便早早躺下休息。这几天我都没怎么回过客房，一直都是静静守着亦然不知不觉入睡的。可是今晚我却怎么也睡不着，平日里的那盏台灯发出的黄光看起来柔和而舒适，但现在却感觉像一个调皮鬼打着手电晃来晃去一般惹人心烦。又过了十几分钟，当我准备伸手去关掉台灯时，忽然听到楼下发出一阵嘈杂的声音。虽然无法分辨发出声音的具体位置，但不祥的预感告诉我，声源一定在一楼。突然，一道闪电透过层层乌云跳了出来，黑暗中那白绿相间的窗帘也能在一瞬间看得清清楚楚。并且，随之而来的是一阵沉闷的雷声。急促的脚步声跟雨点砸在窗上的"啪嗒"声音像是在相互争吵。透过层层木板，隐约还能听见一些医疗器具启动和工作的声音。

我不安地望着亦然，耳内充斥着的尽是让人无法平静下来的声音。在宁静的疗养院之夜突然响起这些声音，这意味着什么……也许我是清楚的。

又过了一会儿，四下总算是恢复了平静。亦然正紧闭着双眼，发出那种时快时慢的呼吸声。与刚才相比，现在的安静只能用"死寂一般"来形容。不过，窗外的雨还是一刻都没有停息。我依旧没有半点睡意，只好继续望着亦然，把这当作一种放松和休息。

用来固定玻璃窗的铁框可能有点松了，风一吹便使整扇窗发出"咣当咣当"的声响。

"唔嗯……"亦然像是被什么东西哽住了一样，接着又开始剧烈地咳嗽起来。

这段时间，亦然只要咳起来就一发不可收拾，沙哑的咳嗽声十分不自然，就像被什么压抑着。一想到亦然在睡梦中也是这样痛苦地强忍着咳嗽，我就无比担忧和心疼。

"亦然……"我用一种几乎听不到的悄声喊着她的名字。她突然停止了咳嗽，台灯的柔弱的光芒下是她含着泪珠的双眼。看到我正坐在床边，她挤出一个笑容，随后用很沮丧的声音说道："好像又没忍住……"

"没关系的。"我俯下身子用手揩去她眼角的泪，温柔地说道。

亦然把脸埋在我的怀里，像小猫一样蹭了两下，这使我感觉到比她那双手稍显温热的脸颊。我轻轻搂住她，开口讲起了母亲曾讲给我听的故事：

"从前有个善良的男人在一次意外中为了救别人而不幸去世。死神问那个男人希望去天堂还是地狱，男人当然是选择天堂，他认为自己是因为做好事而死的，理应去天堂。但死神还是希望他分别去天堂和地狱参观一天再做决定，男人答应了。第一天，他先去了自己最想去的天堂，那里就跟童话里说的一模一样，洁净美丽，吃喝不愁，人们在那里也都过得很开心很自在。第二天，他又去了地狱，那里又臭又脏，一天只有一顿饭，简直比想象中的还要差劲。但是，男人发现这里存在着天堂所没有的珍贵东西，无论是谁，上至死神，下到小鬼，大家都十分欢迎他的到来，所有鬼都很热情，在这其乐融融的氛围中，男人再一次感受到了活着时的温暖感觉。两天时间过得很快，当天使下来邀请他一起回到天堂时，男人拒绝了。他说地狱的条件虽然完全比不上天堂，可他在这里却有了家的感觉。天使摇摇头，挥动翅膀飞上了天，男人则留在地狱美美地睡了一觉。第三天早晨，男人被一声刺耳的尖叫吵醒，他立刻起了床，朝着声音的方向望去。男人大吃一惊，他不敢相信自己的眼睛：窗外一片血腥，没有任何生机，与昨天相比就像是两个世界。他慌忙跑去找死神询问情况，死神冷笑道：'昨天，仅仅是个欢迎会，从今天开始，才是地狱真正的模样，大家都是这样走过来哦。'"

其实我一直在犹豫是否要讲这个故事，因为就故事本身而言在这种时候讲出来是不大合适的。不过还好，亦然的脸上并没有显露出太多伤感，反而在听的过程中表现出期待，即使听完这个不完美的结局后也只是笑着说了句："这死神好有心机哦！"

接着又换亦然给我讲故事，先是讲她跟奕哥从小到大的种种趣事，后面不知什么时候也有了我的戏份。

"啊？什么时候的事？"有些事我几乎都没什么印象。

"就前年中秋节啊，一直到晚上两点半你才回去呢。"可每一件亦然都记得清清楚楚。

就这样我一句她一句，我俩竟依偎着度过了整个黑夜，在不知不觉中迎来了光和晨曦……尽管如此，我还是没有一丝一毫的睡意。等亦然安稳地睡着后，我踩着初升的太阳投来的光影，迎着还残留有昨夜潮湿的空气，悄悄出了门。走出院子不久，便碰见了哼着小曲、采完野花回来的护士。我一眼就认出她是那个"倒霉蛋"，不过她今天的心情看起来挺不错。

"早上好！"她竟难得地上前一边招手一边朝我问好。

"呃……早上好。"这样的反差让我有些不适应，但我还是举起手回应了她。

她又望向天空自顾自地说着"啊啊，今天天气真好呢"，然后捧起那带着雨露的白色小花，哼着轻快的田园小调迈向疗养院。

"是啊……今天真是难得的好天气。"我懒洋洋地抬起头小声说道，早上的阳光温度正好，照在脸上让人感到舒心。我朝花园走去，前面的泥路上延伸着一排小小的脚印。跟着那载满好心情的印子走上一会儿，一片盛开的白色花海便以惊艳的方式突然呈现在视线之中。风一吹，摇曳的花儿好似映照在湖面的粼粼波光，在抖动的晨露间闪闪发亮……

140 房间病人去世的事我是将近中午时才知道的。一个人一边散步一边想着许许多多的事，是我来这边才养成的习惯。尽管昨夜我并没有很好的睡眠，不过还是不适应在大白天补觉。想着亦然差不多该睡醒了，我便转身沿着原路返回疗养院。走到一楼时正巧碰见了出差回来的院长，护士长和负责那个病人的医生也走了过来。

"噢，小默啊，有几天没见面了，还好吧？"他伸出有力的大手拍了拍我的右肩，总是给人一种无法抗拒的亲切感。

"池叔辛苦了。"

"欸，哪有的事，工作放在那里也总是要做的。倒是亦然……情况怎样？"

"亦然最近精神状态挺不错的，只是咳嗽得越来越厉害。"

"唔……好吧，你也别太担心和着急。我一会儿再去找金医生了解一下她最近的具体情况。还有，关于病的问题还是一点都不要向病人透露……"他的额头和鼻子上不知什么时候冒出了汗，我点了点头。接着，旁边的护士长和医生开始对这次病人的死亡情况作汇报。从两人简明而严肃的言语中，我和院长得知140 房间的病人是服用过量安眠药自杀的。发现后虽也进行了抢救，但已经晚了，死亡时间是凌晨三点二十一分，法医也已出具了检验报告……听完我不禁倒吸一口凉气，算是完全明白了昨夜夹杂在暴风雨中的声音是什么。那个只出现在想象中的 140 房间，那个终日不见阳光，潮湿阴暗，代表着死亡的房间，带着那一动不动、丑陋无比、散发着恶臭的尸体，一起爬上了我的脑海。

一时间我觉得天旋地转，头皮快被撕裂开，胃里也不平静，恶心得想吐。

　　"我先上去了。"我丢下还在谈论病人后续处理问题的三人，逃也似的奔向了楼上的卫生间。我弯下身子，能听见自己的呕吐声，从嵌着泪水残存的模糊影像大概能看到一团黏糊糊的液体。不用看也知道，镜子里映射的自己是多么狼狈不堪……好在强烈的眩晕感在呕吐之后少了大半，我拍了拍脑袋想要振作起来，对着镜子好好打理一番好让亦然看不出有何异样。系好衬衣的几颗扣子，我朝着亦然的病房走去。

　　推开门，发现亦然正侧着身子躺在床上剧烈地咳嗽着。我快步走过去，在床边坐下轻轻拍打着她的后背。

　　"又开始啦，忍不住的。"她从床上慢慢坐起来，望着我显得很是无奈地说道。

　　我在杯子里兑了少许热水，递到她手上，轻轻说道："咱们把药吃了吧？"

　　我刚要转身去取药，亦然拽住了我。"先不吃药，你看天气多好，我们去楼顶吧？"她端着蓝色的瓷杯，抿了一口温水说道。

　　"楼顶？"我问道，心想参观时院长也没带我去过楼顶。

　　"嗯，听护士姐姐说天气好的时候疗养院通向楼顶的铁门是开着的，好像是方便晒被子和衣物。"

　　"现在就去吗？"

　　"嗯，我想现在就去。"

4

　　"啊，好舒服……"楼顶轻柔的微风略过亦然身上蓝白相间的住院服，她的发梢也随风轻轻摆动，空气中除了清爽还多了一股香甜。午后灿烂的阳光稍显刺眼，屋前那棵高大的桂花树冠恰好挡住了阳光的直射，在楼顶映下一块十来个平方米的阴凉地。天上飘着的白云有淡有浓，浓的很像以前追求亦然时常买给她的奶油棉花糖，那些云不时会掩住部分太阳，减缓那种太过明亮的不适感。

我打量着这个不算太大的楼顶：朱红色的地砖，大理石围成的扶墙，几盆看起来生机盎然的绿色盆栽，清洗干净的洁白床单……再向远方望去，群山起伏，树木葱茏，那条蜿蜒的道路时隐时现，这简单而普通的一切事物在这片晴空下都显得分外迷人。

亦然趴在扶墙上，出神地望着雨后初晴如水墨画一样的连绵山脉。

"呐……"她摆弄着发梢转过身来，望着我说道，"我们回去吧，回家。"

"什么？"我问道，心里生出了强烈的不安。

"关于我的病……其实你们都不需要瞒着我。没有谁比我自己更清楚。从一开始，我就知道……"

"亦然……别瞎说。"

"沈默，带我离开这里吧，你看我都准备好了哦！"说着她走到我跟前，微笑着递给我一张白纸，里面列着一条条想要去完成的事，最上面是铅黑色的四个大字——遗愿清单。我捏着它，只能像个傻子一样呆呆地望着她，一句话也说不出来。

原来，亦然一开始身体不适就独自去医院做了全面检查，病情的严重情况和后果她全知道。偷偷哭过很多次以后，她毁掉了所有的检查凭证和报告，想出了用从小留在医院的伤心记忆为理由拒绝去医院的办法，最终目的也是不想让大家特别是奕哥从诊断书上了解到残酷的具体病情。

过了好一会儿我才回过神来。在这一方晴空之下的楼顶，现在我唯一能做的就只有紧紧地抱着她……"亦然……你这个小傻瓜！你究竟独自一人在黑暗中承受了多少痛苦啊！"这样的声音在我脑中一遍又一遍地回响，那只看不见的手又像之前一样硬生生地揪住了心口，只是像此刻这种难以忍受的疼痛还是第一次。

"亦然……你真的决定了吗？"我知道在这种情况下离开疗养院意味着什么，所以我想这应该是自己带着平生最沉重的表情说出的话语。

"嗯！"她点点头，笑得如绽开的花儿一样，"无论是我的病，还是对大家的感情，现在也好，未来也好，连离开你们的方式……我都做好了准备和决定。"

"你不在身边的时候我常常会望着窗外的香樟树想，最美好的生活是活得像它们一样四季常青、平淡踏实呢，还是像书中的樱花树一样，灿烂盛放，美丽动人，然后随着一阵晚风以飞舞的姿态消逝呢？这个问题困扰了我很久，因为都很美好。不过现在，我已经知道答案了，无论是静静守候在茂密的绿叶旁，还是跟着漫天的樱花一起飞舞，都不失为活着的有力证明。所以呀，趁我还能感受和珍惜这美好的一切，陪我一起好好地度过吧！"

吹向楼顶的风儿从我和亦然之间穿过，那一刻我俩都笑了，只是笑容中也都夹杂着晶莹的泪珠。泪流之后再仰望的晴空，就如同万花筒中的绚烂景色一般，让人有种置身梦境的感觉。我猜想，亦然的眼中一定是一幅更加美丽的画卷吧。

"这是大事，你们可得想清楚啊？"临走前，院长提来我们的行李。

"池叔你放心吧，这是亦然的想法和决定，也是我想努力帮她实现的事情。"我望着院长，又望向亦然，坚定地说道。

"唉……那我再送送你们。"院长低下头，提着行李慢慢朝前走去。我牵起亦然的手，跟在他沉缓的步伐之后。

一路上，我们都没有交谈，有的只是汽车与路面相互争执的闷声。来时觉得很长的那段曲折的烂路，不一会儿便走完了。我不禁数次回头望向汽车驶过的路，心想着到底是什么改变了它的长度。接着映入眼帘的是来时没有留下过多印象的小山村，车行驶到这里便顺畅了许多。我打开车窗，让自然风灌进来。亦然不时会轻咳两声，面色平静自然，我能同意她离开那个地方让她似乎少了些压抑之感。没过多久我们便到了来时的火车站。

"是马上就回家吗？你们先进去坐会儿，我去帮你们买票，这会儿人还挺多的。"院长把拿在手上的两包行李递给我，松了松衣领说道。

"不用不用，池叔为我和亦然做的事已经够多了，真的很感谢您！"我接过了行李。

"多谢叔叔这段时间的照顾……"亦然突然松开我的手，站直了向池叔深深地鞠了一躬。看着挺别扭，不过我能理解一个中途退出的病人主动对着院长这样做的心思。

"好吧……那我走了，回家记得替我向你老汉问好。"

"嗯，一定会的。"

"一路保重。"说完他便转身迈出了离开的步子，我见他挥手时头也跟着动了动，不知是不是在摇头……

"呼……"等到上火车后，亦然像是长松了口气一样坐到了座位上。

"刚才看你的样子，有点紧张啊。"我用手碰了碰她，开着玩笑说道。

"我是病人，他是院长，就跟学生和校长是一样的呀，哪有人不怕校长的嘛！"她调皮地歪着脑袋，吐了吐舌头说道。

火车开始缓缓驶出站台，坐在一旁的亦然故意倒在我怀里，打开那张留有折痕的白色小纸条。

"哈，这下就已经完成了第一项！"她举起纸条说道，另一只手中不知什么时候多出了一支蓝色的圆珠笔。

"离开疗养院，开启新的生活。"列在最上面的这一条被无数根细细的蓝色线条覆盖了。我告诉自己不能看下去，却还是不小心看到了下一条，而且在看的那一瞬间便刻在了脑海里。

"回到家里，把事情告诉大家，和大家吃一顿温馨的饭。"

看到这条愿望，我忍不住在心里叹气。亦然既然选择说出真相，公开自己的遗愿清单，就说明她已经做好了直面一切的心理准备。可为什么，只要一想到打开家门后的情形，那只无形的手便又会死死揪住我的心不放。相比亦然，我更像个无法面对现实的逃兵……

"不行，我必须……做点什么！"在意识模糊前，有声音在心中这样说道。

"尊敬的旅客朋友们，列车即将抵达万州站，请需要在该站下车的旅客做好准备……"毫无感情的电子音传到耳边，睁开双眼时亦然已经在取行李了。

"唔……我来吧。"我忍住又麻又软的不适感，起身扶住她说道。

"啊，你醒啦，我看你睡得挺香，准备收拾好了再叫你的。"她一边说着，一边把那只咖啡色的旅行箱慢慢放到地上。我则举起双臂把另一个稍重的，用于存放各种日常用品的灰色背包托了下来。

"这段时间一直照顾我这个病人，累坏了吧？"她侧过身微笑着说道。

"完全没有，每天都很享受呢。"我把包挂在背上，看着她说道。

"骗人，我看见你眨眼睛了。"火车开始减速，亦然睁开眼睛靠在我身上说道。她说我有一个习惯，一撒谎就会不由自主地眨眼睛，这点我倒是没有注意到。

"才没有骗你，能每天陪在亦然身边，看你可爱的笑容，看你像小孩子一样哭鼻了，安慰你，照顾你，一起看以前从没见过的美景，一起吃饭，一起发呆……我真的……很开心。"说出自己的心里话是一件十分舒畅的事，可不知为什么说着说着泪水又挂在了眼角。

"好啦，我知道啦……"她轻轻抱住我，用这种温柔的方式安慰着我，我们就这样抱着，一直到火车在站台前停下。

"好咯……"她的双手从我的后背拿开，抓住了旅行箱的把手，突然变得像个从幼儿园放学的小女孩一样说道，"现在要回家啰！"

关上出租车的后备厢，亦然从我手里接过旅行箱，拉着我朝前走去。穿过一条喷上新斑马线的柏油马路，我们就到家了。

这个时候家里自然是没人的，我费了好大劲才从那个灰色背包里翻出钥匙。

"哈……好累哦！"亦然从鞋柜里拿出自己那双酷似热带鱼的拖鞋，给我的也是上次穿的那双黑格子凉鞋。明明这么久都没有回来过，但她对这里的环境还是很熟悉。

"哇，这里多了一个花瓶！"亦然拖着箱子走进客厅，就像是探险队突然发现了宝藏一样惊叫起来，"还有这里！肯定是小蓝姐买给我的衣服，噢……哥又买了几本新书呢！"

"你呀……小心摔倒。"我提着包赶到她身边说道。

"嘻嘻，太久没见家里的样子现在很激动嘛。而且突然多出这么多东西，就好像是大家知道我会回来，给我准备的惊喜一样。"亦然一边说着，一边把手背在后面退着走了几步。转过身来，她的脸上满是欣喜又满足的笑容。

望着正在向我靠近的她，我下意识地张开了双臂，她便轻轻迎上来抱住了我。

"呐……"颈后传来微微鼻息，"今晚吃什么好呢？"

亦然自从进了家门就没停下来过。尽管房间已经非常干净了，但她还是全副武装，手持各式清洁工具在几个房间里忙活个不停。

"今天一定要在他们回来之前把整个房间变得焕然一新，这样才算得上惊喜嘛！"这是她戴上口罩前说的话。我担心她的身体会吃不消，但我一动手帮忙她就把我推到客厅说什么让我好好休息之类的话。我奇怪她居然没有咳嗽，看她活力十足的样子，我也只好倒在沙发上拿起了不远处的遥控器。

"亦然，亦然。"见了她进了卧室很久没出来，我起身朝那边走去。

"亦然？"我走到卧室门口喊道，但没人回答，只听见客厅传来的电视剧台词。我不禁担心起来，没敲门便急忙推开了门。

"亦然……"见她拿着那本绿壳子书斜坐在床边，我松了一口气。待我走近，才发现她的眼里有泪光在闪烁。

我伸出手，想问一句"怎么了"，可话到嘴边还是咽了下去。

"这本书……"她的手放在书上微微动了一下，"是新买的。"

"欸？"

"这本不是哥送我的那本，这个房间里的东西，书也好，水杯也好，还有相册，只要是我带走的，都又重新填补了一份……"她说着，大颗大颗的泪水落在书上。

我不禁颤了一下，明白了亦然的心情。自从亦然离开这个家后，奕哥便一直无法接受，无法适应，于是买来亦然拿走的东西，想要努力地欺骗自己："亦然还在身边。"

知道自己在哥哥心中有多重要，但没想到哥哥会如此依赖自己，亦然开始动摇了，她既伤心又愧疚，好不容易决定面对一切的她现在又害怕起来，她在担心着自己唯一的亲人……

"不行，我必须……做点什么！"这样的声音再一次在心中鸣响。

"抱歉……在上班的时候把奕哥叫出来。"我对亦然谎称买菜偷偷跑到了奕哥公司楼下。

"怎么突然回来了？"奕哥微微皱眉，将在电话里问过的问题重复一遍。他一脸认真地望着我，那眼神分明是在问："亦然没什么事吧？"

"今天，我是带着亦然一起回来的……"我声音小得连自己都不太能听清楚，就像儿时打碎邻居家窗户玻璃被母亲问起时一样。

"什么？那接下来的治疗呢？"奕哥倒是一下便听明白了我在说些什么，声音忽地高了几度。

"已经……结束了。"我不敢看他，低着头说道。

"结束了？！什么意思！"还没等我反应过来，他便一把抓住了我的衣领，"亦然在哪里！"伴随着这声音的还有重重的推搡。毫无准备的我倒在地上，真切地感受到水泥地的硬度和一点点传达到大脑的疼痛感。

"她在哪里？！"他无视了周围人投来的异样眼光，一边喊一边再度逼进了我。

"这是亦然自己的决定！"我闭上眼睛喊了出来，这么大声，不光是奕哥，连我自己也被吓了一跳。

"这是……"我慢慢从地上爬起来说道，"亦然自己做出的决定。"

"到底怎么回事！"奕哥睁大眼睛，着急地逼问。

"奕哥……小然，她骗了我们。从一开始她就清楚自己的病是什么样子的。不去医院也好，暂时离开去疗养院也好，她是为了大家在欺骗自己啊！我知道你是这个世界上小然唯一的亲人了，也是对小然最好的人。我们都太急了，也怪我没有把事情讲清楚。现在，当她好不容易鼓起勇气决定站起来面对时，才发展无论如何也绕不过你，你和你对她的爱就成了折磨她的负重。这样下去，在她余下的时光里只会身处这种放不下的情感中越活越累！"我几乎是哭着喊出来的。

奕哥像是被什么抽光了力气，一下子瘫坐在地上，用手不停地抓着自己的头发。

"……为什么？"过了良久，奕哥才开口，声音比之前低沉了许多。

"因为，你是小然心中最重要的那个人，谁也无法替代……"我把他扶起来，试着用温柔的语气回答。

抓住我手的那一刻，奕哥竟放声痛哭起来。

"哇，沈默你回来得好晚哦！"刚打开门便听到了亦然从房间里传出的声音。

"呃，买完菜正好赶上了晚高峰。"我朝里面边走边说，奕哥跟在我身后不出声响。

"回来了就好，我这会儿就出来做饭。"亦然的声音跟着脚步一起向我们靠近。

"呃，那个，小蓝姐会回来吗？"我说着朝奕哥递了个眼色。

"会吧，也不知道到哥他们什么时候才回来，天都快黑了……"她打开门，头上还围着大扫除时用的头巾。

"这样围着真好看……"我望着她说道。

"嘿嘿，是嘛……"她红着脸把手放在头巾上摸了摸，精神状态看起来比我之前出门时好多了。

"欸，买的菜呢？"看来她已经迫不及待要行动了。

"在，在厨房放着呢。"我摸着鼻子说道。

"来，跟我一起，说不定有什么需要你帮忙的呢。说着她便要拉起我的手迈向厨房。"

"哥……"她显然是发现了奕哥，松开了手，睁大了眼睛，一副不知如何是好的样子。

"小然。"奕哥上前一步抱住亦然，轻轻说着，"小然……"

那声音分明是在颤抖，但奕哥此时却露出了温暖的微笑。

明亮的灯光照在升腾的热气上，令人忍不住流口水的香味弥漫在整个房间。锅里的热汤卷着气泡翻滚，发出"咕噜、咕噜"的声音。

"哇，好香哦！"拿着汤勺的亦然舔了舔嘴唇说道。

"那开饭吧！"奕哥握着三双筷子，晃了晃说道。

"欸，不等小蓝姐吗？"我接过筷子，端着有点烫的碗说道。

"啊，我都忘说了，小蓝她出差去了。"

"这么忙啊。来，亦然，这个好吃。"我夹起一块红烧肉，抖了抖放在亦然碗里。

"嫂子是为了大家在努力呢。"亦然微笑着说道，把那肉又放回到我的碗里，"这么大一块我可吃不下呀。"

我注意到她的碗里只有一小点米饭，可怜得刚好填满碗底。

"……"

"我去把电视打开吧。"受不了这安静气氛的我起身准备去打开电视机。

"沈默……"亦然拉住我，低着头用很小的声音说道。

"嗯？"

"就这样吧，我们三个安安静静地讲会儿话。"

"噢……好吧。"我用尽可能平和的语调说道，却暗恨自己做了不该做的事，此时屋里的气氛好像更差劲了。

饭后我准备洗碗，但奕哥却坚持要洗，跟亦然的理由一样，说我累了一天，让我好好休息。

这两兄妹在某些方面简直是一模一样啊。半躺在沙发上的我，闭着眼这样想到。就在迷迷糊糊快要睡着时，手机却突然响了，是亦然的。

"亦然，你的电话。"我拿着她的手机边朝她走边喊。

"来了……咳咳……"一吃完饭就跑去厕所的亦然终于打开门走了出来，看样子是又发病了。我的心又猛然一抖，感受到了那种熟悉的痛苦和不安。她接过手机，转身去了卧室。

"咳咳，你呀，太多愁善感啦……"

"好啦……咳咳……"

"不要太勉强自己，放轻松慢慢来……"

"咳咳……已经没什么大问题啦，倒是你，要好好照顾自己。"

有些担心的我悄悄站在卧室外面的饮水机旁偷听，尽管声音很小，但断断续续的一部分还是传到耳朵里，勉强能听到她在说些什么。

原来亦然还可以有这样大姐姐一面的时候，电话另一头究竟是什么人呢？扶着饮水机，尽可能靠向门边的我这样想到。

"你怎么了？"奕哥突然出现在我面前小声问道，估计是对我有些奇怪的姿势产生了疑问。

"啊，没什么，我来接点水……"我被吓了一跳，支支吾吾地小声说道，接着在饮水机下面慌忙摸出一个一次性纸杯，但饮水机竟然没水了。

"我……"我的确是想解释点什么，却因为尴尬而说不出话。

"是在担心小然吧。"他顿了顿又说，"我也很担心她……我想进去跟她单独聊会儿。"他平静地看着我，好像在等着我同意一样。

"嗯。"我点了点头。

"沈默……"他转身走了一步又突然回过头说道，"对不起，我对你态度不好……"

"啊……这个奕哥不必放在心上。"我费了些劲才反应过来他说的是下午的事。

他抓了抓头，露出不太好意思的表情，但在下一秒又转为很严肃的神情。

"一直以来，都很感谢你。"他说出这句话，转动了卧室门的把手……

"哥，那我们走啦!"亦然一手提着包，一手挽着我，朝门外走去。

"嗯，一路小心。"奕哥挥着手，一脸平静地说道，想必他也知道在这样关键的离别场面是不能把自己那份复杂的情感表现在脸上的。

昨晚奕哥进亦然房间后我便回到了客厅，躺在沙发上试图尽快睡着。尝试了很多方法，关灯也好，躺着看无聊的综艺节目也好，听手机电台里播放的安眠曲也好……但怎么也睡不着。身体已经很疲惫了，但一闭上眼睛思绪反而清晰无比，头脑也十分清醒，然而这并不是什么好事。从另一方面来讲，这份清醒来自于我的害怕与不安。我即将失去什么……我不敢继续思考下去，却又在不停地想……

亦然卧室的门迟迟没有发出响动，他们两兄妹一定是坐在床边聊了很久吧。至于聊的什么，我不会关心，因为这个已经不重要了，就当这是只属于亦然和奕哥的又一个美好时刻吧。

接下来，我要陪亦然完成这份"遗愿清单"。

"惨了，都忘记今天是周六了……"

"要不先进行下一条?"

"不可以哦，一定得按照顺序来。"说着她朝我眨眨眼睛。

"那怎么办，学校空无一人呢。"我指着紧锁的校门问道。

"嘿嘿，我们翻过去。"亦然站在我身后，推着我说道。

"呃，真的吗？"

"当然是真的！"她的脸上还是坏笑般的样子。

"不太好吧……"我说着，又被她推着朝前走了一步。

"小时候我在大家心目中都是乖乖女形象，弄得我什么也不敢做，这下终于有机会了啦！"

"……"我摇着头苦笑。

"当时好羡慕那些男生可以在学校锁门之后翻进去玩各种游戏哦，一定有趣得不行！"说着她又眨了眨发光的眼睛。

"真拿你没办法，我先过去，你再过来……踩上来的时候也要小心一点……唔……"我一边说着，一边已经顺利着陆了。想想小学生都能做到的事应该并不难，但我还是很担心亦然。

"该我啦。"亦然先将包扔了过来，她也学着我的动作先踩着最下面的横杆，再伸手抓住高处的铁杆，借助中间一排焊接的用来加固的横杆爬到了最高处。

"嗯，很好，就这样……"我指挥着亦然，昂着头看着她很成功地完成了一半。我将双手伸过头顶，想让她转过身去先用脚踩着最上面的横杆，再接住她慢慢滑下来。"慢点啊，我……"话音未落，没想她直接从最高处跳了下来。慌乱中，我顾不上多想，硬生生接住她的同时被巨大的冲击力砸得一屁股坐在地上。我感觉自己有好半天都不能自主地呼吸。

"哎哟……呼……呼……痛死我了……"我终于缓过劲来。

"对不起，对不起，我见你伸着手，以为你已经做好接住我的准备了，所以就跳了。"她双手合十，望着我说道。

"你呀……"

"噗！哈哈哈……"我抱着她，视线交汇在一起，突然没有任何缘由的大笑了起来。这一笑，亦然又开始咳嗽了。我轻轻地拍抚着她的后背，希望她快点平复下来。

走过操场，穿过植物园，再上到综合楼二楼便是音乐教室。

"这下怎么办，不会又得从窗户进去吧?"我站在黑色的木门前，看着那把结实的锁问道。

"窗户也被保险栓锁住了。"她推了推窗说道，"里面都放着学生和老师的乐器，是得严格保管呢。"

"要不改天再来吧? 先把后面要做的事准备好。"我转向她说道。

"唉，没办法呀，总不能砸了窗子进去吧?"她叹了口气，又半开玩笑似的吐了吐舌头说道。

"你是……谭亦然吧?"当我们正准备离开时，一位盘着白发的老人站在二楼的阶梯上叫住了我们。

"奶奶，怎么是您在这里呀!"亦然兴奋地走上去说道。

"越来越老了，不中用了……原来住的地方搞拆迁重建呢，一点儿都不方便，我就申请搬到学校来住了，就在这上面。学校领导很照顾我，假期的时候他们把一些功能教室的钥匙交给我管，说万一有什么事方便一些，这点儿小事我当然不能推辞啊，是不是? 这不，刚准备下楼散步就遇见了你们。哦……这位是?"她语速很慢，像是照着不熟悉的稿子一个字一个字念出来的一样。

"我是……"

"他，他是我哥哥!"还没等我说完，亦然便抢着撒了谎。她挽着我的手臂，抬起头冲我使眼色。

"噢……两兄妹感情真好呢……是想到音乐教室里面看看吗?"她依旧慢吞吞地说道。

"嗯，今天就是为了这个来的!"亦然点点头轻快地说道，心中一定有着意料之外的欣喜。

"稍等一下啊，我去楼上拿钥匙。"她说完，转身露出年迈的背影。

"奶奶还有钥匙真是太好了。"

"喂，干吗说我是你哥啊？"见那位老人上了楼，我用胳膊碰了亦然一下，轻声问道。

"不，不然我怎么说……"她低着头小声说道。

"就说是男朋友不行吗？未婚夫也可以啊。"我看着她，声音稍稍提高了点。

"哎呀，这个怎么好意思说出口嘛……"说着亦然竟噘起了嘴巴，我也就不继续逗她了，赶快转移了话题。

"亦然，你跟刚才这个老太太有什么特殊关系吗？"我用食指朝楼上戳了戳，小声问道。

"也没什么特别的啊。"她摇摇头。

"那为什么叫'奶奶'呢？"

"噢，我也只知道她姓瞿，是我们欧阳老师的老师，管了多年的音乐教室，大家都习惯叫她奶奶。"

"嗯，这样听着蛮亲切的。只是她实在是有点……"啰唆二字还未出口，老人就从阶梯上走了下来。

"抱歉，让你们久等了，人老了就是记性差，想了很久才想起钥匙放哪儿。"她戴着厚厚的老花镜，说话时嘴角微微上扬，看起来心情不错，应该是亦然来了的缘故吧。

"进来吧。"她推开门，请我们先进去。

"没什么变化，还是老样子……"尽管天不暗，她还是走去打开了教室的灯。

教室挺宽敞，中间摆着十几把椅子和没有放谱子的谱架，靠窗的一角堆放着各式乐器的盒子，装有小提琴的蓝盒子格外显眼；另一角是存封着荣耀的展览柜，陈列着各种奖状和奖杯。

"真希望有时间大家能再聚一次啊，要开开心心的那种。"亦然望着天花板说道。

"是啊……你看我都这把年纪了，大家也都有忙不完的事情要做，也不知道还有没有时间……"老人找了把椅子坐下，仍旧用那种语气说道。

"我也……"亦然刚开口便停了下来，摇摇头又继续说，"有时间我还会再过来的……"哪怕只是一瞬间，她眼中浓郁的悲伤还是被我捕捉到了。

"亦然啊，最近跟周周还有联系吗？"

"啊？嗯，昨天才跟她通过电话呢，她好像还是有点放不下欧阳老师的事，不过比起以前好多了。"

"这样啊……"反光的老花镜下看不清她的神情。

"要我把她的电话号码给您吗？"

"不不，不用了。我只是跟你们欧阳老师一样，偶尔会想起那些特别的孩子而已，我无心去打扰他们。"

"嗯……"

"就这么就走了吗？"走出教室后，我问道。

"待久了就会产生留恋的情感，到时候就怎么也舍不得走了。"亦然拎着包，走在前面说道。

"不会是因为翻墙的事情被知道了，觉得丢人才走的吧？"我舔了舔嘴唇，笑着说道。

"哎呀！"她转过身推了我一下说道，"沈默你越来越讨厌了，不许把这当笑话跟别人讲。"

"遵命！"我拱起手应道，她则得意地对我做了个鬼脸。

就在之前的聊天时间，老人无意中问到我们是如何进来的，亦然见圆不过去便说了实话。老人笑着说："亦然还是跟以前一样活泼呢，大门的钥匙我也有，要进来给我打电话……"亦然只是一个劲儿地点头，心里一定既尴尬又难为情。

"呼，第三条也完成了。"她长舒一口气说道，接着从包里拿出清单和圆珠笔，把"母校音乐教室之旅"这一行字慢慢涂黑。

"接下来呢?"我故意不看那张纸,把头扭到一边看着远处的街景问道。

"接下来接着做就好啦!"

我就这样伴随着亦然的脚步开始了这段奇妙又难忘的旅程。

买十盒一百片装的多米诺骨牌,跑去滨江公园在众人围观下摆了半条街,完成后由亦然推到第一块时,人群中爆发出掌声和尖叫。

去上海城隍庙排三个小时的队买到美味的汤包,又花了三个小时在欢乐谷坐到了过山车,结果把汤包全都吐了出来。

飞往东京去看盛放的樱花,顺道乘坐新干线在山梨县观赏富士山,山下气温较低,樱花都还没开放。旅馆的店长很热情,用别扭的中文说着"你好"和"再见"。坐在软软的榻榻米上,和亦然猜拳,输者罚喝一小杯清酒。本来我是不赞成的,但亦然坚决要玩,明明身体和酒量都不好,最后喝得半醉的我抱着她一直睡到第二天中午才醒过来。

接着去了购物天堂秋叶原逛街,亦然买了一本《新视野英语》和日本原版的《一个人的好天气》,虽然看不懂,但看她捧着书的样子就知道一定是高兴极了。我买了一块眼镜布,原因是上面印着一个笑容灿烂的女孩,就像亦然一样。转眼便是三天,尽管我和亦然都还有很多想去的地方,但她每况愈下的身体已容不得我们随心所欲。

回国后在一家电影院的 VIP 厅点播以前下映的电影,影片叫作《遗愿清单》。亦然一边往嘴里送着爆米花,一边给我讲这就是她这样做的灵感和原因之一。散场后,我和她一声不响地从空荡荡的"六号厅"走了出来,一直到影院她才开口,说这部电影她其实看过很多遍,但每次感受都不一样。我问她这次的感受如何,她说更多的是感动,我虽是第一次看,但同样感慨万千。

时间骑着白马向前飞驰，清单上的事情也一件件被我们完成。最后一项，我不敢看那张纸，是听亦然自己说的。

　　"啊，正好耶！"一声铃响，亦然收到一则短信便出了门，并特意拒绝了我陪同的申请让我留在家里。虽是很担心，反复嘱咐她小心一点，有事记得打电话，但这种时候我知道应该选择尊重和理解。

　　大概过了三四个小时，亦然才回到家里。

　　"最后一项也完成啦！"是"拥抱世界上最美丽的女孩"，她举着清单微笑着说道，可红红的眼圈分明是在说："你看，列的清单已经完成，我是不是也要走向尽头了……"

　　我走到亦然身边，摸了摸她的头，然后抱住她说道："没关系，接下来的路不管还有多长，我都会陪在你身边的。"

　　"唔嗯！"她的发丝融在我的怀里，泪水又从眼角洒落。

　　亦然从背后搂住我的腰，我能闻到一股淡淡的玫瑰花香，显然她刚冲完澡。

　　"干什么呀？"我打开水龙头清洗着盆里的苦瓜，声音里充满了笑意。

　　"沈默……"她轻声唤了我，似乎有话说但却没有继续下去，像只小猫一样在我肩上蹭了蹭。

　　我转过身捧起了她消瘦得没有血色的脸突然想到一件事。

　　"对了，你一直说的是九件事，怎么我数来数去就只完成了八件？"

　　"就八件啊，你记错了吧……或许是我弄错了。"亦然没有力气地说道。我没有说话，笑着轻轻地提了提她的嘴角。

　　晚饭过后，我打开台灯，陪亦然靠在床头。她除了咳嗽便是不断地喘息，递给她的书她并没有翻开。我不知道她此时的思维在哪里。

"有没有那种回到疗养院的感觉?"我望着橙黄的灯光问道。

"不会呀,家里温暖很多的。"她只看了我一眼,不再多说,显得那样虚弱。

又过了一会儿,亦然说:"我觉得好困,想睡觉了。"

"你睡啊,有我陪着你呢。"

"你每天都累成这样,也需要好好休息……"她推着我说道。

"我不累,你快睡吧。"我去掉亦然后背的靠枕,扶着她躺平,又稍稍调整了一下枕头的位置。难得她能很快入睡,我轻轻地带上门在客厅的沙发上躺下。

"明天得早点起来,给亦然做一顿既好看又有营养的早餐……"嗯,我原本是这样想的,嘴上说不累,可当连日来积累的疲惫阵阵袭来,我已无法招架,沉沉睡去。

我居然一觉睡到了早上六点,整晚都没有被亦然的咳嗽声弄醒,这种情况自从疗养院回来是不多见的。我赶紧起身简单地洗漱,然后忙活了近四十分钟做好了早餐,三明治、太阳蛋、热乎乎的牛奶。我小心翼翼推开房门把头探进去看看亦然是否像往常一样已经醒来。可是她已经不在房间里了,床上的被子铺得很平整,两个枕头叠靠在一起。

"欸,到哪儿去了?"突然有一种不祥的预感袭上心头,我冲出去打开所有房间的门,包括卫生间,无一例外,都没有亦然的身影。我失魂落魄地回到卧室打开灯,又拉开窗帘,光亮顿时照遍了房间里的每一个角落,并没有什么特别的发现。慌乱中我想起应该打她的电话,可是关机。我跑下楼去,到处看到处问也都是徒劳,没人见过亦然。

"奕哥,小然不见了!"我举着电话的手在颤抖。"楼里楼外附近都找遍了,没见着才给你打的电话。"说实在的我真快急疯了,能听出自己带哭腔的声音。"昨晚并没有什么异常啊,现在怎么办?"

"我马上赶回来。你继续找,找!一定要找到亦然!"这是奕哥挂断电话前给我的指示。

"要不我们报警吧……"在联系完可能跟亦然有联系的所有人和找完她可能去的所有地方之后,奕哥用布满血丝的眼睛望着我说。接下来的三天里,网络、电视都在发布着寻找亦然的信息。虽然每次电话响起我和奕哥都希望是找到了她的好消息,可她硬是如同人间蒸发了一样。

深深的自责装在我心里,是我没有照看好亦然。亦然,你在哪里?我的头皮已快被自己揪烂,泪水伴随每一次自责和想念在脸上滑落。

第六章

1

"今天……谢谢你了。"那个女孩的声音仿佛还在脑中回响，尽管现在桑桑只想专心画画，整个下午他都待在自己的画室里。

窗外徘徊着几朵乌云，但没下雨，只是阴沉沉的看起来没什么生气。不知怎么的，他又想起了冯柯西，她过得怎么样呢？现在又在做些什么呢？一股焦躁的感觉和莫名的羞愧感又浮上了心头，弄得他坐立不安。

出去走走吧。

他想着闷坐在这里也不是什么好事，不如出去散步稍稍放松一下。

楼下的杜鹃和郁金香已经开了，在路灯和草地间欣喜地绽放。

要不是以前和冯柯西一起散步时听她讲过，可能自己到现在也说不出这些花儿的名字。

他在心中自言自语，抬起头出了小区。

桑桑先是来到了离自己家最近的新川体育中心。走在绿茵茵的人工足球场上，他想起了以前。每个周末的晚上，冯柯西总会叫上他去踢五人制足球，或者共带一副耳机围着跑道一边听歌聊天，一边慢跑。几盏大灯照在场馆里，让人觉得十分安心。进出场馆时需要身份证，桑桑弄丢身份证的那段时间，一直是让冯柯西先过去，再蹑手蹑脚地绕到后门把她的身份证扔到桑桑手里重刷一次。那种既嫌麻烦又有点难为情的感觉，那种害怕被门口的胖子门卫盯着的感觉，至今都还能回想起。

出了体育中心一直向右走，不用五分钟就能到大欧广场，这是张桑桑和冯柯西以前常去购物的地方。两人突然心血来潮去负一楼的生活超市买食材准备回家亲自做一顿饭，站在洗漱用品专区半天只是为了讨论哪种洗发水好用，陪冯柯西试衣服但好像从没买过，有时柯西也会陪桑桑买鞋，脱鞋的时候还总喜欢捏着鼻子开玩笑说好臭。他自己也觉得奇怪，这些记忆竟会像放幻灯片一样一张张地被投放出来。

摇了摇头，又望向灰蒙蒙的天空，走出了大欧广场。桑桑坐上了去凤凰蛋公园的出租车，湿润润的微风从半开的车窗吹了进来，吹向发着呆的他，前端的头发跟着上下抖动。在此之前，他本来还准备去名城乐园和土星城的，可名城乐园的大门不知何时被贴上了封条，透过锈迹斑斑的铁栅栏望去尽是一片破败景象，他想着自己确实已经有很长时间没来过这里，毕竟能把他叫来这里的也只有冯柯西了；土星城的话，则是一片与名城乐园相比及其讽刺的景象，售票处排着一眼望不到头的长队，人声鼎沸让他感到呼吸不畅。

"真不知道这种天气在这里有什么好玩的。"他嘟囔着朝一辆驶来的空车挥了挥手。

到了公园门口，沿着石阶向上走去，帆布鞋硬硬的鞋底每踩一步便传来"嗒嗒"的声响。

这里也很久没来了……

他望着没什么变化的雕像，轻声叹了口气。走到那条石子路上，没有了枯黄的落叶，取而代之的是一抹幽幽的绿草，细心看的话还可以发现几只瓢虫在草叶中小憩。尽管脚上的鞋走在这样铺着鹅卵石的路上有点打滑，但桑桑仍然走得很快。

因为这一次他是一个人，他不需要走走停停顾及谁。微妙的触感传达到脚底，那股令人心烦意乱的焦虑感又在心中蠢蠢欲动。他二度加快步子，慢慢变成了小跑。穿过石子路，曾经的那些景色以更鲜亮的形式又映在了眼中。观景台旁的黑色长椅，身后的春日美景，青葱的群山，交错的信号塔……这些算不上陌生的景物一次次冲击着他内心某样无法释放的东西。

"今天……谢谢你了。"尽管那女孩的声音也还是会不时出现，但更多的，应该说是绝大一部分，都像石子落湖一般泛起层层有关冯柯西的涟漪。

我今天，实在是太奇怪了……

桑桑捂着开始疼痛的头，深呼吸试着让自己尽快平静下来。一阵春风拂面，空气中夹杂着些许阴雨的气息和泥土的芬芳。那阵冷却一切的风，在他的心中还留着无法擦去的深刻印象，他害怕再回想起那天那个无比失败的自己，他想逃离这里。

要是那天自己做得不那么过分的话，柯西会不会还在我身边呢……

这样的想法，也时常会在内心深处闪着微弱而可怜的光亮。

他逃也似的沿着来时的路奔下山去，只是为了忘却那个做过逃兵的自己。冯柯西曾经因为那样的张桑桑哭过，也为那样的他恨过，为他的不成熟而感到悲哀，为他的胆怯懦弱感到难过，甚至偶有一种不屑的愤怒。这是张桑桑自己，在错过与错过之后，才渐渐明白的事情。为曾经逃过的自己又逃了一次，真是讽刺呢……

等桑桑回过神来的时候，他已经"逃"到了公园对面的"南岸咖啡厅"。他找到一张单人桌坐下，点了杯冰咖啡，走去柜台前拿了一本《看天下》。虽然这里意外地没有任何关于美术和绘画的杂志，但一边喝冰冰的咖啡一边看会儿新闻杂志也算是不错的选择了。他端起杯子，喝了一口咖啡，慢慢感受那苦涩又芳香的冰凉。杂志上的"图说天下"是桑桑最感兴趣的，他一页页翻看着，进店的人好像也越来越多，店门口的铃子一直响个不停。

"一杯意大利花式摩卡，谢谢。"突然，一个无比熟悉的声音越过服务员手中的菜单传到了桑桑耳朵里，他不由得抬头一看……是冯柯西！桑桑害怕被她发现，下意识地低头将一半的脸埋进了杂志中，不过柯西好像并没有注意这边。她正坐在桑桑斜对面微笑着跟身穿西服的服务员说话。

那的确是冯柯西。

桑桑再抬头小心翼翼地望过去，确信自己没有看错。

"欸，小花，你喝什么。"

"随便啦……"

"哪有叫'随便'的咖啡嘛。"

"我来帮小花点。"

"不用不用，我就跟小西喝一样的就行了。"

"好咧，一杯冰咖啡，一杯招牌奶茶，两杯意式摩卡。"

"哈哈，你这样好像个店小二哦！"

"啊哈哈，那是不是还得在肩上搭一条毛巾？"

"不需要，给他一条抹布就好啦，哈哈哈哈……"

跟她同桌的还有两男一女，他们一边点餐一边聊得火热，看起来十分开心。

真奇怪，为什么我会想躲着呢？

桑桑搞不明白自己现在在害怕些什么。

"要不……去打个招呼吧？"他端起杯子喝了一口，劝说着心里的自己。

"小西，一会儿去哪儿玩？"在等咖啡之际，坐在冯柯西旁边的男生问道，身体微微朝她偏了一点。

"嗯……还没想好呢。"柯西歪着脑袋望向盘着铁质装饰品的天花板说道。

"就去对面山上的公园玩吧，听他们说夜景很漂亮哦！"坐在柯西对面的男生满脸兴奋地说道，眼睛睁得很大的样子让桑桑心生不快。

"呃……"就跟心里想的一样，桑桑也知道柯西一定会犹豫，他不知不觉已经用脚尖把自己固定在单人椅上略微前倾，应该说他也很期待会从柯西口中听到怎样的回答。

"去嘛去嘛，肯定很浪漫耶！"对面女生挽着她旁边男生的胳膊一脸兴奋地望着柯西说道，看样子应该是男女朋友。

"去嘛去嘛……"这下三个人都在喊了。

"好吧，不过得先找到餐馆把饭吃了。"柯西依旧是望着天花板，带着一副"真拿你们没办法"的样子说道。

可恶！桑桑紧紧捏着杂志，心中莫名有一股怒气在上升。这么说，这个坐在柯西身旁的男生，和他口中的"小西"也是这种关系吗？不对，他很清楚自己在意的绝不只有这个。那个留下背影离开的柯西，此刻已经是跟着朋友们一边欢乐地喝着咖啡一边计划着行程的"焦点人物"了。是对比带来的反差让他如此焦躁不安？是曾经复杂的感情让他不知所措？没了他的柯西过得比以前更好了，而自己是否真的如寄给冯柯西的那封信所言，变得更加勇敢了呢？他不敢肯定，此刻，他的面前仿佛站着那个曾因羞愧而面红耳赤的张桑桑，他正凝视着自己……

"哎哎，你们听说了吗，那个……"

"真的吗，我都不知道……"

那边似乎又开始了什么新的话题，但桑桑已经不想再听下去了。他起身离开座位，从另一边绕到前台结账，推开门时铃子"叮叮"响起。

天色将晚，他望着几朵几乎没人会发觉正在缓缓移动的乌云，朝着家的方向走去。

不如就像上次一样走回去吧。

他收起正准备叫车的手，把它揣进米色的外套口袋里朝前走去。快到下一个十字路口时，桑桑看见一家商场前摆着几台游戏机，两个看着像是小学生的孩子背着书包站在一台游戏机前，按键发出"噼噼啪啪"的声响。桑桑摸了摸上衣口袋，又摸了摸裤子口袋，一共就找出一枚硬币。他走到一台游戏机面前，投下硬币，玩起了《拳皇》。

记得初中时他就经常在午休时间被班上几个同学拉着玩这个游戏，技术日渐增长，最后竟然达到了班上无人能敌的水平。虽然有好几年没碰过了，但玩着玩着以前的感觉便回来了，在第一局躺下后他就再也没输过。其实也没什么好玩的，但他就是不想离开。

时间总是在这种时候无声地加快脚步，当他玩得腰酸腿麻的时候才发现，已经快九点了。他抬头揉了揉干涩的眼睛，映入眼中的彩色霓虹显得格外刺眼，那两个背着书包的孩子早已经无影无踪，他也不清楚他们是何时离开的。商场的外放广播正放着萨克斯版的《回家》，保洁阿姨也拿着拖把在门口进进出出，应该是快打烊了。他打开手机看了一眼，并没有妈妈打来的电话。

不会是又喝醉了吧？

他叹了口气，关上手机，望了望星月掩于乌云之中的天空，漫无目的地走在街上。走了一会儿，夜市开始营业了，整条步行街都飘着铁板烧的香味。

啊，肚子饿了……闻到香味的他摸了摸身上，将口水咽了下去。

"只有三十块钱，铁板烧肯定是吃不起了，况且一个人吃也显得太别扭了。"他在心里说道，"不如到以前常去的小巷吃麻辣烫吧。"他又吞了吞口水，迈开了步子。

2

周周同朝阳一同起床，换下睡衣穿好校服的她拉开窗帘才惊喜地发现这个早晨布满了晴朗的阳光。不过她没有时间去楼上练琴了，这段时间学校正热火朝天地准备三校联考，临时决定多开一节文化课的早自习，她必须抓紧时间赶去教室，然后再带着早餐去馨艺楼跟其他艺术生一起练琴。她在厨房里翻出两兜白菜，跑上楼顶放在角落的"房子"里便匆匆赶去就近的公交车站牌。

今天的天气真的很好。望着车窗外景色的周周不禁笑了起来。要是换作平时那个阴沉沉的日子，一定会不小心从车窗看见那个愁眉苦脸的自己。

"能遇见这样的好天气，又正巧是春天，真是太好了！"她背着包，提着小提琴箱，踏着轻快的步子走进了校园。

"哎，周周，一起去馨艺楼练琴吧！"刚准备出教室，就有几个人围了过来。

"走吧走吧。"一个扎着双马尾的女生提着棕色的琴箱走上来拉住周周的手说道，看起来元气十足的样子。

"喂喂，凭什么跟你走啊，明明大家一起来的。"又有几道声音从不同的方向传了过来。

"就是就是！要先也是我先，早自习没下我就在这里等了。"一个梳着中分发型的女生也挤了进来。

"跟我走！"

"我们一起走！"

"我先叫她的呀！"

大家围着不知所措的周周，在走廊上炸开了锅，看起来既热闹又好笑。

"大家……一起走吧？"周周好不容易才说上一句话。

"嗯！"

"好！"

"听见没，周周说一起走啦！"

"走啰走啰！"

大家伙像是因为周周的一句话突然达成了共识，都提着自己的琴箱排着不规则的小队伍朝着馨艺楼进发，到了馨艺楼的艺术教室也没能消停。

龙老师喜欢让周周去讲台做示范，虽说无论效果如何最后都能得到同学们的掌声和叫好声，但在众人的视线里做自己喜欢的事情，这对周周来说已经迈过了别扭这个阶段，有时候她还是很享受这种过程和结果的。

到了休息时间，也会有一大群人围着她一起吃饭，甚至还会冒出几个面目清秀的男生给她准备营养早餐。

"哇，好羡慕！"

"我也好想要哦！"

"我们明天也给周周准备早餐吧，别让男生们得逞！"

这样的声音也会让她难堪和不自在。

虽说她也并不是特别讨厌这种感觉，因为相比之前的那个与周遭格格不入的自己，这样已经很好了。

结束了一天的课程，太阳也从东边挂到了西边。

"周周，给。"卫生委员给了她一把与她极为般配的小扫把，今天轮到她留下来值日。教室里只有几个人，大家都认真做着自己该做的事情，大概是希望赶紧完成任务回家。

在此之前，门口本来也站着许多等她回家的人，当然也不乏挽起袖子准备冲进教室帮忙打扫卫生的人。

"大家今天先回去吧，我还有点事情要做……"是周周笑着说出这种温柔的话，大家才开开心心地先行离开的。不过周周确实还有事情，今天是周五，晚上她还得去夏安东的便利店里打三个小时的工。

"好啦，这下再把讲台整理下就可以收工了！"卫生委员叉着腰说道。

"我来吧。"准备走上前去的周周还不及将这几个字说出口，教室门口突然探出一个陌生的脑袋。"李周周在吗？"一个扎着短马尾的女生带着慌张的语气和警惕的眼神问道。

"啊，我在。"她说着走了过去，但那个女生像还是没从那种恐慌的状态中恢复过来，目光躲闪着迟迟没有开口。

周周并不认识这个人，她不解地看着那个女生，问道："请问你找我有什么事吗？"

"这，这个，有人叫我给你……"她小声且快速地说道，然后将一个黑色的信封塞到周周手里，逃一样地转身跑开了。

虽然在此之前周周也收到过别人写的信，但多半是情书，甚至还有几封是女生写的。拿着这个因突然被塞到手里而弄得皱巴巴的信封，暗暗的颜色让人格外在意，直觉告诉她这封信跟其他的不一样。

周周在去往便利店的公共汽车上打开了信封。上面是用钢笔写的红色的字："李周周，这会儿你先不用急着知道我是谁。我只是有一件事情想问你，欧阳老师明明一直都很健康，为什么突然就变成那样了呢？其实我感觉吧，好像跟你在一起，和你亲近、对你好的人总会倒大霉呢？凭着一张好看的脸蛋，装出一副清纯得不行的样子，一副什么都不知道的人畜无害的样子，到处欺骗、伤害别人！不光是欧阳老师，还有许多你连名字都不知道的人，都是因为你李周周，才被伤害得体无完肤！"字写到后面，越来越潦草，还有不少墨团。就好像那个人正站在她的面前，越骂越激动一样。她不明白写信的人是出于何种目的，但那种很久不曾有过的不安和害怕的心情又悄然将她包围。

她将信对折放回信封，再把信封塞进校服夹层最不起眼的那个口袋里，车窗外的夕阳渐暗着慢慢西沉，周周的脑袋莫名疼了起来。

"周周今天怎么了？脸色很难看呢。"夏安东拿着两罐今天才上架的新品咖啡走到收银台旁问道。

"唔嗯……没什么呀。"突然听见店长说话的周周，抬起头很勉强地挤出一点笑容回答道。

"给。"夏安东扣开一罐咖啡，拿到她的面前轻轻晃了晃。

"谢谢……"她接过略凉的铁罐，声音小得几乎听不见。在之后的两个多小时里，周周站在收银台工作，夏安东坐在最后面清点商品。之前换班的小哥见周周来了又在店里玩了一会儿便喊着"回家吃饭"推门离开，送货小哥也只是中午来送过一次货，嘴上说着"最近真是太忙了"便匆匆离去。今天晚上的客人也少得可怜，偶尔会进来那没什么精神，每天来买一包"黄鹤楼"的中年人，也有二十出头的年轻人进来只买一个打火机就走。大部分时间只有周周和夏安东在店里，两人都保持着沉默，谁也没有主动开口讲话，只有一首《八号风球》在音响里循环播放着……

"有什么事就讲出来吧，一直憋着可不好。"一直到快关门时，夏安东才走到前面来。

"没……"周周刚开口就被打断了。

"不许说没有，可全写脸上了。"

"这会儿可以下班了吗？"周周低头拉了拉工作服说道。

"走吧，我来关灯锁门。"夏安东舔了舔有点干燥的嘴唇说着。

"那我去拖地。"

"不用了，今天挺干净的。"

"那我在外面等你……"

"嗯。"

"久等了，卷闸门有点旧，不太好用，抽时间得去换一下。"夏安东走到周周站的路灯下，摸了摸头说道。

"没关系……"她望了望夏安东，从校服夹层里摸出一个皱巴巴的黑色信封递到他的手上。夏安东接过信封，越看神情越严肃。远处的路灯把两人的影子拖得又细又长。

"不会是恶作剧吧？"他把信纸装进信封，还给周周说道。

"不像是……"她低着头摇了摇。

"欧阳老师的事情我多多少少知道一点，她身体一直不是很好，发生那样的事情……大家都很难过。她是个好老师，对学生很好，城里有什么音乐活动都会赶去参加。所以你也不要把这种胡说八道的话太放在心上。"

"可是……"

"别想太多，赶快回家好好休息。明天还要上课，对吧？"

"嗯，那我先回去了。"

"我送你吧？"

"不用了……惠惠姐一定还在家等你呢，我坐出租车回家，不用担心。"

"好吧，一路小心。别被这种无聊的东西影响了心情，明天记得按时来上班哦！"

"嗯，再见……"两人结束了对话，周周正好坐上一辆亮着"空车"指示牌的出租车。

"呀，回来啦，要不要吃点东西？"刚回到家，爸爸的声音便从客厅里传了出来。

"不用了……"她望了一眼满脸堆笑的爸爸，有气无力地说道。难得爸爸今天这么早回家，她心里还是有着一丝轻快和喜悦。

周周推开爸妈的卧室门。爸爸也跟着进来了。

"妈妈，我回来了。"

"宝贝儿，快过来妈妈看看，一定累坏了吧。"妈妈急切地说道。

"都怪妈妈命不好，害你和爸爸受这么多苦……"妈妈半躺在床上，声音里充满了无尽的哀怨。

"周周，我给妈妈买了个平板电脑，以后妈妈想看电视就不用像以前那样麻烦了。"爸爸连忙岔开话题。

妈妈瞪了爸爸一眼说道："你呀，又乱花钱，上次买按摩器就挨我骂了，这次又买平板，不长记性，我有几个时候在看电视呢？"

"嘿嘿……给你解解闷儿、解解闷儿，嘿嘿……"爸爸就像一个害怕挨训的小学生一样。

"我觉得挺好的啊！"周周说着在妈妈的身边坐下来。妈妈用一只手揽过周周的腰，另一只手放在她的脸上轻抚着不愿拿开。

"女儿，别去打工了，好吗？非要把自己弄得这么累吗？"妈妈说着说着变了腔调，眼泪也落下来了。

"哎呀，妈，你又来了。都说了不累，再说锻炼锻炼自己有什么不好？我睡去了。"周周帮妈妈擦了眼泪，起身离去。

"我们女儿真的是太懂事了！我们欠她太多。"是爸爸的声音。

"练琴小课的费用可全是她自己挣的啊，是我欠她的，欠你们父女俩的……"

周周走进卫生间前，还能隐约听见爸妈的对话。简单洗漱后，她便躺在了床上。关上灯才发现窗帘没拉，尽管有些不安，但她也懒得再起身去拉了，或者说她已经没有精力再去管这种小事了。那封直到现在还放在上衣夹层的信和夏安东说的话来回交替穿插在脑海中，她闭上眼睛紧锁着眉头。明明又困又累，连打了好几个呵欠却怎么也睡不着。失眠的她只好将责任算在那罐甜甜的咖啡头上。窗外星星点点，忽暗忽明地闪烁着，月亮从薄薄的云里探出脑袋，整片夜空似乎都在安慰她："没关系的，明天也是个晴朗的好日子哦！"

3

"小帅哥要吃点什么？"还没走到店里，老板娘便开始热情招待。

"呃……一串鱼丸、两串牛丸、一根火腿肠、一串虾棒，再帮我夹块豆腐。"桑桑走到店前，一边指一边说，感觉自己的口水就快被这怀念的香味激发出来了。

"是打包还是就在这儿吃呢？"

"就在这儿吃吧。"这儿离家还很远，打包的话未必有点麻烦。

"好的好的，先进去坐会儿吧，装好了我给你送过来。"老板娘边说边开始将串串上的东西往碗里装。

"哦对了，不要葱花和辣椒。"说完他就走进了店里。

刚准备找个地方坐下，他就准备逃跑了。因为店里还坐着其他客人——冯柯西和之前坐在她旁边的高个子男生。无奈老板娘已经将东西装着过来了，也不好意思再麻烦人家打包。

"小帅哥，吃得开心哈。"老板娘端着那碗麻辣烫依旧热情地说道。

"哦……谢谢……"他接过有点烫的铁碗，尽量压低声音说道。

啊……好紧张！他小心翼翼地从桶里取出筷子，害怕被柯西认出来。尽管他已经坐到离他们最远的位置上了，但空间太小，仍旧感觉柯西就在面前。

"小西你看，志辉说他们已经回家了。"高个儿男把手机拿到柯西面前说道。

"嗯，小花给我发短信了。"柯西低头看着手机说道。

"就剩我俩没回家了呢。"高个儿男嘿嘿一笑，语气听着十分微妙。

"还不是你说肚子饿了，我才陪你来找东西吃嘛……"柯西放下手机看着高个儿男说道，像是有点生气。

"唔，这个牛肉丸子真的好好吃，下次一定还要来。"高个儿男舔了舔嘴唇，笑着说道。

"行啦，你快点吃，吃完了我还要……"她说到这里便突然被高个儿男一声煞有介事的"小西"打断了。

"你家离这边挺远的，要不今天就在我家住吧？"顺风飘过来这句话让桑桑差点儿把含在嘴里的豆腐吐了出来。

"算，算了吧，我不太方便……"柯西带着躲闪的目光说道。

"来嘛，我爸妈不在家，你不是喜欢玩恐怖游戏吗？最近正好买了一部《无尽梦魇》，我们一起玩。"高个儿男扬起嘴角，稍稍朝柯西靠近了一点，那样子跟在咖啡厅时一模一样。

"不行！我要回去。"柯西的声音中带着一丝慌张。

"哎呀，求你了，就陪我一晚嘛。"高个儿男步步紧逼。

"我妈绝不会允许我在外面过夜的……"说着她站起身，"真的……我先回去了，阿布。"

"小西。"就在柯西转身准备离开的时候，叫阿布的高个子男生一把抓住了柯西的胳膊。

"你干吗！放开我。"她小声说着，朝外迈了一小步。

"我喜欢你！"他也站起身，声音不大不小，桑桑恰好也能听到。高个儿男的手紧紧抓着柯西不放。

"阿布，把手放开……我告诉你吧，我已经有喜欢的人了。"柯西的声音听着有些颤抖。

"不可能！告诉我那个人是谁！"阿布突然提高了声调，用一种算得上可怕的眼神瞪着柯西。在张桑桑看来，眼前这个家伙实在是讨厌透顶。

柯西没有说话，也许事出突然她根本不知道如何开口。

"说啊！"阿布顾不上别人的目光，一股失败感冲昏了他的头脑，愤怒涌上心头。

胳膊一直被抓着的柯西还是一语不发，一脸似笑非笑的难堪表情。

"你没看到她不愿意吗？"张桑桑吞下最后一个鱼丸，走到冯柯西身边说道。柯西"啊"地叫了一声，又连忙捂着张大了的嘴后退了一步。

"你谁啊？"比桑桑高出两个头不止的阿布极不耐烦地喊道。

"关你屁事！长臂猿！"

"你说什么？"

"我说你，长——臂——猿！"

"你有病还是想找死？"

说着两人竟冲上去扭打成一团，几个女顾客尖叫着躲到了一边。处于下风的桑桑被阿布打中了鼻子，带着一股酸楚火辣辣地疼了起来。他感觉有几滴眼泪从眼角生了出来，他皱着眉，努力忍住不让生理盐水滑出来。

"别自大了，你也不过如此。"尽管被按在地上，桑桑还是带着更加锐利的眼神说道，"像你这样的人……配不上柯西。"

桑桑本还想说上几句，可还没等他开口，不知又从哪儿飞来一个沙包大的拳头，再次无情地打在他的鼻子上。

"啪嗒！"桑桑刚站起身，便感觉自己的泪水落在了水泥地板上，发出微弱的声响。不对，这种黏稠的液体不是泪，是血！

"啊呀呀，怎么动起手来了？别打啦！别打啦！"老板娘慌忙拉劝。

"再来啊……"桑桑一把推开老板娘，指着阿布说道，鼻血从上唇流进了嘴里。

阿布顺手拖过身边的一把木椅高高举起来。

"阿布……你疯了吗！"柯西从后面抓住就要落下的椅子。

"我明白了，我什么都明白了！"阿布将椅子重重地扔在地上从柯西和桑桑中间擦过，头也没回地走了出去。

"刚才谢谢你啦。"柯西坐下，带着比之前稍显轻松的表情说道。

他们从那家麻辣烫出来后，找了家还没打烊的咖啡厅，打算聊会儿再回家。

"没，没什么大不了的……就觉得实在看不下去了。"桑桑也跟着坐下，从鼻子里取出两团带血的纸，揉了揉鼻子说道。

"你还是没变，明明就不像能打得过人家的样子，但就喜欢逞强……所以才老是受伤。"柯西笑着说道，指了指桑桑还泛着红的鼻子。

"哪有啊……"他一脸不自在地扭过头去。

"真的好巧啊。"她望着天花板说道。

"啊，什么？"

"今天能遇见你呀，你突然出现还真把我吓了一跳呢。"她望了一眼桑桑，又一脸高兴地望向霓虹闪烁的窗外。

"啊……怎么说呢……是挺巧的。"尽管今天两次遇见柯西都的确是巧合，但不知道为什么，他感觉这是自己所追寻的必然。

"啊，谢谢。"柯西接过咖啡又说，"说起来，你今天也去了'南岸'的吧？"

"嗯。"这次不能因为这种小事再别扭着逃避了。他点了点头，望着柯西说道。

这是他今天第一次这样看柯西，虽然既紧张又不好意思，但总算是迈出了这一步。柯西散开头发露出额头比扎成单马尾的样子更加成熟，本就不怎么明显的婴儿肥已经完全消失了，眼睛大大的，看起来很可爱。

"毕竟这么久没见了呢……"桑桑喝了口咖啡，对着自己轻声说道。

杯中的咖啡和时间一同消逝，张桑桑和冯柯西在一起聊了很久：搬家后跟妈妈简单而快乐的生活，新学校的老师和同学们，前不久领养了一只宠物狗。这些事情桑桑是第一次知道，因为他也只能从柯西口中亲口听到了。他也讲了一些柯西没听过的事情：小蓝姐戏剧性的爱情故事，自己去学校之后同学们的反应，还有发现了一个练习画画的好地方。当然，他没有提到那个女孩，那个美得不属于这个世界的女孩。

"对了，你刚刚好像被告白了耶。"桑桑坏笑着说道。

"干吗突然说这个啊。"这下换柯西脸红。

"没什么，就比较好奇你说的'我有喜欢的人了'究竟是谁，嘿嘿。"桑桑一脸轻松地笑道。

"反正不是你。"柯西扭过头去哼了一声。

"这我倒清楚，不然我也不好意思问的。"他顿了顿又说，"快讲嘛，连我都不说吗？我们这么好的关系耶！"

见柯西已经变成了犹豫不决的样子，他便像小孩子恶作剧一样不停喊着："说嘛，说嘛，说嘛……"

"你们男生怎么都这样啊……"她一副极不情愿的样子，但还是勉强开口道，"是我们学校篮球队的队长……"

"高三的？"

"嗯……"

"哇，肯定又高又帅，有多高，一米八？"

"一米九二……"

"呃呃，挺好的，有点身高差蛮萌的。"

"你讨厌。"

……

"算了，我还是告诉你吧。"一阵沉默之后柯西抬起头说道。

"今天他突然向我说那样的话，我也感到意外得不行，但想想后还是决定先冷静一下。"

"啊啊啊，等等，等等。你说的不会就是刚才那个叫阿布的家伙吧?"

"嗯，就是他。"柯西倒不遮掩。

"那……那……那你们这是唱的哪一出啊?"张桑桑糊涂了。

"桑桑……"柯西害怕他会生气，一脸担心地望着他说道。但下一秒桑桑便"噗噗"地笑了起来。

"明明是你情我愿，你干吗还骗他啊?"

"毕竟现在还不是把精力放在恋爱上的时候，现在努力考上一所好的大学才是我们必须要考虑的。"这就是冯柯西，感性和理性兼备，关键时候又总能让理性占上风。

"我看那个叫阿布的家伙长得确实很帅也很勇敢，嗯……就是脾气得改改，搞得跟以前的我一样，还有点儿小心眼，哈哈。"桑桑说着举起杯，喝光了里面的咖啡。

"鼻子不疼了?"柯西不怀好意地问道。

"你就放心吧，有的是机会还他!"他伸手拍了拍柯西的头又说，"吓到了?我说的机会是指他如果敢欺负你的话。哈哈哈。"

"你呀，还是先保护好你自己的小身板吧。"柯西说完调皮地吐了吐舌头，站了起来。

"今天啊，真的没想到能和你说上话呢。"出了咖啡店柯西一直向前走着，晚风吹起她的长发。

"是吗……"桑桑心不在焉地回答道。

春天的深夜带着几分寒意，他追上柯西，伸出手，但又突然"唰"地一下缩进自己的口袋里。

"嗯，这么久都没能和你说上话，今天聊得很开心呢。"柯西将飘到脸上的头发别到耳朵后面，继续向前走着。

"柯西……"

"嗯，怎么啦?"柯西停下脚步，转过身问道。

"以后要是有时间，我还能像以前一样叫你出来散步吗?阿布一起也没关系，我当电灯泡也没关系……"他说着说着低下了头，暗淡的光线下看不清他的表情。

"当然可以。"柯西在他耳边一字一顿地轻声说道。这一刻，桑桑一直想努力表现的坚强和勇敢，还是败给了柯西那特有的温柔，败给了一个女孩儿的善解人意。泪水，迎着路灯散射下来的灯光闪耀出一点光芒。张桑桑紧抿着嘴，昂着头努力不让泪水滑出眼眶。

"你怎么了?"柯西问道。

"……没什么。"桑桑其实很想跟她说他想爸爸了，但是话在嘴边又咽了下去。

"你一定有什么心事，如果是难过的事情说出来会好受些。我们不是好朋友吗?"

"我想我爸了。"他终于鼓起勇气说出来。

"我也常想起我爸。我感觉他并没有死去，永远与我同在。"

"问题就在这里，你至少知道你爸在哪里，而我在无数个夜晚想到，现在离个婚也没有什么奇怪的，可是爸爸却好像突然从我面前从这个世界上消失了一样，这太不正常了。"桑桑说完叹了一口气。

"你别想太多，或许叔叔他只是暂时不愿意或者不方便联系你呢，哪有父亲不疼自己孩子的?"

桑桑不再说话，静静地站了好一会儿才又开口。

"嗯……谢谢你，现在我感觉好多了。"

"以后有什么想说的都可以告诉我啊，有什么别老窝在心里。"

"抱一个吧。"在分别前，柯西望着他微笑道。

"嗯……"桑桑向前迈了一小步，轻轻抱住了柯西。一阵风吹过灯火阑珊的街道，吹起两人的头发，吹动两人稍稍加快的心跳。

"你要继续努力哦。"目送桑桑向前跑去的柯西挥手喊道。

"嗯！一定会的——"他回头一边招手一边喊着，渐渐消失在那条街的尽头……

4

"没事没事，不用管我，像平时一样练琴就好了……"少年连连摆手，带着一副慌张的表情睁大眼睛说道。他深吸一口气，然后拿起铅笔在画板上"沙沙"挥动。一灰一白两只兔子随着琴声的律动在空心砖上跑来跑去，不时停下来歇会儿，又跑去"房子"边上吃少年买来的菜叶。突然楼顶，不，整个世界都好像猛地晃动了一下，接着一缕阳光穿透了层层乌云，刺得少年不由得眯起了眼睛，视线也被一团白色的光亮所覆盖……

是梦。周周叹了口气，看着车窗外沾着晨露和阳光的树叶，揉了揉稍显浮肿的睡眼。昨天连她自己也不知道是何时才睡着的，只觉得完全没有睡好。所以这会儿在车上竟抱着琴箱、枕着书包睡着了，要不是暖暖的朝阳正好照在脸上，兴许一不小心就坐过了站。她感谢着头顶这片让人舒心的晴空，拍了拍停留在校服上的些许尘絮，就连它们也是因为好天气才变得如此明显。她提着琴箱起身，扶着黄色的栏杆慢慢走到车身中间，等待阳光从车门射进来的那刻。

"早安，周周！"刚进校门就有同学过来跟她打招呼。

"早。"她微笑着回应，不希望将不振作的感觉展现出来。

那封信……说不定真是谁的恶作剧呢。

她不想一大早就把自己的心情弄得那么糟，索性这样想着跟同学一起走上了教学楼。

"今天艺术生待在教室！"刚进教室便看到黑板上用粉笔写着几个歪歪扭扭的大字。

欸？不去练琴了吗……周周忍不住又揉了揉眼睛，这下除了涩还有一点痒。

"喂，这谁写的啊？"后一步踏进教室的女生一脸不屑地问道。

"我写的。"一个平头男生把握着粉笔的那只手举起说道，"老班让我写的。"

"什么意思啊？"那个女生继续问道，看起来不是特别满意。

"不知道。"平头男一脸事不关己的样子摇了摇头，"可能今天有什么事要在教室讲吧。"

"也有可能是教艺术课的老师不能来了哦。"另一个带着圆框眼镜，长得像只老鼠的男生也参与了讨论。

听到这里，周周的心不禁颤了一下，不安的感觉又回到了心里。班上从刚才起就一直闹哄哄的，大家像是突然来了兴趣，几个围在一起大声或小声地谈论着什么。

"大家安静一下。"直到他们的班主任推开门走上讲台，教室的吵闹才得以平息。

"龙老师，为什么今天我们要待在教室啊，我们可是一天不练习就会退步很多啊！"提问的是那个从一开始就很不满的女生，尽管老师以前曾多次提醒她不要像这样不举手就突然站起来提问。

"因为今天啊……"她顿了顿，指着手上的班务日志说道，

"是'校园法制宣传日'，一会儿要统一去操场听讲座，所以就先让你们留在教室了。"

"讲座完了就可以去练琴了吗？"

"对啊。"或许是得知不用待在教室里一连上四节枯燥的物理课，不光是那个女生，大家都"哦呼"着叫了起来。

太好了，老师没有生病……

周周也如释重负般长舒一口气，在欢呼的浪潮中微笑。

广播发出通知，学生们纷纷拖着自己的板凳从教室走向操场。尽管大家好像都对无聊的讲座没什么兴趣，不过能在这样一个阳光灿烂、充满生气的早上坐着和同学聊天，大家也都扬起嘴角，一脸满足。周周顺着班上的队伍，乖乖把座位摆好，坐在一个偏后不算起眼的位置。她看着一块还没被阳光照到的石板，缝隙里藏着绿幽幽的苔藓，总有一种它们是因为害羞才不敢出来的感觉。放在国旗下的几排月季有一半被换成了迎春花，操场外围展板旁的几棵樱桃树也绽开了粉红色的小花。那个也是樱花吧……周周微微踮起脚尖，勉强能看到高中部那边的几棵还没有完全盛放的樱花树。

"那个直到现在都还不知道名字的少年，现在在哪里呢……"她说不出为什么会这样想，但此时心里的确突然浮现出一种无法言喻的奇妙感受。

"唉，明明是玩了一早上，为什么会这么累呢？"一个胖子刚把凳子搬回教室就叹着气说道，鼻子和额头上浮着一层汗珠。

"还不是因为你太胖，哈哈！"一个戴着鸭舌帽的男生也回到了教室，他一手提着凳子，一手把自己的帽子很随意地扣在了正在大喘气的胖子头上。

"你……"胖子取下帽子，却懒得再做什么，只好用那没什么杀伤力的眼神瞪着那男生不放。

"我什么？有本事别干坐着啊，追到我算你赢！"他说话的同时，已经把帽子夺了回来，而且还眉飞色舞地又戴回到自己的头上。

"有种别出教室！"

"不出就不出，反正一头死肥猪也不可能追上我。"

"你说谁死肥猪？"

"就你啊，哈哈哈！"说着两人在教室里跑了几个来回，其他同学也搬着椅子陆续回到了教室。

"周周，有人找你哦。"坐在靠前门位置的女生朝着周周挥了挥手。

刚坐下准备整理课桌的周周，应了一声便朝外走去。

跟昨天的不是同一个人。

周周望着那个站在门口不远处的女生心想。她戴着眼镜，留着一个圆圆的蘑菇头。双手背在后面，看起来神情也有点紧张。

"那个……"周周微微歪下了脑袋，"是你找我吗？"

"有……有人叫我把这个交给你！"蘑菇头女生从背后拿出一个信封，递到了周周手里。她说话时紧闭着眼睛，表情跟昨天放学前来的那个短马尾女生几乎一模一样。

"请问……"还没等周周问完，那女生便转身跑着离开了。周周一脸无奈地望向手里的信封，这次是个暗紫色的。

"周周，一起去吃午饭吧，老班说吃完就可以去练琴了呢！"下课铃刚响，早上跟周周一起进教室的女生便跑了过来，已经把蓝色的琴箱提在了手上。

"不了……"周周轻轻摇了摇头，"早上吃得太多，这会儿不是很饿。"

"嗯，我懂，减肥嘛，有时候的确是需要牺牲几顿午饭的，那我先走啦，一会儿馨艺楼见！"她对着周周怪笑着比了个大拇指，然后抱着琴箱飞快地跑出了教室。

等到教室里只剩下周周一个人的时候，她打开之前收到的那个暗紫色信封。同样的纸张，还有那让人看了浑身起鸡皮疙瘩的红色字迹。这些都说明了写信的是同一个人。

"李周周，不要以为一直躲在人群中就没事了，我会一直在黑暗中注视着你的！如果你讨厌这种感觉而且不想再收到这种信了，那就过来找我解决这些事情。放学后，我在你们练琴的教室楼顶等你！"

这一次周周的感觉更加明显了，有一种那个人正站在自己面前怒斥的感觉。她收起信，提着自己蓝色的小提琴走出了教室。

悠扬的琴声以复合的形式回响在算得上宽敞的音乐教室，在老师"Stop"的指令下达后，房间便突然安静了下来。

"很好，很好，大家表现得不错。"老师拍着手的同时又满意地点了点头。

"不过。"她摸了摸耳旁几根头发又继续说道，"还有两个小问题需要注意下，上低音号进来的部分要更紧凑一点，注意两个连续切分音，最后的收尾部分希望更干脆一些。"

"好——"大家都带着一脸轻松的表情望着老师说道，似乎在期待着什么。

"那今天就这样，明天见。"老师笑着说道。

"哦哦，万岁！"

"走啦走啦！"

"黄老师拜拜。"

"哎呀，赶紧回家，作业还有一大堆。"

大家提着自己的乐器盒，一个接一个地出了教室。

"周周你过来下。"黄老师朝正准备起身离开的周周招了招手。

"你们先回去吧……"周周小声地对周围几个等她一起回家的同学说道。

"嗯，那明天见。"大家说着都离开了。

"黄老师找我有什么事吗？"周周走到老师面前，礼貌地问道。

"没什么大事，就看你今天状态不是很好，总感觉有点心不在焉。"老师还是笑着说道。

"嗯嗯，昨天晚上有点没休息好。"周周点点头，轻声说道。

"你呀，一定是压力太大啦。放轻松，小提琴组甚至整个乐队你的进步是最大的。"黄老师拍了拍她的肩说道。

"谢谢黄老师关心……"周周朝她鞠了一躬。

"行啦，快点回家吧。"她提起周周的琴箱，递给她说道。

"谢谢……"周周接过琴箱又道了一次谢。

黄老师没有再说什么，带笑的眼中流露的神色就好像在说："多有礼貌的孩子啊。"而转身走出教室的周周，脑中也浮现出了欧阳老师的面容。那个曾经教会她勇敢，教会她微笑，教会她如何融入这个复杂世界的欧阳老师。那平易近人的面容，那温柔无比的话语，那如阳光般温暖的怀抱。那每天起床后用来梳头的小木梳，那每天练习都会用上的发黄琴谱，那作为惊喜直到现在还拿在手里的小提琴。因为害怕而刻意封存的记忆，在此刻一点点解冻复苏……

该来的总会来，既然躲不过何不大胆直面？任何事情都不要先把结果想得过于悲观。"欧阳老师……谢谢您给我的一切。"这是从李周周内心深处所发出的最最真实的声音。无数次悲伤与绝望、痛苦与迷茫，以及数不清的逃避之后，这声音终于像山谷之中崩塌的巨石，惊天动地，响彻云霄。现在，她还有一件事要做，去往信中说到的楼顶，去了结这件不明不白的事情。流泪也好，受伤也罢，这一次，她要给欧阳老师、谭亦然，以及那些一直关心着自己的人，还有那个脆弱不堪的自己一个清楚明白的答案。

她望着另一端窗外血红而美丽的夕阳，推开了通往楼顶的最后一扇大门。

"来得真晚呢。"刚上到楼顶便有人这样说着朝她快步走来。

"我还以为你不会来了呢。"说话的还是这个留着三七分短发的女生，跟在她身后的还有两个一脸恶意的女生，一个戴着夸张的绿色美瞳，还有一个打了耳洞却没有戴耳环。

"请问你是谁？为什么会知道老师的事情？写这种信给我又是为了什么？"周周望着留三七分的女生就是一连串发问，眼中没有一丝怯意。

"哟嗬，不结巴了？嘴巴挺利索的。"那个女生似笑非笑地说道。

"这些你都不需要知道，你只需要明白我们的厉害就行！"

"对，今天叫你来楼顶就是让你尝一尝我们的厉害！"身后两个女生像帮手一样分别说道。

"你们不觉得这样很无聊吗？"说着周周准备转身离开。

"既然来了……你以为能就这么逃掉？"话音刚落，三个女生已经将下楼的路挡住了。

"你到底想怎样？"周周望着三七分女生说道。

"刚才已经说过了……就是看不惯你，想收拾你！"三七分女生说到后面突然提高了音量，两只手也猛地伸了出去。周周被她一把推倒在地上，琴箱也从手里甩了出去，在身后发出沉闷的声响。

啊，好疼……

周周下意识朝后面退了两步。

"怎么？害怕了？刚不是还恶狠狠地把我瞪着吗？"三七分女生一边说着一边气势汹汹地走了过来。

"……"周周试图站起来，却被那个女生阻止了。

"说话啊！这会儿没有其他人，你也不用再装你那恶心的乖乖女样子了！"她显得异常激动，喊着喊着全身便慢慢倾斜下去。

"请你不要这样……"周周侧着身子，小声说道。

这会儿大家差不多都离校回家了，我需要靠自己来解决这件事，周周心想。她望着三七分女生因愤怒而变得通红的脸。

"看什么看！还看?!"她似乎没有半点要结束的意思，反倒是指着周周的鼻子，一副变本加厉的模样。

另外两个女生则在一旁抱着双臂，抖着一条腿睥睨着周周。

"如果没有什么事的话，就请让开，我还有事。"校铃已经响了起来，周周看着她，尽可能礼貌地说道。

"又是这样……你以为摆出一副无辜的样子我就会跟那些傻子一样，什么都听你的吗?"三七分女生抓着周周的校服领子说道，看起来她已经怒不可遏。

"请你放开！"周周坐起来推开了三七分女生，起身的同时抱起了琴箱。

"这把琴……不是你的吧?"三七分女生站稳后，目光自然落到了周周怀里的琴箱上。

"是我的……"周周紧紧抱住琴箱。

"我不信！你这个骗子！"歇斯底里的她又提高了音调，几乎变成了尖叫。

"请你们让开，不要再做这么无聊的事情了……"周周说着准备越过他们，可就在这刻头发却突然被扯住了，一股浓烈的疼痛感从发梢、发根，一直到头皮蔓延开来。

"唔！"周周本想忍住，却还是叫了声。

"早这样不就好了嘛。"带着绿色美瞳的女生懒懒地说道。

"是啊，还跟这种人讲什么废话和道理，早应该一上来就狠狠揍她一顿！"打着耳洞的女生比出一个奇怪的手势，瞪着周周说道。

三七分女生还是抓着周周的头发不放，冷笑了一声说道："好好，这下我们开始对她实行真正的惩罚！"

"哈哈哈！"三个女生狂笑着将周周包围起来。

一只手举了起来，正当它悬在半空准备朝周周用力甩过去的时候，楼顶的大门"砰"的一声被推开了。

"你们在干什么！"一位穿着高中部校服的高个子男生冲了进来，嘴里还喘着粗气，看样子是拼命跑上来的。悬在半空的手以及抓着周周的手都在一时间收了回去，不过她们的态度并没有改变。

"啊啊，真倒霉，果然跟你在一起就不会有什么好事。"三七分女生先是在周周耳边低声说着，接着又转身对这个突然介入的陌生高中男说道，"没什么，我们在处理点儿私事，还请你……"话还没说完，便被同样喘着粗气同样突然出现的另一位男生打断了，或者说是她自己因惊讶而一时说不出话。

"吴淼！"他喊着三七分女生的名字，脸上除了愤怒还有夹杂着无奈。

"又在瞎闹……回去吧……听话。"他走到吴淼面前上气不接下地说道。

"为什么……为什么！"吴淼抱着头颤抖，"从小我就很讨厌音乐，是欧阳老师让我爱上了它，爱上了小提琴。我没什么天赋，总是拉不好，是欧阳老师对我的关心和耐心让我慢慢成长，慢慢找到了自信……"她突然转声指着周周大声地喊道："可从你李周周来到音乐教室的那天起，一切都变了！你装出一副什么都不知道的可怜样，引得大家都将注意力放在你的身上。就连欧阳老师……就连欧阳老师也对你更加关心，做什么事都照顾你。是你！是你计划了那场阴谋把老师和老师对我的爱通通夺走了！"

"吴淼……"那个男生想阻止什么却没见效。

"老师就那样走了，也不见你为她做了什么！"她越过那个男生，指着周周继续说道，"后来，发现事情都已经过去却不能改变什么的我决定放下一切，重新去寻找属于自己的快乐和幸福。那一天，我鼓起勇气向喜欢了三年的他告白，却被无情地拒绝……说什么现在没有心思考虑感情的事，结果却偷偷摸摸给你写情书。"

"吴淼，你！"男生涨红了脸。

"又是你，李周周。你是万人迷，有着许多人梦寐以求都得不到的东西，可你为什么偏要一次次从我手中抢走我唯一心爱的东西呢！狐狸精！"

"够了！你太过分了！"那个男生咬着牙关，似乎能听到口腔中微小的摩擦声。

"我就要说，我偏要说！为什么我拼命努力争取也得不到的东西她李周周凭一张脸蛋就能轻易得到？这不公平！"

"吴淼，你听我说。欧阳老师对你的爱其实从不曾减少，只是你们的生活中出现了一个相对于你更需要关心、更需要帮助的人而已啊！再何况你自己不也说了吗？你已经慢慢成长，慢慢有了自信，难道欧阳老师给你的这些还不够吗！"男生慢慢走到吴淼身边，望着她说。

"不是的……"吴淼摇着头小声说道，一颗颗泪珠从脸颊上滑落。

"你们都是欧阳老师疼爱的学生，老师的做法一定是有她的原因和道理。而你现在去伤害她，老师要是知道也不会开心的。还有拒绝了你又给她写信的事情，或者只是一时冲动，但我真的不是故意这样做的。如果……不，我知道一定伤害到你了，所以我想好好给你道个歉。"那个男生用坚定又温柔的眼神看着吴淼，轻轻说道。

"我知道了……"说着她转身走了下去。那两个女生脸上早已经失去了笑容，小声商量了几句便慌张地跟着吴淼离开了楼顶。

"啊，忘记说了，我叫刘天皓。要是你还记得那封信的话应该会有点印象。"那个男生摸了摸头，显得很难为情。

"欸？"周周还没缓过神来。她的确收到了很多信，有夸她漂亮的，有称赞她才艺和气质的，有邀请她周末一起郊游看电影的，当然主要就是表达想要与她交往。对这些来信，周周大多是拆开胡乱瞄两眼就塞到家里书桌的抽屉里了。

"没什么，之前的事真是对不起，但还是希望你能原谅她。"刘天皓看着周周说道。

"没事的……"周周摇摇头微笑道，"我看得出她非常喜欢欧阳老师和你，所以才会那样……"

"嗯，谢谢你，我这就去找她。"他也笑着说道，转身跑了下去。

快要落山的太阳还剩下小半个，余晖牵着彩霞快被晚风一同吹散。

"那个……"周周看着面前这个穿着高中部校服的男生，却不知道说些什么好。

"哦。"那个男生注意到了周周的视线，"我是负责学校静校工作的李瑞航，刚才来了两个女生说这顶上有人约架，我就跑来看看。"他指了指自己胸前的校牌，面无表情地立在那里。

"刚才谢谢你啦。"周周朝着他轻轻鞠了一躬，笑着把琴箱提到手里。

"分内的事不用谢，这也是配合老师的工作。"他平静地说道。

"嘀当当嘀当当……"周周准备再道一声谢就离开，可这时李瑞航兜里的手机突然响了。

"哦，干吗。"他似乎对谁说话都是这种口吻。

"值日结束了，一起回家吧？"手机里这样讲道。

"今天就算了，我还有点事。"

"唔，好吧，那我先走了，宝贵的画画时间可一点也不能浪费。"

"注意安全。"他挂掉电话，把手机很自然地放进上衣口袋。

"走吧，我送你。"他朝前走了两步，转身对着周周说道。

"欸?"她稍稍将脑袋向上抬了点。

"我送你回家。"他望着周周像是确认一般点了点头。

"但是……"但是这样有可能会被别人误会的。她没能说出口,只感觉心跳在不知不觉中加快。

"要是你再被那些人找上麻烦,我也要负责任的,走吧。"他的话语依旧掀不起什么大风大浪,但却很有说服力。周周没有再说什么,乖乖跟在他的身后下了楼。

天边的云霞消散殆尽,将晚的天色笼罩着两人的身影。

"你叫李周周?"李瑞航突然开口问道。

"呃,是的,怎么啦?"她轻声应道,身旁的这个男生还是让她有点不知所措。

"哦,没什么,就想着我们是同姓。"他舔了舔嘴唇,脸上的表情好像在说"我讲这种话绝不是要跟你套近乎或是想跟你熟络起来",但周周却因为这句有点认真的话"噗"地笑了起来。

"你在笑什么?"他一脸不解地看了周周一眼。

"我在想……"她把双手背在后面,露出了自然的笑容,"我们虽然是同姓,但却绝对不是同性呢。"

"……这有什么好笑的。"他用一种丝毫不感兴趣的口吻说道,挺起胸抖了抖背包,加快了步伐。

什么嘛,真严肃……

周周望着他身穿校服的背影,仍带着笑容追了上去。

"朝哪边走?"走到一个十字路口时,他突然停下脚步问道。

正当她准备伸手去指的时候,一条短信提示音从书包里传了出来。

完了!看都不需要看她就知道自己错过了什么。

"啊啊!我突然有急事,就不麻烦你啦。"周周朝着李瑞航摆了摆,向前跑了起来。

"……"他似乎想说些什么,但周周突然转过身来。

"我会坐车过去的，不用担心！"

"注意安全。"他挥了挥手，依旧对什么都不感兴趣的表情又好像有点"就这样了"的意味。李瑞航在原地站得笔直，直到目送载着李周周的那辆黄色出租车开远才转身离开。

"鄂 Z T1438。"他抖了抖肩，摸出随身携带的小笔记本谨慎地记下了那辆车的车牌号码。

"不好意思啊，迟到了，还让你多上这么久的班。"周周望着店长和换班小哥做出双手合十的姿势说道。

"没事儿，That's my pleasure."换班小哥取下帽子对着她鞠了一躬，活像个英国绅士。

夏安东在一旁用抹布擦着柜台，脸上也露出一种"既然来了就好"的笑容。

"那件事，怎么样了？"等换班小哥回家之后，夏安东把新款工作服递给周周问道。

她慢慢地套上工作服，把今天下午发生的事情原原本本地说给夏安东听。

"也算是个不错的结局了……"夏安东听完，意味深长地说道，"现在的你呀，要努力开始自己的新生活了，其他的就不要多去想了。不过别人说再多也没用，关键还是得看你自己。"

"嗯嗯！"是啊，最难解的心结都已经解开了，现在只需要向前继续迈开步子就好。周周望向门外刚修好的路灯，暗暗下定了决心。

"哦，对了。"夏安东突然怪笑着凑到了她的面前，"今天迟到，我决定罚款一百！"

"啊？"周周睁大了眼睛。

"那就换成加班一个小时，不过不是这里，去我家。"

"啊？"

"骗你的，其实就是惠惠说好久没见你啦，要做顿晚饭给你吃呢！"

"不要再一个劲儿朝我碗里夹菜就好了……"

"这可说不准哦，哈哈哈……"夏安东爽朗的笑声回荡在小小的便利店里。

5

桑桑回到家时已经快十二点了，鞋柜外倒着一双棱边已经失去光泽的紫色高跟鞋。茶几上摆着几罐空的啤酒瓶，屋里还弥漫着一股啤酒和白酒混合在一起的难闻气味。

老妈应该是在外面喝完又回家喝了一顿。

他把空酒瓶轻轻放进快要被塞满的垃圾桶，然后小心地将垃圾袋提起来系好放在门口。老妈应该已经睡了吧？他望着那双摊在地上的高跟鞋，走上前去把它们扶正摆好，接着关上客厅的灯，带上"这会儿睡觉一定会失眠"的情绪走到了画室。

"到家了吗？"他翻开之前在咖啡馆跟柯西交换的电话号码，按下了短信界面的发送键。

"嗯嗯，这会儿快睡了，你也早点休息。"一分钟不到，手机便响起了柯西回复他的短信铃声。

"晚安。"他再次按下发送键，把手机扔在了一旁。面对着画板，桑桑的心情十分舒畅。也许今天跟柯西在一起的时光，就是他此时亢奋得睡不着的原因和理由吧。

窗外的颜色是"夜"，纸上的颜料是"晓色"，他挥动着画笔，不知不觉又扬起了嘴角。洗颜料时，手机又响起了新短信的提示音。

柯西又说了什么呢？

桑桑放下调色盘，拿起手机准备查看这条还算温热的短信。可在打开的一瞬间，他便失去了拿稳手机的力气……

第七章

1

不见天日的牢房，无法逾越的高墙，终年潮湿的床单，冰冷的铁栏杆。这是我身处地球上的另一个世界……

昏暗的会见室里，她正坐在转椅上。

"你们还过得好吗……"作为囚犯的我隔着一道厚厚的玻璃问道。

"嗯……勉强习惯了。"她抬起头，轻轻点了点头。

"是吗……"听到她这样说，我松了口气，但依然很放心不下。

"那个……"我把身体朝前移了移，"儿子他……"

"儿子没事，他一直为了自己的梦想在努力，只是我在想这样骗他会不会太残忍了……而且我知道他一直在打听有关你的情况。"

"这一切都是我的错……"我用微颤的手贴着玻璃，低头小声说道。

"阿明……不要自责了，我和儿子会努力生活，等你回家的那一天。"她看着我慢慢露出微笑，可眼里尽是难以抑制的悲伤。

站在一旁的看守突然晃起腰上的钥匙圈，清脆的声响示意会见的时间所剩无几。

"阿明……"她似乎还有话要说，但窗外的看守也催促她赶快离开。她转过身，推开了通向光明的铁门。在那一瞬间后，阳光被锁在外面。而我，则被看守催促着回到了如同深渊一般的阴暗牢房之中……

2

烧烤店里的人越来越多，这些人从大摇大摆进来到摇摇晃晃出去都不曾消停过。有的摆出一副高高在上的样子，以过来人的身份教导着一群后辈该怎么在这条极不平坦的职场道路走出个名堂来；有的吃着下酒菜，眉飞色舞地跟几个已经有点小醉的好兄弟谈天说地，大摆龙门阵；还有的点了几瓶店里最贵的酒，一边优雅地吃着串，一边还不忘将身边的性感女人揽入怀中。但他们都有一个共同点——脸上都带着恶心的笑容，不时还会突然爆发出一阵令人反胃的大笑。

我吹了吹砂锅里的粉条，想尽快吃完结账离开这个让人浑身不爽的地方。

"真不知道有什么好笑的。"离开了那家热闹的烧烤店，扑面而来的冷风不禁让我打了好几个寒战。

明明才刚入秋……真是！为什么连气温也要跟我作对？我恨不得像大爷一样叫一辆高级出租车，赶紧回到自己暖和的被窝里睡觉，可最后的十块钱也递到了烧烤店老板油腻腻的手里。况且，杨茜要是知道这几天发生了什么，兴许又得不留情面地狠狠骂我一顿。又是一阵充满寒意的秋风，伴随着一大堆烦心事吹到面前。我哆嗦地围着六元街转了几圈，索性走进了少有的网吧。里面开着一排不算亮的小灯，有红的、绿的，还有蓝的，看得眼睛挺不舒服。我低着头快步走过前台，希望不会引起老板和网管的注意。穿过人多的区域，我找到一个较为昏暗的角落，在那个不起眼的地方悄悄坐下。我叹了口气，闭上了早就有了睡意的双眼，沙发硬得不像话，硌得后背生疼。隔着一排电脑的那边不时传来大惊小怪的各式叫声，不用看我也知道他们正在玩当下最火的游戏《星际争霸》。里面虽然没有任何制热设备，但相比外面已经很是温暖了。我松开领带把头埋进自己的西装外套里，呼吸着充满二手烟的空气慢慢睡去……

　　早上是被打扫卫生的网管弄醒的，那女人拿着抹布在键盘上用力地来回擦拭，发出令人不快的噪声。绝对是故意的。我顶着她那好像在说"不上机就滚蛋"的嫌弃眼神，连打三个呵欠出了网吧。朝着刚升起不久的太阳，我伸了个懒腰，然后故作轻松地一笑。手里转着那根领带，向着家的方向慢慢走去……

　　"你还活着？"刚摸出钥匙门就被拉开了，我被眼前这个将"非常生气"写在脸上的女人拉进了屋。

　　呼，真庆幸之前就松了领带，不然脖子一定会遭殃的。

　　"哎哎，疼疼，快松开！"门被关上之后她松开我的衣服，改拉耳朵。

　　"你这几天去哪里了？"她故意把每一个字都咬得很重，带着要把我吃掉一般的架势说道，同时也没有忘了将手上的力度慢慢加重。真倒霉，怎么就把她有备用钥匙的事给忘记了呢？

　　"这，这几天，跟朋友一起去外面旅游了。"反正怎么说都可以，只要让她的手先松开就好。

　　"骗子！"真不知道这女人力气的上限在哪里，说着说着她捏得更紧了，"撒谎也撒得有点水平行吗？"完了，早知道就实话实说了，这下她就是怀疑我跟别的女人鬼混我也说不清楚了。不过，正当我这样想的时候，她却突然松开了我快被扯掉的耳朵，然后像漏气的皮球一样倒在沙发上，捂着紧闭的双眼一直叹气。我看着她，不知如何是好。

　　"阿明……"她又开始说话了，"那天的应聘你根本就没去，对吧?"

"欸,呃,啊……"我抓了抓头发,吞吞吐吐地也挤不出几个有用的字。

"不要骗我!"她睁开眼睛,用一种极其悲伤的神情望着我说道。

"啊……"我摆摆手,连忙点了点头。

"……为什么,这明明是我做了很多努力才给你争取到的机会!"

"应聘的时候我嫌那龟儿子说话太难听,就和他打了起来,最后被送到派出所拘留三天又在网吧睡了一晚这才回来。"这种实话要我说给现在的杨茜,我做不到。

"对不起……我的确没去,是我错了。"我走到她身边坐下,轻声说道。

"阿明,你都快二十七了……"她稍显无力地抬起头,依旧带着那种让人心痛的眼神看着我。

我知道她想说什么,也对,我都二十七了。要车车没有,要房只有这间价格低廉十分简陋的月租房。工作呢,也没有,就靠着自己女朋友打工得来的工资勉强浑浑噩噩地过日子。一直过着这种颓废生活的男人,怎么可能被杨茜的家人所接受……

"茜,你别伤心了,我真的知道错了。明天,明天我就去找个工作,然后跟你踏踏实实地过日子!"我轻轻抓住她的肩膀,表情严肃,眼神坚定地望着她说道。杨茜听了先是一愣,接着竟抱着我哭了起来。我的心里也很不好受,抱着她便已认定一件事情:怀中的这个女人,注定是要跟我结婚的,所以我一定会努力让她过上幸福的生活。

"我去买点儿吃的。"杨茜理了理头发,提着皮包出了门。我走进厕所,准备洗澡。脱掉满是烟味的西服,连同沾着一点油渍的裤子一齐扔进了洗衣篮里。

"唉，现在连去洗衣房洗东西的钱也拿不出来了，又得麻烦杨茜洗……"望着那一篮快被堆满的脏衣服，想着连洗衣服也不会的我摇着头自言自语道。也不知道是房东的热水器年久失修还是劣质电池又没电了，水龙头被我带着怒气反复拨了好几次才喷出水来。这热水器可害过我不浅，要么出来的是那种要冷不热的水，完全洗不痛快，要么洗着洗着就突然变凉。不过与上次被突然变热的水烫伤了后背相比，能像今天这样用温水尽快洗完我也已经知足了。我拿起连着水管的胶质喷头，不经意间看见了镜中的自己：头发是为了应聘剪短的，几天前刮得干干净净的胡子又冒出来了一小茬。

要是杨茜哪天突然什么都没说就离开了，我会不会像街上那些疯子或是流浪汉一样，像生锈的齿轮一样缓慢地转动着？我心中突然生起一丝悲凉。

水越来越凉，连最后停在肌肤上的那一丝温热也在下一秒散失得无影无踪。我关上水龙头，顺手从挂钩上扯下浴巾，走出了厕所。

"还不快把衣服穿上！"不久便回来的杨茜见我包着浴巾半裸躺在沙发上，一边举起遥控板把电视机音量降了好几度一边对我这样吼道。

"呃……好像没有能穿的干净衣服了。"我刚起身就想起了洗衣篮里的那堆衣物。

"去卧室，衣柜里还有件毛衣，样式是老点儿，但穿起来绝对没问题，裤子里面也还有两条。穿好了就快出来，我去把早餐给你盛碗里。"她说着已经朝厨房走去。

"在哪里啊？"翻了半天也不见衣服影子的我冲外面喊道，但除了"哗哗"的流水声并没有任何响应。

"茜，你说的那件衣服在哪里啊！"我加大了音量，又喊了一遍。

"唉，你可真够笨的，我来我来。"她甩了甩手上的水说道。

"哪里啊，我真还没找到。"我又说了一遍，想证明我是真的没发现她说的那件衣服。只见她将半个身子钻进衣柜，扭了两下便从里面扯出了一件棕黄色的毛衣。

"给。"她把头扭到一边不想看我。

"这件衣服……"我好像在哪儿见过。

"以前买的情侣装啦。"她面带微笑说道，似乎在回忆我和她还穿着情侣装一起逛街的日子。

"出去吧，不然早餐凉了。"等我套上衣服，她便拉着我出去。

早餐是我最爱吃的煎包，被整整齐齐地摆在盘子里，碗里还装着热乎乎的豆浆。

"唔，好吃！"我一口一个，包在嘴里含糊不清地说道。

"你慢点！"

"……"

"哦对了，这里本来就没几个碗，你每次吃完东西就不能洗一下吗，弄得又脏又臭还难洗！"

"……"

"喂！听见没有，叫你慢点吃！"这女人脸上的泪痕一旦消失便又会恢复到之前扯我耳朵时的精神。

她吼着，我听着，不知怎么就突然从眼里挤出了几颗泪珠，包子也卡在喉咙咽不下去。

"活该，吃急了噎死你！"她端着碗直接把豆浆灌进我的嘴里。

"唔唔，真的好吃！"模糊的双眼已经看不清她美丽的模样，包子倒是混在又甜又香的豆浆里进了胃中。眼前的这个女人一定会跟我张学明结婚，生子，然后永远在一起。这个想法，在我的脑中再一次确定。

"亲爱的，一会儿我就出去找工作。"吃完早餐，我从背后抱住正在洗碗的杨茜，夸张而俏皮地说道。

"好呀，不过我马上就要上班了，你中饭和晚饭怎么解决?"她关上水龙头，把刚才洗过的碗筷盘子放进碗柜里。

"呃……"身无分文的我对于这个问题还真是不好回答。

"拿好，车费也给你算里面了。"她摇着头递给我三张二十块的钱，不过看样子应该没生气。

接过钱的我也不好意思再说什么，暗自在心里告诉自己这次一定得争口气。

围着步行街转了好几圈也没什么收获，门店上贴的招聘信息尽是赚不到几个子儿的小零工。

"这种要被老板随时使唤又被人看不起的工作我才不会做……"我的视线离开了那则招洗碗工的信息，打算去寻找下一个目标。

越往街里面走，能看到的店面和人越来越少。

"干脆去滨江路吧，说不定……"正当我准备转身离开这里的时候，突然看见不远处躺着一个棕色的长方形小东西，走近一看才发现是个鼓鼓的钱包!我不禁猛吞口水，心跳明显加快不少。

"应该……没有人吧?"我小心地环顾四周，在确认没有人看见的情况下，我装作蹲下系鞋带的样子迅速抓稳了钱包。可就在站起来的一瞬间，不知从哪个小巷子里钻出几个二流子模样的人。

"喂，老兄。"还没等我反应过来，他们已经走到了跟前。

"干吗?"我强装镇定，但抓着钱包的手已经忍不住开始颤抖。

"我都看见了哦，有好东西就拿出来大家一起分嘛，藏着掖着就不好了。"走在最前面的男人笑眯眯地说道，并把他的人字拖顶在地上来回扭动，就好像在熄灭烟蒂一样。

"见者有份啊，大家说是不是？"跟在他后面的黄毛一边说着一边向另外几个递眼色。

"对啊对啊，见者有份，哈哈哈……"他们笑着气势汹汹地把我围了起来。我没说话，当着他们的面打开了那个鼓鼓的钱包。里面一边装着各式各样的名片，另一边是若干张面值为100的新钞。

那穿着蓝衣服，扭着人字拖，一直笑眯眯的男人一把夺过我手中的钱包，数起钱来了。

"32、33、34、35……"他数钱时的表情要比刚才更严肃，而且一连数了两遍。

"我们这里加起来一共六个人，三十五张也不好分。"他甩了甩那叠钞票说道，"不如老兄和我一人出五十，凑到三千六，然后每人拿走六百。"

唉，事到如今我也不会去想怎么把所有的钱拿到手了，这下莫名其妙多个几百也是好的。至少，还能编个理由让杨茜开心。想到这里，我爽快地点了点头。

"不过……"我摸摸裤子说道，"身上真的只有四十了，能不能……"

"呃，好吧好吧，我怎么也算这帮子人的老大，就出六十好了，反正大家都有钱赚嘛。"

他的脸上还是浮现着那种让人不安的笑意，不过我生怕失主找回来就一分也没有了，所以没有多想，交完钱拿上六张崭新的红票子便匆匆离开。

工作还是要继续找的，不过这里是不容许多待了。我第二次向飞驰于马路间的出租车挥了挥手，能坐进有皮套座椅的车使我激动不已，自觉比旁边那些一闪而过骑自行车的和坐人力车的人高出了不少。那个名叫"计价器"的东西从我一上车就没消停过，先是一直提醒我系上麻烦得要死的安全带，后面趁我不注意又一直跳着加价。上面的数字每跳一下，我都紧张得肚子痛，不过一想到身上还有六百多也就能稍稍松口气了。

我在滨江路较为繁华的地段下车，摸出一张百元大钞吹着口哨将钱递给了司机。

"小兄弟。"他说着重重地搓了下那张钱，又举过头顶对着窗外的太阳，"你这张是假钱啊……"

不好，被骗了！

这是那一瞬间我最先想到的事情。

"可恶、可恶、可恶！该死、该死、该死！"在向司机确认那六张都是假钞之后，我揣着身上最后的十元钱下了车，猛踢着路边的玉兰树干也丝毫不解气，倒是弄得脚趾生生地疼。身上开始冒汗，不合身的毛衣绷得难受。正巧这时候烟瘾又犯了，喉咙又干又痒，身上像是有虫子在爬。没办法，我只好狠下心跑去附近的烟酒店买了一包四块钱的哈德门，火还得跟店里的老板借。最后想着还是花一块钱买个打火机比较自在，毕竟我可不擅长说那些好听的假话。

"啊，抽完这根就去找事做吧……"我坐在长椅上想着，从嘴里吐出一团乳白色的烟雾。

呼，这下心里好受多了。我从那盒哈德门里面取出最后一根烟，叼在嘴上，用一次性打火机点燃，抖了抖空空如也的烟盒，把它顺手扔进了长椅边的垃圾桶。

"有点痛啊……"我望着自己微肿的右手，不禁又想起了一小时前所发生的事情。

在第三次被老板暗示我无法胜任他们的工作并委婉拒绝后，我带着一头阴云打消了继续下去的念头。

"明天再去北门转转好了。"我点燃一根烟，准备抄近道慢慢走回家去。

"唉，钱就这样没了，也没办成什么事，该怎么面对杨茜呢……"拖着又饿又痛的肠胃，心里响起了这样的声音。我拐进一个小巷，把双手揣在裤兜里，无精打采地朝前走着。

"哈哈哈哈，你不知道当时我有多搞笑！"那个人正靠在不远处的摩托车上打电话。

明晃晃的耳钉，一头看起来营养不良的黄发，还有那种令人厌恶的口气。是他，不会错。

"真的，真的，不信明天跟着我们老大干一票，绝对还有傻子上钩！哈哈哈，真是这样，只可惜今天遇到的是个穷鬼。嗯，对，明天得换个地方玩。"他越说越大声，似乎还没有注意到我的存在，此时我已经攥紧拳头大步走了上去。

"混蛋！"我大吼一声，将拳头挥了出去。他被吓了一跳，全身像被电击一样抖动了两下。他下意识地扭头闪躲，手中的小灵通"嗖"地飞了出去。

"你……"这时他应该已经认出我了，正扶着摩托车慢慢后退。

"快把钱还给我！"我冲到他的面前，眼里燃着比之前更旺的怒火。

"你，你听我说……"他一边说着，一边把手伸到摩托车旁。

"该死的！"趁我没注意，那家伙竟反手从车的后备厢里抽出一根短钢管。我还没反应过来，已经被猛挥来的钢管击中，腹部顿时产生了剧烈且难以忍受的疼痛感。紧接着是一记横踢，倒在地上的我闻到了尘土的气味。

"感觉如何？啊？"他说着又冲我的大腿踢了一脚。

"感觉坏极了，我不仅痛得要死还想吐而且呼吸困难。"要是能说话的话，我一定会这样回答他。

"喂？这就不行啦？刚才不挺凶的吗？算起来老子顶多也就

赚了你五块钱，连包红塔山都买不起，你倒好，给老子电话都打没了……"他把钢管扛在肩上说道，脸上又恢复了之前那种令人作呕的傲慢表情。我慢慢站起身，睁开因剧痛而满是泪水的眼睛。

"怎么?"他歪着头问道，那样子就好像在说"你还想怎样"。

"啊!"我大吼一声，将全身所有的力量集中到右手上，一记上钩拳击中黄毛的腮帮子，他应声倒在了他那破碎的小灵通旁边。我一脚把那根钢管踢远，又推倒了他那辆估计不是骗来的就是偷来的本田125摩托车，最后不忘在他的肚子狠狠补上一脚。内心享受着成功复仇的喜悦，我哼着小曲摇晃着脑袋离去。

那种骗子人渣，就算是被我打死了也不算什么!

我缓缓吐出烟雾，抖掉很长一段的烟灰，熄灭最后闪着的一丝火光……

"媳妇儿!我回来啦!"刚回家我就从背后一把搂住了正在炒菜的杨茜，她长长的头发扎成了单马尾，一直快垂到纤细的腰上。

"哎呀，谁是你媳妇啊?"看来她今天心情还不错，换作平时不高兴时她是不会理我的。

"媳妇儿，你身上的香味好好闻啊……"我把头靠在她身上，故意傻笑着说道。

"你放开啦!别妨碍我做饭!"她将拿着锅铲的手一收，顺便轻轻给了我一发肘击。

"唔，痛死了……"我假装捂住肚子继续在她旁边耍赖。

"活该!"她回过头笑着说道。我也讨好地笑了起来。

吃饭时，我发现杨茜的视线有好几次都停在我的手上，这让我十分不自然。

"找工作的事，怎么样了？"该来的终于还是来了，问这句话时，她正夹着一根芹菜往我碗里放。

"呃，那个，呃……"我一边用食指来回摩挲着筷子上细小的纹路一边吞吞吐吐地说道，"今天嘛……还不错，虽说固定工作是没找着，不过打了一整天的零工赚了点儿钱……"

"哇，你小子可以嘛！"

我战战兢兢地摸出一张百元钞，她却只顾笑着用那小小的手肘顶我。

"走，我们去买几瓶酒回来庆祝！"说着她拉住我的手就要出门。

"还，还是省点用吧，这可是我的第一桶金呢……"心里想的却是：喂喂，别开玩笑啊，如果这下需要用钱我不就露马脚了吗？

"瞧你那小气样儿，这次我请！"她回头望了我一眼，拉着我朝街上的烟酒店大步流星地迈去。

"再来一杯！"杨茜闭着眼睛爽快地喊着，被举起的酒杯早已空空如也。

"媳妇儿，你喝得有点多了。"我扶着她从 T 恤里滑出的香肩，略有担心地望着已经喝得满脸通红的她提醒道。

"喊！我酒量大着呢！一般的爷们儿都喝不过我。反正今天高兴，我还要喝！"她一边说着一边把杯子伸了过来，然后在我的面前使劲乱晃，好几次酒杯都差点儿碰到我的鼻子。

"到底是什么事突然让你这么开心啊？"我很想这样问一问，但话到嘴边却开不了口。也许是看到她喝醉的样子懒得问，也是害怕她的回答会让我于心有愧……虽说只维持了几秒钟，但我的确感受到了难以言喻的不安。

"老公！你发什么呆呀，快喝！"她竟然会说出平日绝对无法开口的两个字，看来真是喝醉了。我摇摇头，抱起一个劲儿喊着还要喝酒的杨茜就往卧室走，她的手不停地乱抓乱扯，我费了好大力气才把她斜放到那张单人床上。正当我转身准备给她拿条毛巾时，她突然拉住了我。

"我不许你走开，阿明……爸妈小瞧你……不喜欢你，可我就喜欢你，我要嫁给你……老公……"

并不是酒话，她说的是真的。她的爸妈还有两个姐姐都找到过我，明确表示他们家不欢迎我，要我远离她。不过，她说就是喜欢我，还说一看我就是聪明有才气的类型，特别崇拜我画的画。

"阿明，你抱我！"她猛地站起来吊在我的脖子上。或许是我的脚踩在了她的长裙上的原因，她的裙子滑落下来露出粉色的小内裤和白皙细嫩的双腿。

"……"她松开手重新跌落回床上，迷迷糊糊说着什么的同时在床上胡乱地扭来扭去，显尽了窈窕的身材和性感的姿态。

我身体的某一部分突然变得躁动不安起来，驱动它的是快要沸腾的血液。在确认窗帘紧闭之后，我顾不上关灯就扑了上去。我抱着她，将鼻子紧紧抵在她又红又烫的脸颊上。我的心怦怦直跳，喘着粗气扯下那件棕黄色卫衣，把刚空出来的手伸到向了她的胸部。她似乎意识到了什么，发出一声又小又尖的呻吟，但也失去了反抗的动作。我像一只将野性彻底爆发的低等动物，在脱掉她衣服的同时失去了所有思考的能力……

早上的空气带着一种说不出来的气味从窗边掠过，我望着灰蒙蒙的天，口腔里竟莫名生出一丝苦涩。取下杨茜洗好晾干的西服并穿上，我还特地在镜子前将头发和领带整得整齐规矩。不知道她醒没醒，反正今天是星期六，就让她多睡会儿吧。我写了张纸条，用玻璃杯接了杯水压在上面。

"喝杯水醒醒酒，记得吃早餐，我去找事做去了。"我又看了一眼字条，确保位置足够显眼之后便轻轻关上门。

"完了……"走到公交车站我才反应过来，此时揣在口袋里的钱，严格来讲是真钱，只有五块。

"快把全身都摸一遍，说不定能找到零钱。"在一旁急着上车的儿子见父亲在钱包里摸了半天也没找到坐车的零钱，捏着书包后面垂下来的带子一边跳一边着急地喊道。

听到这话，我不由自主地学着那个男人的动作将手提了起来，然后在身上四处寻找。结果还真在屁股后面的裤子口袋里找到了一张过期彩票和一张旧的长途汽车发票，混在其中的还有一张皱巴巴的五十元钞票。我大喜过望，不禁很感谢曾经的自己。我扔掉失去作用的彩票和发票，将两张不同面额的钱叠在一起塞进西服口袋里，跑上还停在路边的 1 路公交车。

北门菜市场门口一连好几家都是卖鱼的，没等我踏进去便闻到了一股浓浓的腥臭味。今天要是成功了的话，说不定每天都要待在这种地方了……我望了一眼飘在水中一动不动的几条草鱼，内心复杂地朝里面走去。

"您好，请问是来找工作的吗？"可能是见我手里拿着他们店里的彩色传单，一个中年男人迎上来问道。

"啊……是的。"我悄悄打量了一下这个米店老板才慢慢开口。

"因为这边现在又卖米又卖酒。"他指着柜台前的酒说，"所以这段时间就挺乱的……"

"没问题，没问题。"我朝前走上一步说，"算账这方面的工作我很有经验。"说到这儿我露出了自信的微笑，心想这套西服真是穿对了。

"呃……您稍等一下。"他说着走到柜台处，拿了一份跟我手里一模一样的传单。

"什么？"他把传单拿到我的面前指了指左下角的具体应聘

信息，搞得我一头雾水。

"你看第三条……我们招聘的是会计，至少得高中毕业，请问文凭有带吗？"他在一旁不紧不慢地问道，我则感到有某种细小且尖锐的东西从我的脸上快速划过。

"那个，我初中毕业就去自学各种技能了，其中绘画和会计是我最拿手的。"我干脆地说了实话，等待着他的回答。

"请回吧……"他转过身的同时似乎还叹了口气。

"大哥，别这么死板嘛，你看别的地方……"没等我说完便被他一声干咳给打断了。

"不好意思。"他摇了摇头，脸上写满了"不可能"三字，"我们这个门市是几家合伙开的，会计是要会做账的，你一个初中文凭让我怎么信你？"看我一脸的不快，他补充说道。

"难道一个破文凭就这么重要吗！"我强咽下这句话，绷着脸和西服准备走出这家米店。

"哦，对了。"他突然递给我一张纸片说道，"这个你可以去试试。"

"外贸局招收一名三十五岁以下的男性保安，不论身高、长相、文凭，要求踏实负责，肯吃苦耐劳……"说不出理由，我气得将手中的纸片撕得粉碎，扔下一句"你别瞧不起人"便大步走出店门。因为走得急，没注意到石阶上的那摊水，等反应过来我已经在米店老板的视线中摔了个狗吃屎。大妈们讨价还价和小贩吆喝的声音充斥着嘈杂的菜市场，污浊的空气中似乎混入了某人恶意的嘲笑声。此时的我才突然意识到，在我脸上划过的，是那个男人怀疑和不屑的目光。

含在嘴里的槟榔竟索然无味，那味道就像起床时的苦涩难以回味，看来买这袋槟榔真是个不划算的错误决定。从北门转出来之后，我便不知不觉走进了步行街。右手看起来还没有完全消肿，但更令我在意的是裤腿和领带上的泥点，以及胸前那团虽说不大但很显眼的污渍。

"啧!"一股难以忍受的焦躁感从心里冒了出来,我扯开领带,没有任何目的地走进了一条小巷。

小巷里散发着令人不快的臭味,四处散落着又脏又破的塑料垃圾袋,两边的墙上黏着恶心的青苔,就像是变色龙的后背。

我想尽快走出小巷,正要拐弯,忽然听见了什么声音,扭头一看,便和黄毛的视线撞在了一起。

黄毛恶狠狠地瞪着我,像条黄鼠狼一样夸张地咧着嘴。

"不好,得赶快逃!"这是脑中的第一反应。我当即转身,想从后面原路溜走。可没跑两步,三个壮汉已经站到我的身后挡住了出口。他们都穿着一样的黑色外套,朝我这边慢慢走来,看样子我从进来时就已经被他们盯上了。

"跑啊!怎么不跑了?"从身后传来黄毛的声音告诉我,他也正在步步逼近,"十贝也就这么大,你能跑哪儿去?"

我转回去看着他,这才发现他的脸又肿又紫,额头上也缠着一块纱布。

"有话好说,抱歉抱歉。"我使劲抓着后脑已经开始发麻的头皮,故作轻松地笑道。

"再多笑会儿。"他一边舔着嘴唇一边抖着眉毛说道,"待会儿你就笑不出来了。"

"别这么生气嘛⋯⋯"我依旧挤出一丝笑说道,"我被你们骗了钱,也算是提前给了你医疗费,扯平了好吧?"

"这样啊⋯⋯"他说着从兜里摸出五枚硬币摔在地上,"你的那份儿我也先给你付了!"

落在地上的硬币接连发出几次清脆的声响,像是倒数的节拍一样。我绷紧双腿,在声音停止前的最后一秒猛地迈开了步子。只能从你这个又弱又伤的人来找突破口了。我这样想着,身体已经朝黄毛那边飞奔起来。但不知何时,他的背后也多了两个男人。他们瞬间将我抓住，那两人分别扭着我的一条胳膊，比我想象的更难挣脱，我摆了两下便因拉扯带来的剧烈疼痛感而放弃了抵抗。

"想跑？我说过的，你马上就笑不出来了！"他冷笑着说道，接着从一个壮汉手中拿来了比昨天还粗的一根钢管，双手抡起棍子飞向了我的腹部。

"唔！"在我快倒下时，又被另外几个壮汉强行拉了起来。

"啊，啊？滋味如何啊？"伴随着他的叫喊又是几棍，如暴风骤雨般从身体各个部位袭来。

疼痛感在后面几下已经不怎么能感觉到了，倒是有股味道伴随着液体从胃里窜了出来。过了好一会儿我才想起来，那是槟榔的味道……呼吸开始不均匀。或许是觉得费力，一旁的人松了手，我也跟着"扑通"一声倒在了地上。

"喂喂，不是吧？还以为你挺耐打呢！这就不行了？"他蹲着说道，旁边有不断的冷笑声作为附和。

"把他弄起来！"可能是见我没反应，他又让旁边的几个男人把我架了起来，虽说脚是贴着地的，我却感觉自己悬在半空。我试着努力睁开双眼，模糊的视线里却什么也看不见。

"别忘了，你还欠我一拳！"说完，黄毛挥起右拳，我能听见脸上的响声，随后又是一阵难以描述的疼痛感。

"……"他好像又气冲冲地吼了一句什么，大概是"把老子手都打疼了"之类的无聊话吧。那股槟榔味隐约还没散尽，我的意识已经渐渐不属于自己……

就如影像转场一般，我的视野从黑暗中投出了一根刺眼的白线，在几次闪烁后，眼前的画面开始慢慢变得清晰。麻木的感觉也开始从沉睡的身体里慢慢解冻苏醒，只要一呼吸腹部便带着所有内脏发出痛苦的叫声。全身上下都没有可以用的力气，就连抬起眼皮都显得十分吃力。

"我在哪里？"这是我醒来之后，脑中第一个弹射出来的问题。

这是一件空房，四面的墙壁没有被粉刷，天花板也没有吊顶，几扇窗户被黄色的胶带封住。而我被麻绳反绑在一把黑色的铁质凳子上动弹不得。

"哟，看样子已经恢复精神了。"我还没足够时间思考上一个问题，这下眼前便出现了更大的问题。黄毛走到了我的身边，右手上新缠着白花花的绷带，看来他出手打人的方式也属于"伤敌一千，自损八百"的类型。

"唔……"我刚想开口说话，却被一股浓郁的血腥味压下去，不过想想应该是自己口腔里的血沾到舌头上了，而且鼻子里面也满是那股味道。

"哦哦。"他像是想起来什么，带着脸上那流里流气的笑说道，"你别怕啊，一会儿就来了。"

"……什么？"我没懂他的意思，但听到一向自认为十分舒服的嗓音这会儿竟变得有点沙哑。

"别急嘛，我是说老大应该马上就来了。"他的话刚说完，门便被两个黑衣男推开了，站在两人中间的，正是黄毛口中的老大。

"亚田，不是让你先过来跟人家道歉的吗？"那个男人走到黄毛身边指了指我说道，"那么至少现在让我看看你的诚意吧？"

"喊，知道了。"亚田向上将了将额前的黄发，一脸不情愿地朝我走来。

"放松，别绷着，你这样我怎么给你解开！"他扯着扯着便失去了耐心，在我背后大吼大叫起来。

"是你们的人绑太紧好不好！这也怪我？还有啊，你就不能找个工具来吗？像个傻子一样在那里扯半天能有用吗？"我想着撞到这帮人手里大不了就是个死，所以胆子便壮起来，竟也晃着椅子大喊，声音也恢复到了原来的样子。或许仅仅只是听到他的声音，我就觉得十分生气。

"你！"他听到我这样说自然是不痛快的，"噌"地一下站起来似乎准备把"你是不是想死"说完。

"好了，亚田。"跟我想的一样，他们老大一定出手制止。

"我来给这位先生松绑。"那男人不知从哪里摸出一把匕首，正一脸微笑朝我慢慢走来。那一刻我心中只有一个念头：完了，完了。

那男人把刀刃对准绳子外侧，不紧不慢地划着，麻绳一根根断开，散落在没有瓷砖的地面上。由于离得很近，我能闻到他身上的香味。

"真是抱歉。"说着这个男人竟低下头对着我鞠了一躬，"要不是今天这边太忙了，也不会让亚田这小子偷偷带着兄弟们去干这种蠢事。"

"你的手下还是很缺乏管教啊。"我故意瞥了一眼亚田，又望着这个男人说道，"不过昨天带头骗钱的那位，的确是你吧?"眼前这个穿着皮鞋和西服套装，满身古龙香味，风度翩翩的男人，虽与昨天穿着人字拖的领头有着截然不同的形象，但那笑眯眯的样子，除了他不会有第二个人。那男人先是眉头一皱，随即又恢复了微笑。

"哎呀，哈哈哈，兄弟好眼力啊！没想到被你认出来了，亏我还花了好多时间准备这身行头呢。"他夸张地仰起脸，拍了拍西服说道。

"昨天嘛……"他摸着下巴说道，"是跟兄弟们开玩笑，说要教他们个生存技能，抱歉。"见他都说到这个份上了，我也不打算再多说什么。而且我有预感，这张笑脸要是变得扭曲一定会比现在恐怖一百倍。我僵硬地站起身来，活动活动了全身的筋骨。

"看样子你们似乎不打算找我麻烦了？"我看着他，试探性地问了一句。

"哪敢啊……"他的眼睛还是眯成一条缝。

"那我可以回去了吧？"我朝门那边吃力地迈了一步，看来身体还是有点吃不消。

"等等！"那叫亚田的小子抢先开了口，"老大想请你参观一下。"

"参观？"我抬头看着黑乎乎的天花板，心想这样的地方你们也好意思带我参观？

"是的，跟我来吧。"他迈开步子说道，门已被手下完整地推开了。

外面是一条窄窄的通道，尽管铺了瓷砖，但天花板依旧没有任何装饰。我跟在他的身后，不知道前面的路还有多长。

"到了，请。"大概又沿着楼梯向下走了一两分钟，那男人说话打破了沉默。又有一扇门被推开，下一秒，嘈杂的声音伴着一道炫目的金光从门的那边传了过来。定睛一看，里面豁然开朗，一个极为广阔的大厅出现在眼前，与之前狭窄的过道形成鲜明的对比。每台绿绒桌旁都挤满了形形色色的人，除了桌球和老虎机，其余的我都说不上名字。高高的天花板上安着几张大气的西式吊灯，不知是装了什么材料，几面墙壁都金闪闪的。

"这是一家地下赌场。"我一边看得入迷，一边在心里说道。

"之前的那间房子是用来关那些闹事的家伙，还请原谅。"听到那男人的声音我才回过神来。

"怎么样？"见我没有反应，男人凑到我身边问道。

"嗯，很厉害！"我用几乎发着光的眼睛望着他，那股浓郁的古龙香水味再次进入了我的鼻腔。

"对吧！"他拍了拍我的肩膀像是确认一样说道，"以前还有外地来的客人夸我们这里是'小澳门'呢！"

我看着他一边笑，一边眉飞色舞地说着，不禁也笑了起来。

"啊，老大，你来啦？"一个穿着深蓝色西服，打着红色领结的男人走到我们身边轻声说道。

这人的外表给人一种只有电视上才能见到的大公司白领或是银行职员的感觉。头发梳得整整齐齐，金丝边的眼镜稍显出一丝睿智。无论语言还是动作，都让人觉得既自然又贴切。

"嗯。"他应了一声，"正凯，你带这位先生四处逛逛。"

"我……"

没等我开口，他便笑着朝我挥了挥手："我还有有点事，先走了，玩开心！"黄毛也跟在他身后，渐渐消失在一堵金墙后面。

"走吧，先生。"正当我站在原地不知如何是好的时候，这个叫正凯的男人已经站在了我的面前。他没有他们老大那么高，也没有什么好闻的香水味道，但他却散发着一股富有魅力的气息，言行都让人觉得恰到好处。

"噢……"我无法拒绝，便跟在他身旁迈开步子。

走到哪里都是人，比街上过节的时候还热闹。放眼望去，除了角落里几个玩着老虎机的男人比较邋遢外，其他人都穿着奢华，参与着各种高级游戏。其中有张绿绒桌摆在最中间，又宽又长，围着看的人也是最多的。这种我在电影里见过，应该是叫百家乐来着，不过要怎么玩，我完全不知道。

"先生，您是想玩百家乐吗？"可能是注意到了我的视线，他将摊开的右手对着不远处的人堆介绍道，"那张桌子除了百家乐有时还用于特殊赌局。"

"不不。"我连连摆手，"这个我不是很懂……"其实面对着这群人，我更想说的是："我根本没钱。"

"要不试试翻金花？"他将手朝右边移了移问道。

"不好意思……"我笑着摸了摸头，表示这个也不是我的菜。要放在几年前，我可能还会几种牌，可是很久没碰了，现在连个基本概念都没了。但又无奈不能厚着脸皮让别人教，毕竟连傻子也知道这里是个"时间即是金钱"的地方。

"那边还有廿一点和轮盘可以玩呢，桌球今天也可以去竞猜试试运气。"见我没反应他又说道，"您不要觉得麻烦，我们这里很方便，不需要换筹码，一切都是现金交易。"这些话要是换别人说我一定会觉得又烦又别扭，可是从他嘴里说出却没有让人产生一点点反感。

我很想告诉他并非是我不给面子，只是什么廿一点啊、轮盘啊，我都统统不会，就连桌球我也只是认识上面的几个数字而已，更重要的还是钱的问题。

"那个……"我冲他尴尬地笑了笑，不知该说什么好。

"先生，要不这边请？"他好像明白了什么，推开右手对着另一端的几扇门说道。朝着他指尖的方向，我走上前去推开了标有"03"的门。里面不大，只摆着一张玻璃圆桌和两张面对面的藤椅。没过多久，正凯带着一个女人出现在门口。她穿着红色上装，搭配着一条较长的黑色裙子，身材高挑。尤其是腿部显得十分修长。尽管我很着迷，但出于礼貌也只好暂时收起那也许会让人觉得恶心的眼神。

"那接下来杏子就陪这位先生随便玩会儿，我也还有一点事要去处理。"正凯看了看我，又望向她说道。

"好的。"她嫣然一笑，也不知是对我还是对他。接着正凯在她耳边又悄声说了一句什么，便礼貌地点点头离开了。

"我叫陈杏，你叫我杏子就好啦！"她走到我身边，露出甜甜的微笑说道。

"噢……我叫张学明。"出于礼貌，我也说出了自己的名字。

"那我就叫你阿明啦！"她用活泼的语气说着，又朝我这边靠近了些。

"呃……怎么叫都无所谓吧……"我带着僵硬的表情说道，

但内心并不是特别讨厌她这种跟杨茜一样的叫法。

"阿明哥会些什么呀?"陈杏眨了眨眼睛,身子不知什么时候又朝我这边倾了一点。

"如果是赌博的话……"我拍着还残留着泥点的西服说道,"我什么都不会。"

"没关系呀!"她望着说笑道,"我也什么都不会哦!"

"我俩可以玩比大小。"她说着把背在背后的手拿到了前面,手里拿着一盒扑克牌。

"比大小?"我看着她说道。

"对呀。"她摸起最上面的两张牌说,"假如这张是我的,这张是阿明哥的,那阿明哥就输啦!"

"这样啊……"我看着她纤细的手指,心不在焉地小声说道。

"那我们开始吧!"她把眼睛睁得大大的,露出一副十分期待的表情。

"呃等等,这个……是怎么算的?"我伸出手,用拇指和食指比了个"钱"。

"唔……刚才李先生说这个房间是赌额是一百元一局呢。"她歪着头想了一会儿才开口,我好不容易放下的心又悬了起来。她到底在耍什么花招?

"我没钱!一百也没有!如果输了……"我直白地开了口。

"呵,阿明哥不懂空手套白狼吧?"她笑着用一种我从没听过的温柔声音打断了我,"跟做生意一样,很多都是白手起家借钱发家呢。如果手气好,赢第一把就有本钱了。即便是输了这里也是可以借钱的只不过要付利息。"

"她说的好像很有道理啊。"我在心中做好了迎接最坏结果的打算,决定跟陈杏比大小。

"开始吧。"我深吸一口气说道。

我和陈杏面对面坐在藤椅上，她早早把一叠红票子放在桌上。

"我来洗牌吧！"她拆开牌盒，斗志满满地说道。我则在心中暗叫不妙，虽说陈杏既活泼又清秀的模样让我着实觉得诱人无比，但她毕竟是个陌生女人，再加上是在这种场合，很难让我不起疑心……

"阿明哥，你不会是在紧张吧？"没等我从猜忌中回过神来，她竟伸出一手轻轻地放在我大腿上。这一瞬间，我感觉一股电流过遍了全身。

"啊啊！是、是有点……毕竟我是第一次……"这一说我意识到自己的脸颊真的在发烫。

"我也是第一次呀！"她说着"扑哧"一声笑了出来，"阿明哥你好可爱啊！"

心跳加快，我的心跳正在加快，这是此时唯一能确定的。

牌最终还是由她洗好了，摆在透明的小圆桌上。由我抬过一次牌后，所谓"游戏"的赌局便正式开始。先是她笑嘻嘻摸起一张牌，直接将正面放在圆桌中间。是方块 4！这下赢的机会就变得很大了！我拼命抑制住兴奋，伸出微微颤抖的右手。牌面翻转，一张红桃 7 呈现在眼前。

"哎呀，我就知道会输，这么小的牌……再来！"她吐了吐粉红色的小舌头，把正中间的两张牌移到了废牌区。接着像摸牌一样从自己的那叠钱上拿出一张放在我的面前。我拿起那张钱摆弄了几下，实则悄悄地鉴定了真假，是真的。陈杏优雅大气的感觉，也让我心动不已。我愣了一下，点点头表示继续。

"黑桃 5。"

"方块 8。"

"梅花 K。"

"梅花 A。"

"红桃 10。"

"黑桃 Q。"

……

简直就像做梦一样，在她的黑桃 2 险胜我的红桃 2 之后，我居然赢了接下来的所有赌局。牌堆越来越低，我这边的钱却越来越多。

"哇！阿明哥的运气真是太好了！"在我又赢下一局后，她托着尖尖的下巴嘟着嘴说道。

"呃……其实我也没想到……"我也没想到会这么顺利，还以为眼前的这个女人会用某种方法让我输个精光呢。

"让我也沾沾阿明哥的好运气吧！"陈杏一把抓住了我的手。

"杏子……"我说不出口，只有看着她的笑脸在心里默喊。

"怎么样？杏子今天玩得开心吗？"那个男人转过身望着陈杏笑眯眯地说道，这时我和正凯并排走在之前来的那条窄道上。

"嗯！"她点点头说，"虽说之前一直输掉，但后面分到了阿明哥的运气也赢了好几局呢！"

"阿明哥？"那个男人问道。

"对呀，这位就是阿明哥！"她转身挽着我的手臂说道，顿时鼻腔中又充斥着一股芳香。

"呃……"我小声说道，"我叫张学明。"

"哦哦，好名字啊！"那个男人拍了拍手说道，"这是我们的管家，胡正凯。"他表情没变，只是将那只戴着表的手搭在了正凯的肩上。

"原来他不姓李啊。"我看着他，心想这位李先生究竟是谁呢？

"这位才是我们老大。"正凯扶了扶那副快要滑下的眼镜，"李先生。"原来是个只透露姓的神秘人物啊。看着他始终笑眯眯的样子，我不禁生出一丝不快和寒意。

"既然都自我介绍了，不如我们四个起找家馆子喝一杯?"这个被人称作"老大"和"李先生"的男人开了口。

"好呀，好呀! 我还想跟阿明哥多聊会儿天呢!"陈杏也拽着我开心地喊着。

"可是我……"我想起了大厅上挂钟的时间，这会儿杨茜应该已经下班了。

"张先生，去吧，老大难得邀请人吃饭的。"正凯看着我说道，那种舒服的声调还是让人无法拒绝。

"好吧。"我答应下来，跟着他们沿着楼梯走了上去……

"呃……不好意思，临时决定你俩单坐一桌，我和李先生有要事相谈。"胡正凯微笑着说道，身体微向前倾显得自然而得体。

饭馆虽然不算很大，菜却很丰盛。当一盘农家小炒肉和一碗西红柿蛋汤被端上餐桌时，我想起了杨茜，因为这是她最喜欢的吃的两样菜。

"阿明哥，你在想什么呀?"发完呆的我，看见陈杏正歪着头朝我眨眼睛。

"啊……没什么，就想着很久没有喝过西红柿蛋汤了。"我打算随便糊弄过去，坐在另一旁的正凯正招呼我们吃饭。

"那我们开吃吧!"她举起筷子，舔了舔下唇。"阿明哥，这个好吃。"她一边把各式各样的菜往我碗里放一边笑着说道。

"唔，嗯，谢谢……"我无法招架，只好一边吃一边捧着碗点头。

渐渐放松下来的我和陈杏聊起了歌手，她说她最喜欢张学友了，还一个劲儿地开玩笑让我改名。然后我开始给她讲笑话，虽然都是给杨茜讲过并且当时觉得一点也不好笑的笑话，但她却在一旁抱着肚子笑出了眼泪。最后不知怎么又玩起了成语接龙，结果以我每次都接不到几个而败下阵来收场。这些看起来都不怎么有趣的事情，我和她竟都能投入其中并且玩得不亦乐乎。期间我也不时望向餐桌另一边的两人，正凯把背挺直坐得十分端正，李先生则十指交叉托着不断扭动的下巴。他们两人的表情时而严肃时而轻松，大概是在谈着地下赌场运营方面的事情吧。

"哎呀呀，老爸在催我回家啦。"陈杏突然拿出少有的翻盖手机说道，她略显着急的样子看着也很可爱。

"陈伯肯定是担心你啦，快回去吧。"李先生把头转向我们说道，十指交叉之上依旧是笑眯眯的脸。

"哦对了，老爸说这顿饭他请。那我就先走啦，李先生再见，胡叔叔再见！"她一手提着皮包一手挥着说道，"阿明哥再见！今天和你玩得很开心，有机会再玩哦！"

"再见，杏子……"我望着她的背影小声说道，开口叫她"杏子"还是第一次。

"我去送她。"正凯起身扶了扶眼镜，快步走了出去。

这下，只剩下我和这个连名都不知道的李先生了……

"她好像很喜欢你呢。"他举起酒杯，突然开口说道。

"啊？"我确是听清楚了，但还是发出了疑问的声音。

"我说啊……"他晃着杯里的红酒，"陈杏这姑娘好像对你有意思。"

"是吗……"我装出心不在焉的样子，心却跳个不停。

"你以为人家是谁？她是十贝烟厂厂长的千金，二十几岁了什么也不懂，单纯得像个小孩子一样。今天不光是简单地带她玩玩，同时也是一种让她比较接受的相亲方式。我们也只是应她父亲的要求，配合一下而已。你小子长得也挺帅的，唔……知道我在说什么吧？"他一口气说了很久，接着喝光了杯中的酒。

"知道……"我低着头小声说道。

"多接触一下，你小子估计要走狗屎运了。"他似乎用鼻息冷笑了一声，头也不回地走了。

"我回来了……"我带上门，略显无力地说道。

杨茜正坐在沙发上看着我，她头顶上方是那块动静很大却老是走不准的挂钟。

"回来啦？"她起身走到我身边说道，"怎么一副无精打采的样子啊？"

"没什么……"我向后退了半步，稍稍提高了音量。

"瞧你这身……不会又跟人打架了吧？"听她这样一说，我也想起了以前因为一些小矛盾跟人动手的场景，当时虽然每一次都能赢，但总免不了一身莫名其妙的伤。

"等等！"我的"没有"还没说出口她便抢先说道，"你这脸上的伤又是怎么回事？"

"摔的。"我不敢看她的眼睛，扭过脸去说道。

"阿明，以后宽容点，别一有点小事就跟别人计较……"

"真是摔的！不相信啊！"说不出原因，她温柔的语调反倒让我焦躁不安。

"对不起……我去给你拿碘伏消毒液擦擦。"杨茜小声地叹了口气，转身说道。

"不用了，我去洗澡。"说着我一边取下领带一边朝厕所走去。

"那我去热饭，你快点洗完出来我们一起吃！"她突然笑着说道，挽起袖子一副干劲十足的样子。

"不用了，之前已经在外面吃过了。"我咬着牙，皱着眉说道。

被关上的门发出沉重的声响，我打开喷头，让流水在西服上冲刷。

"这下应该不会留下什么味了……"我叹了口气，把一套西装揉成一团扔进洗衣篮。

香皂的气味飘荡在这个曾经又脏又臭的小房间里，现在……
也许我是明白的，某些东西正在慢慢发生改变……

迷迷糊糊竟睡到中午才起来，脸上的伤像是被谁处理过，肿
也消了不少，只是一呼吸腹部便牵着几处地方一齐疼了起来。我
强忍着不适起了床，取下洗好晾干的衣服穿上，桌上放的绿豆粥
和小笼包子已经凉透了。杨茜已经走了，看样子是匆匆买回了早
餐就赶去上班。平时她要是还有时间的话，一定会把篮子里的衣
服拣出来洗了，可是那套西服并没有出现在衣架上。

"等等！那套西服……"我穿着拖鞋飞快冲进厕所。

呼……还好，里面的钱除了有点湿之外，一分不少。我把六
张假钞清出来放在一边又理了一遍，完完整整的三千块！三千块
意味着什么呢？我最先想到是杨茜半年的工资。

"哟，来啦？"站在小巷口的是那个让我最不爽的亚田。

"怎么是你？"我本想着会是正凯来接应。

"不满意啊？要不是老大吩咐我还不愿意呢！"他靠着墙把
一头洗得发亮的黄发向后甩了甩。

"是不满意，看着你流里流气的样子就不自在。"我说着，
特意把白衬衫最上面的那颗扣子也系上。

"哦？"他抓起我的左手说道，"这会儿跟你昨天被打晕抬进
去的时间差不多呢。"

"少废话，快带路！"我举起右手喊道，他则一脸扫兴地把
手缩了回去。

"张先生，这边请。"到达地下大厅后，正凯便出现在我和
亚田面前。我点了点头，朝着他指的房间走去。

推开门，杏子正端坐在藤椅上，今天的她换着了紫色的毛
衣，依旧是露出修长的腿，脸上的妆比昨天稍浓，但显得更加有
味道。

"啊，阿明哥，你终于来啦，我在这里等你好久哦。"她抬起放在提包上的手，脸上浮起俏皮的笑容。

"不好意思。"我看着她，也回以微笑。

"那今天还是比大小吗？"不知什么时候一盒牌出现在她的手上。

"嗯，反正我们也只会玩这个嘛。"

"嘻嘻，也是哦！"说到这里，我和杏子看着对方的眼睛再次大笑起来。

"不玩儿啦，不玩儿啦！"大约进行到十多局的时候，杏子突然扔掉手里的牌说道。粉扑扑的脸蛋儿配上歪倒在圆桌上的小脑袋，看起来可爱至极。

"呃……杏子怎么了？"我也歪着头，将脸贴在桌子上问道。

"阿明哥太厉害了……"她抬起脑袋望着我沮丧地说道，"这样我根本赢不了嘛……"

"哪有什么厉不厉害的，还不是靠运气。"说完我便对着玻璃圆桌哈气，然后在那块起雾的地方划着一个又一个的圈。

"哪有靠运气连赢十局的嘛！"她突然站起来，嘟着小嘴说道。

"还你的。"我将钱放在杏子面前。

"那怎么行，愿赌服输啊，收下吧，这是靠你的运气赢来的。"她一把将钱重重地推回。

"如果阿明哥运气这么好的话，为什么不出去和那群人试试呢？"

"不行啊，那些我都不会……"

"去嘛，去嘛！我好想看阿明哥大展身手的样子！"

"外面那群人可比我厉害多了，我出去一定会输得精光的。"我摆摆手，又摇摇头。

"哎呀，阿明哥，去嘛，就当是为了我去和他们战斗，好不好嘛……"她双手挽着我胳膊，一边晃一边用楚楚动人的大眼睛投来让人心里直痒痒的"电"。

"不能去！张学明，你绝对不能去！"尽管脑中又一道声音在不断提醒着我不能去冒这个险，但为时已晚，我实在无法拒绝这个如天使一般的杏子。那股诱人的芬芳，正由下至上，如狂野生长出来的藤蔓将我慢慢缠绕……

"胡叔叔，还有什么既简单又容易上手的游戏呀？"杏子两眼放光，拉着我找到正凯问道。

"不玩'比大小'了吗？"正凯问道。

"是呀，老是玩那个会觉得无聊嘛！"她点点头说道。

"那等我一会儿，我去找李先生过来。"正凯温柔地说道，用手摸了摸杏子的头，就像是抚摸自家小猫一样随便。一向让我觉得很顺眼的正凯，此时却如同一根铁钉卡在眼中，让人浑身上下都十分不自在。我瞪着他转身走入人群的背影，心中莫名地生出不快……

"什么呀，原来是小杏子要学玩新游戏啊，直接给我打电话就好了嘛！"李先生披着一件棕色的风衣向我们走来，脸上还是老样子，满满的笑意夹在扬起的嘴角之上。

"老爸说让我不要老是麻烦李先生……"她眨眨眼，把头微倾着说道。

"欸哈哈哈，回头跟你老爸说，李某人就喜欢杏子这样可爱的姑娘来麻烦我！"他夸张地抖动肩膀，风衣差点儿从身上滑落。

"那么，杏子想怎么玩呢？"他向上扯了扯风衣问道。

"不是我。"杏子摇摇头，"是阿明哥玩，我在旁边看着就很开心啦！"

"哦？"说这话时他眯着的眼睛睁开了，"那可得给他找几位玩家才行啊。"

"怎么又是你？"没等这黄头发小子走近我便开口问道。

他皱着眉"啧"了一声，把脸别了过去，用自认为很帅的方式——伸出拇指从耳环一直划到下巴来表示对我的不耐烦。

"我再说一遍，不是我想见你，我只是根据老大的安排行事而已！"他试着把那双小眼睛睁大。

"说吧，玩什么？"我不想跟他废话，便直切主题。

"德州扑克。"他摸了摸布满黑头的鼻子说道。

"那可不行。"我干笑了一声说道，"什么德州扑克，我听都没听说过。"

"简单哪，五分钟就会了，只要你不是笨得出奇。"他拆开一副崭新的扑克，将两张"鬼牌"和广告牌扔了，在桌上的绿绒布上一拉，扑克就整齐地变成一长条。

"不如这样吧！"在一旁的杏子开口说话了，"先教阿明哥学会，玩熟了再正式比怎样？"她恰到好处地说出了我想要说的话。

"好吧。"亚田眉毛一抖，还是一副极不情愿的样子。"看好了。简单地说，比较厉害的就是同花顺，当然最大是皇家同花顺，同一花色的 AKQJ 10，懂吗？"我点点头。

"接下来就是同花了，再就是四条，这里面最大的是四个 A，懂吗？"

"哦，哦"我答应道。

"再接下来就是葫芦了，三个一样的加一对。"他摆出了三个 9 和一对 4，"如果是同样的对子就要看谁的三个大。"

……

"你和我都会有两张底牌，只有自己知道，后面会根据情况亮出一到三轮公牌，第一轮三张，第二轮和第三轮各一张，每一轮你都要根据底牌与共牌结合起来看，你可以决定放弃、跟注还是加注，最后摊牌谁的大谁就赢……"

他一边讲一边用扑克摆着示范，我不断地点头并发出"嗯嗯嗯、哦哦哦"的声音表示已经弄明白了。

杏子吵着说"好玩好玩"主动要求发牌。亚田把牌给了她，然后从放在桌上的烟盒里抽出一支叼在嘴角。

我和亚田试着玩了近二十局，即使什么赌注也没下，但德州扑克这种游戏本身的无穷变化已经深深地吸引了我。

"行了。差不多就这样了。可以开始了吧？"亚田终于点燃了他已经叼在嘴角快半个小时的嘴儿都咬得瘪瘪的那支烟，罩得很低的锥形吊灯下立即飘浮起一团淡蓝色的烟雾。

赌局正式开始。

我望着杏子纤细白嫩的手指，默默祈祷她能给我带来好运。

第一局我坐庄。黄毛亚田下了一百元盲注，他熟练地弓起手腕提起底牌又按下去在桌台上发出"啪"的一声脆响，然后眯着眼看着我，烟灰就要断裂了也不磕一下的样子真的让我厌恶。是的，他就那样盯着我，等我发话。

我提起底牌，只在那一瞬间我的心便开始狂跳起来，"我的乖乖，是红桃、梅花各一个 A。小子，来吧，有你好受的！"我毫不犹豫地加注到五百，如果他不跟那么他那一百我是吃定了的。

没想到那小子竟然轻飘飘地扔进了四张百元大钞，眼睛仍然直直地盯着我。我选择了过。

第一轮公牌伴随着杏子的翻转的兰花指现出：黑桃 8、方块 8、黑桃 A。

"葫芦，三个 A 的葫芦。"我感觉自己的胸膛已快经不住心跳的撞击。我吹了几声口哨，借此吐了几口气来放松自己，并快速扫了对面的亚田一眼。

"加注两千。"他又提起底牌看了看，一面平静地说，一面哗啦啦数出钱扔在底池里。

"他会是什么？三个 8？虚张声势？"我一时摸不清他的

套路。

陈杏端坐在我和亚田之间。我一抬眼正看见她迷人的微笑。我也哗啦啦数出两千元扔进去，"跟！"

"我……我要出公牌啦。"杏子喊道，声音似乎有些颤抖。

黑桃7。

"过。"

"过。"

我俩都选择看最后一轮公牌。

黑桃2。

这下我开始担心了。我感觉额头上有一些细小的虫子在爬来爬去。"但愿这家伙不会是同花。"我在心里祈祷着。

"一万。"

我眼见着他从挂在椅子靠背后面的包里取出一扎崭新的"方砖"砸在桌子上，感觉自己喉咙里有一团火正在燃烧。

"跟还是不跟？"他紧逼着问。

不跟吧，明明自己的牌已经很大了，要是被他吃诈那还不得后悔死？跟吧，自己也就剩一千多元了，要是他真是同花那就会输个精光。内心的两股力量在打架。算了，留着些本钱还有翻盘的机会。我决定采取稳妥的策略。

"不跟。"

我的话音刚落，对面的黄毛便发出了像严重哮喘病人才会有的声音，他在笑，拍着胸脯笑。他将底牌掀过来，重重地摔在桌面上，一张红桃K，一张梅花7，接着又是一阵狂笑。

羞愧难当的我埋下头，用手紧紧压着自己的两张底牌。

陈杏将手轻轻地搭在我的手上说道："我看看，你是什么牌？"我便像中了魔法一样松开了手。

"啊！这么大的葫芦啊！"她的语气中包含着吃惊与不解。

我不敢抬头看她，光听声音也能想象到她失望的表情。一局输掉了两千五百元，这些钱无非是这两天从杏子那里赢来的，要命的是我感觉自己输掉了底气，还是面对一个自己的讨厌的对手。看着这个黄毛小子得意扬扬地将原本应该属于我的钞票理得整整齐齐再往包里装，我感觉自己蒙受了奇耻大辱。

"再来！"我一拳重重地砸在桌面上。杏子似乎被这突然的巨大响声吓了一跳。

"再来？你就这么点儿钱了谁跟你来？"黄毛亚田一脸不屑地讥讽道。

"有本事别走！"我指着正把包往肩上背的他。他坐下来，双手抱胸前一副随时接受我的挑战的模样。

"杏子……能，能借我点儿钱吗？"我望着她吞吞吐吐地说道。

"阿明哥，我爸每月就给我这点儿钱，这两天全输给你了，你是知道的。"杏子可怜楚楚的样子，让我后悔自己怎么竟然好意思找她开口。我又垂下了头，重重地叹了口气。

"要不……找他们先借？"她声音很轻，但是却清晰地传达到我耳中。

3

我到现在都还忘不了当时的情形，焦躁、恐惧、不知所措开始化作悔恨的腐水推着全身血液逆流，汗水也不再向外渗出，冰凉的感觉附在无力的身体上。各种各样的笑声混杂着模糊不清的画面在耳中、眼中挥之不去。那是我经历了从身上只有六百元假钞的穷光蛋变成怀揣四千元的"有钱人"，再到把高利贷钞票麻木地一摞一摞地扔下底池，最终两手空空突然大梦初醒的情形。

晚了，什么都晚了。

"哪有靠运气能连赢十局的嘛！"我早该明白陈杏说这话的

意思，可是那时说什么都已经晚了。

　　我突然推倒旁边的人猛地跑了起来，试图混入人群之中趁着一片混乱逃走，不料还没冲出大厅便被两个穿着黑衣服的男人死死擒住。

　　我被带到那个四面灰黑的小房间，不久那个人带着亚田、正凯、陈杏出现在了我的面前，身边还多了一个年轻人。

　　"亚田，还是你去松绑。"那个人看着我，又看了看亚田，脸上的笑容还是不曾变过。

　　"好了，老大！"亚田走过来麻利地解开绑在我身上的绳子，回过头对着他们几个"嘿嘿"地笑。

　　"这会儿就不用再演戏了。"他眯着眼睛说道，"张先生，是吧？现在我来给你正式介绍一下。"

　　"这位并不是什么烟厂厂长的千金，她是我亲妹妹。"他指着陈杏说道，"不过名字嘛，就不必告诉你了，反正全都是假的。哦对了，我也不姓李。"他好像接着说了些什么，但我就像根本没听见一样，只是呆呆地望着那个身穿紫色套装的女人一动不动。她则扭过脸去，躲闪着我的目光。

　　"噢噢！你看你看，我一高兴就喜欢讲错话，你也别太失望，至少我的律师的确是叫胡正凯嘛！"他又笑着把手搭在正凯肩膀上说道。

　　"不不，老大。我曾经是律师不假，但说白了就是钻点法律的空子帮大家摆平一些事情罢了。我还是喜欢你叫我军师，嘿嘿。毕竟我的梦想是当一名演员嘛！干完这次的活儿我就要到国外开启属于我的新生活喽！"他转向我继续说道，"所以以前用过的名字嘛，你知道也无妨喽。"变了，这个人说话的口气完全变了。他单手取下眼镜，把自己规整的头发甩向一边，像是得到解放了一般说着："终于杀青了。"

　　"哈哈，胡律师，哦不，Zonkein，你不只是演员，还是编剧和导演呢!"

"别太张扬了,英文名我得留着出国用呢,再说对这种人讲什么英文呢?"胡正凯对着那人挤了挤眼睛。

"你们是一开始就设计好了要骗我?"我听得云里雾里,低着头,用几乎听不见的声音问道。

"哈?真是太好笑了,当然是最开始就计划好了!像你这种一脸傻样,没本事没能力,不肯吃苦不肯努力,整天想着天上掉馅饼发大财的人,当然是最好的候选人啦!You are so stupid."他指着我的鼻子像放鞭炮一样说上一通。最后那句英语若干年后我才明白它的意思是"你真傻"。

"一开始利用你爱贪小便宜,骗走你四十块让大家长见识的是我,说起来你没认出当时那五个人之中还有我吧?用这黄毛小子激怒你,再用美人计去勾引你这简单的头脑,最后利用你不信邪,相信自己总能赢的侥幸心理输得连裤子都不剩的也是我。到现在这最后一步,还是得靠我,唉,真是……"

"你们这么做为的是什么?我与你们无冤无仇为什么要设局害我?"我这样问道,心里已知道接下来的事情不会简单。

"简单说,我们需要你这种自以为是却拿不出钱的傻子。不过你要问我具体是为了什么,还是让我们老大来告诉你吧。"讲完胡正凯便得意地望向那个人。

那人一抓揪过身边的小年轻又猛地推开他,小年轻低着头哭丧着脸。

"他,是我弟弟。不争气的东西!"他指着小年轻说道,"前些天把人捅死了,找你就是要你当替罪羊。"

"为什么会是我?你们有的是钱就不能找一个愿意接受高价当替罪羊的吗?比如什么女儿得了绝症需要大笔钱的?"明明他们已讲清了选择我的原因,但当时的我为了逃过一劫竟还可笑地说出这种话。

"蝼蚁尚知偷生。要是有这种人就不用这么麻烦了，流浪汉也好，刚下岗的工人也好，谁会为了钱放弃自己的自由或生命？而且这种涉及杀人的事情能像垃圾话一样随便跟别人讲出去吗？最最重要的，死的那人是教育局局长的儿子，要不是我们处理了他的手机，又做了点手脚，说不定这下十贝已经满地都是找他家公子的警察了。"

"听到了吧，你也别抱什么希望，说白了这一切也都是你自己造成的，乖乖认命吧！"胡正凯松开领带，拍了拍我抖动不止的后背说道。

"不，我也不会当替罪羊的！"我弹开他的手喊道，"我可以卖房子，卖老家的地，再找亲戚们借，不就三万多块钱吗，我可以还的！"

"多久？"胡正凯歪着脑袋问。

"最多一个星期，一个星期就可以了……"

"啊，一个星期啊……那不好意思，已经晚了，到那个时候你需要向我们老大支付……少说也要一二十万吧。你支付得起吗，嗯？"

"为什么！"

"你刚刚欠下的三万七千元只是本钱，利息可不一般……"

"放屁！之前陈——她，说利息不高的！"我愤怒地指着那个曾经叫杏子的女子。

"说你傻还真没冤枉你。这儿的规矩是我们定的！笨猪！哈哈哈——"他故意摆了摆手上的高级腕表，像一匹狼一样咧着嘴笑起来。

"你们，这是高利贷！是犯法的！"我已经气急败坏，带着绝望向他们吼道。

"哦哦，当然是高利贷，还是利滚利！差点儿忘了跟你说，我们做的事不犯法的真的是太少了！"噗——说完他挑起眉毛在我脸上轻轻地吹了一口气。

"喂喂，想好了没？"胡正凯伸手摆了摆我手上的电子表说道，"现在无论是对你还是对大家，时间都是金钱哩。"

"能让我先回去一下吗？"我低声说道。

"你不是在开玩笑吧？你知道现在什么状况吗？"

"行，我让你回去。"

"可是……"黄毛刚开口就被胡正凯摆摆手打断了。

"先让他签那个。"

"唉，好吧……万一他跑了怎么办？"

"他不敢跑的，我们还得让他摸那个。"

胡正凯和老大嘀嘀咕咕商量一阵后，我被带到了另一个小房间，只不过房间装修得体，看起来像间办公室。

"签吧，哦，你还得按手印才行。"正凯边说边递给我一张纸，那是一张记载着我欠下十七万的借条。旁边是四个手背在后面的壮汉，我若反抗，等待着我的是什么我再清楚不过。我犹豫地接过纸笔，颤抖着写上自己的名字，又将在红色印泥上触过的右手食指按在上面。

"可以了吧？"我将纸和笔还回去问道，心想他们说的"签"和"摸"已经做完了。

"NO，NO，NO！"胡正凯戴上手套，又从办公桌下的柜子里取出一把被红布包着的水果刀，上面留着的血迹已经发黑。

办完他们要求的事情后，我才得以被带出地下赌场。

"不过我很好奇啊，你为什么非要回去呢？"胡正凯站在那个人稍前一点问道。

"我得给我的家人一个交代……"此时一想到杨茜的脸，我的心便开始隐隐作痛。

"哎呀，还真是看不出来你是个这么好的人呢。不过早这样的话，又何必如此。"胡正凯舔舔嘴唇，一边笑一边摇着头说道。面对他的讽刺，我无话可说，只能咬着牙沉默不语。

"好了，时间也不早了，还是让他先回去的好。"打断胡正凯讲话的是那个人，尽管他依旧微笑着，但我能从他的眼中看出掩藏着的怒意。

"不要耍赖哦！"他继续笑道，"明天在老地方等你。"

看着这条再平常不过的街巷，但那时的我便知道，它对我的意义或许将不再普通……

我拖着一副不知道是谁的身体艰难地迈着步子，或许这就是人们所说的行尸走肉吧。天色已晚，昏暗的楼道中没有一盏灯是好的。我敲了三次门，看里面没有动静便准备摸钥匙，刚掏出来，门却打开了。一道暖暖的黄光最先在黑暗之中拥抱到我。

"哎呀，你终于回来了，刚刚在炒菜没听到你敲门，怎么啦？钥匙又弄掉了？哎呀，这不是拿在手上的吗？怎么傻站着，快进来吃饭啊！"戴着绿格子围裙的她看着我说个不停，好看的马尾不时会向后摆一下。

"杨茜……"我开口轻声叫着她的名字，原本打算上扬的嘴角变得扭曲不已，我也没想到自己会在那一秒忽然放声大哭起来。

那天晚上，我把所有事情都告诉了杨茜。

"我们先吃饭吧，不然都凉了。"我说了很多，而沉默了许久的她只是微笑着这样说道。

杨茜本有无数个理由可以就此离我而去，但她却选择了原谅我，和我这样的人一起堕入泥潭之中。

"阿明，这里已经待不下去了，要走就得赶快，最好今晚，我跟你一起。"吃完饭后，杨茜表明了自己的想法和态度。我也决定带着她逃离十贝这个城市，到一个他们找不到的地方躲着过只属于我俩的日子。

就像小说情节一样，我和她收拾好房间，带上一些必需品中的必需品，背着包在凌晨三点悄悄打开了房门。起初我还担心他们会不会派了人跟踪我并一直守在这里，但所幸外面除了黑夜和死寂，连个胡言乱语的醉鬼也没遇上。我们先去了杨茜家。"爸妈，原谅我。我跟阿明走了，不用找我。"她把事先写好的纸条塞进了门缝，退了两步朝大门深深鞠了一躬。看着她转身时抹去腮边泪水的样子，无边的悔恨和痛楚再次袭上心头。我们拦下一辆出租车，坐进后排驶向了长途客车站。待到大约五点半，我们坐上一辆去往湖北西部某城市的卧铺车。杨茜在车快开走之前还买了一笼包子回来，说实话我没什么心情吃，但还是把包子一个个咽了下去。车子发动不久杨茜便在我的斜上铺睡着了，她大概是累坏了，均匀的鼻息像退潮时的海浪，来回轻拍着青灰色的礁石。

不管怎么说，我已经在那张纸上签下了自己的名字，杀人的凶器上也布满我的指纹，这样逃下去……就算不被他们找到，也会被警察抓住的。望着车窗外由灰到青渐渐变蓝的一片晓色，不安的心驱散了由脚趾通及全身的疲惫。我拉上窗帘，又听见心里的叹息声。

而且，我真的……一点错都没有吗？

负罪感不知何时也爬上了心间。

我不敢去想十贝的事现在演变成何种情况，不敢想象有一天警察找上门的情形。甚至连起身看看杨茜的勇气，我都怀疑自己是否足够。我只是时而拉开下铺的帘子，看着不断更替变化的景色发呆，时而又在黑暗中想着一些美好的事情。那些再普通不过的平常景色，那些再琐碎不过的点滴小事，在那个瞬间竟会如此可贵，这辆车要是能驶向一个永远不能到达的地方，永远这样开下去就好了……

客车沿着陌生的扬尘一路向北，三十个小时，我未曾合过眼。

背着行李，换乘更小的车，去往更偏远的地方。挤上那辆中巴车，我靠在杨茜身上睡了很久很久，似乎还做了一个梦，内容已经记不太清，但那种感觉即使是现在也无法忘怀，提心吊胆的睡梦中被施了魔咒，那是一种沉入深渊又被反复拉起却又无法醒来的感觉。梦中似乎还有一股熟悉的香味，那是杨茜的味道。

经过了近三天的奔波，我们在一个名叫"新川"的小城停了下来。租了一间不算大的房子，但没想到这一租便是十几年。我一边打工一边努力学习，成了新川市正大工艺品厂的一名员工。杨茜则在家里当起了我们现在所说的全职妈妈，每天做好可口的饭菜等待着我这个孩子的爸爸回家。

是的，没错，杨茜在来到新川快一年的时候生下了属于我们的孩子，一个既平凡又珍贵得闪光的生命。在这之前我就一直在想，为什么警察没有找到我，也犹豫着要不要去自首，至少把自己做的事从头到尾说清楚。可是当有一天杨茜从医院满是泪水地拿回那份系着另一个生命的报告时，我的生命竟奇迹般地充满了活力，那是我此后一直努力生活至今的全部意义所在。但我从没想过自己便能因此得到救赎，因为深深的不安依旧会在每个难眠的夜晚袭来。

"无论今后会怎样，都一定要将这个孩子抚养长大，成为一个有梦想、有爱、有未来，活得快乐的人。如果哪一天我无法将这份责任尽全的话，就请你带着我们的孩子一起好好活下去。"

这是孩子出生那天，我跪在病床边对杨茜说的话。

可笑吧？把所有责任就这样全部轻易地推到了一个女人身上，真不像一个男人该做的事情。不过对于那时候的我们来说，这句话已经算是支撑着彼此唯一的约定了。

能将这把名为"年少轻狂"的尖刀磨平磨钝的不光只有埋头向前飞驰的岁月，还有带上生命厚重的责任。

楚，楚地；泽，沼泽，珠玉的光泽、恩惠。

我翻了一天的《新华字典》，给这个平安降生的男孩取名为"楚泽"，希望生于楚地异乡的他可以得到老天的恩泽，即使陷入泥沼也能像珍珠一样散发出耀眼夺目的光泽。

张楚泽，这个孩子带着我和杨茜的祝福慢慢成长着……在他三岁那年，我把家里的杂物间整理干净，弄成了一间小小的画室。他对一般孩子感兴趣的东西都不怎么喜欢，不过每次看我画画倒是十分入神。这孩子只要看到我进了画室，便会搬着自己那个红色的小凳子摇摇晃晃地跟过来。每当我转身望向他时，他也总是带着那清澈无比的眼神望着画板上由一根根铅灰色线条组成的风景。那是我迄今为止见过最美的一双眼眸，那里面不光像水晶一般通透，更有我未曾见过的光芒。

我决定教他画画，用这种方式去教会他许多东西。

我早早地为他准备了上锁的箱子，但钥匙需要他自己去寻找。里面装的是什么？说实话我也不太确定，但如果他愿意付出努力去寻找去追寻的话，那么里面便会是关于梦想的宝藏。

在他五岁时，只有十几平方米的画室成了他的游乐场。墙上贴满了各式各样的画，有出自于自己之手还比较满意的作品，有凭着他的想象天马行空带着稚气的涂鸦，也有去外地出差买回来的画。画室的东西一多起来就需要有人来整理，这便是我交给他的任务。每天我离开画室后，他便会一边打扫一边整理，一边仔细地看着房间里的每一幅画。说实话，一开始我并不认为他能这样一直坚持下去，因为无论是画画还是整理，时间一长都是十分枯燥且无味的事情。

"楚泽，你喜欢画画吗？"在一次他挂着笑容从画室出来的时候，我这样问道。

"喜欢！"他说得很坚决，没有半点犹豫。

"那能告诉爸爸原因吗？"我又问道。

"老师在学校问过我们每个人的梦想了，我的梦想就是要当画家！"

"为什么想要成为画家呢？"

"因为我特别喜欢画中的晴朗天空，跟照片里的不一样，远远看去就好像真的能触碰到蓝天和白云一样！我以后也要画出那种天空！"我根本没有想到一个七岁的孩子能说出这样的话，那澄澈又闪着光的眼神在努力地向我证明他的梦想跟其他孩子口中的宇航员、科学家、发明家等是不一样的。

也是从那一刻起，我才不再怀疑自己的决定。

我和儿子过着这种每天与画打交道的日子，转眼又是七年……

三年前，我出门准备给刚满十四岁的儿子买幅油画做生日礼物。可就在我迈进那家油画店的瞬间，那个人出现了。那个在地下赌场把我推入深渊的人，正带着他那独一无二的微笑看着我。他是在笑没错，可那眼神分明是在恶狠狠地说："这下你死定了！"

这个像阴魂一样的恶魔！我颤抖的身体里尽是逆流的血液。

我想要逃，只需要转身飞奔便可以离开这里，可是迈不动，双脚就像是被不知从哪儿伸出的藤蔓死死缠住，我怎么也无法迈出那一步。

"真是太巧了。"他开口说话了，上扬的嘴角看着有些扭曲，"多么漫长啊，十四年啦……找个地方谈谈？"

我木然地跟着他穿过几条巷道，又行走了约二十分钟到了一个非常僻静的地方——一个废弃的打石厂。我在新川多年居然都不知道有这么个地方。我说不出话，只能等待他再度开口。

"你应该也觉得很奇怪吧？为什么这么久没有警察找上你，为什么你还能快活这么多年？对吧？"他气势汹汹地朝我走近，可脸上还贴着那奇怪的可怕笑容。

"我，我不知道……"我感觉全身的力气都被抽走了，说上一句话都很困难。

"你不知道我来告诉你。"他说道，"其实当时你会跑掉也是在我意料之中的，但这样没有关系，毕竟杀人了再逃跑更具有说服力。我们也在确认你逃跑之后马上带着那把满是你指纹的刀去了十贝警察局，并以目睹了你杀人过程为理由报了案。可没想到你小子运气这么好，我弟弟捅死人的时候，你竟然因为打架被派出所拘留了整整三天。你有看过推理小说吗？多么完美的不在场证明啊！最可笑的是，在接下来警察问我弟弟为什么现在才来报案的时候，他竟然慌了。啊……就跟现在的你一模一样，目光不断闪躲，一句话也说不上来。结果你猜怎么着，这小子只被两个警察逼问了几句就承认了。哼……这个窝囊废，连杀人的过程都一五一十地说了出来，还像个傻子一样一边大哭一边喊着大堆只有懦夫才说得出口的垃圾话！"说到这里，他脸上的笑容完全消失了。

"还想继续听下去吗？"他虽是这样问着，不过显然我并没有选择的余地。

"我弟弟，死刑，在你走那天的一年后执行。我妹妹，啊……你应该还记得吧？我知道你可能恨透她了，但为了救她的二哥她也没得选择。他们两兄妹跟我不一样，因为年龄差不多大，从小玩到大，感情好得不行。我弟死之后她也变得不正常了，成天把自己锁在家里不出门。不知道你有没有听说过这边山上有个青藤疗养院，还挺出名的。现在她就在里面接受治疗，是被当作精神病人治疗！不管她变成什么样，我都会对她好的。我这不是来给她买几幅漂亮的画装饰一下病房嘛。哦对了，忘了跟你说一件事情，这十几年我都一直把这个带在身上的。"拿出那张有我签字和手印的欠条时，他的笑容又挂在了脸上，退路和余地，在这一刻通通崩塌。

"你没有忘记胡正凯这个人吧？前些天跟我闹翻了，我亲手勒死了他。他从美国回来就摆着一副自以为是高高在上的样子，在我面前一个劲儿地说那些屁话，什么'你已经落伍了''不如让我来做老大''你弟弟很差劲，可惜了我天衣无缝的计划'之类的，知道吗，就是这一句话直接害死了他。不过现在，这些都不重要了，重要的是你现在仍然是我最重要的一枚棋子。是你杀了胡正凯，明白吗？"

"是你杀了他，跟我没关系。那个欠条我也没忘，十七万对吧？我三天之内就可以凑到钱还你。"

"哈哈哈哈，你在跟我开玩笑吗？当年的五块钱就可以买一袋大米回家，现在呢？你居然把当年的十七万等同于现在的十七万？而且，借条立在那里不代表钱就没有涨了哦，按当年的利息算，十四年的话……这下应该已经几千万上亿了，你如果要还也是可以的。"

"你……"

"哼，你以为这真的是巧合吗？你住在什么地方，家里有几个人，我都一清二楚。胡正凯的死也不是偶然，可以说我早就想杀他了。”

这时候我的脑海里全是杨茜和儿子的画面。不行，我不能就这样被人毁掉！

我冲了出去，却发现外面全是他的手下。

“抓住他！”那个人也冲出来喊道。

我拼命迈开步子，却还是被他们围住了。

“石虎，把他抓住。”他微微一笑，吩咐着一个手下。

“好咧！”那个瘦子拿着一把匕首走了过来。

“不要过来！”我趁他不注意一把夺过匕首，反手架在了他的脖子上。我像一只失去理智的野兽，大声嘶吼着。

“找死！”另一个高个子突然绕到我的身后，手上的钢管飞快朝我挥来。

我条件反射地转过身刺去，在钢管挥到我脸上的同时，那把匕首深深地插进了瘦子的左胸。下一秒，他带着鲜血倒在我的面前……

我也瘫倒在地上，脑袋“嗡”地一下失去了任何思考的能力。

但我还知道一件事情：自己今后的命运便会如这打石场里的某粒尘埃一样，慢慢沉底，沉到不见天日的角落里。

第八章

1

"这个你拿着。"夏安东说着双手捧起一盆小向日葵递到周周面前。

"欸……哪里来的?"

"斜对面新开了家花店,老板娘送的。"

"唔……"周周接过略沉的花盆说道,"看来店长无论到哪里都是这么受欢迎呢,小心惠惠姐知道了吃醋哦。"

"嘿嘿,人格魅力隔了这么宽一条马路还是挡不住呢,就算她要吃醋也没有办法。"他把双手一摊,故意做出一脸无奈的样子。

"不过为什么要给我?"

"这不,店里放不下嘛……"

"那就带回家给惠惠姐呀。"

"你惠惠姐对花粉过敏。"

"好吧……"

向日葵的花语之一是阳光。

周周回到家,将这盆花放在阳光和星光都能洒到的阳台上,迎面吹来的晚风似乎有股甜甜的味道……

"早上好！"六点前就到学校的周周在校门口遇见了李瑞航，"昨天谢谢你啦！"

"不用谢，只是做了分内的事情。"他的回答跟昨天一样，没有多余的感情在里面。

"那个……你这是要出去吗？"

"一个笔记本掉了，我需要找到它。"

"是很重要的东西吗？"

"嗯。"

"那我帮你一起找吧！"周周提起琴箱笑着说道。

"……"他没说话，只是点了点头。

背着书包的两人沿着来时的路寻找起那个小小的笔记本，一路上尽是身穿校服朝着学校方向奔跑的学生。

"你家离学校远吗？"

"不远，骑自行车的话来回只要十几分钟。"

"你早上是直接去的学校吗？"

"不是，中途去了'炮哥鸡'吃早餐。"

"噢噢，我猜有可能是落在那里了。"周周眨眨眼睛说道，脚已经朝着早餐店的方向迈去。

"请问你刚才有在餐桌上看见笔记本吗？"周周推开店门便走到一位负责清理卫生的店员身旁问道。

"没有吧……"身穿红色制服的店员摸头思索着说道，"如果是放在餐桌上，那就一定没有，要是放在餐盘里就不好说了，因为我们餐盘是一次性的，每次清理都是连着一起扔进垃圾箱的。"

"噢……谢谢了。"周周露出失望的神色说道。

"回去吧，不然快……"

"等等！"没等李瑞航说完，周周便冲向了店外那个巨大的绿色垃圾箱，那样子像是恨不得跳进去成为里面的一部分。

"你干什么……"李瑞航也跟着推开了门。

"找到了!"周周转过身,举起那个小小的、画着英格兰地图的棕色本子喊道。

"……"走出来的李瑞航像是想说些什么,但看到她的微笑和手中的本子便蒙了。

"嗯……看来应该是刚扔进去的,还没有脏。"她拍拍本子,递过去说道,"给你,但愿没有沾上鸡肉的味道。"

"啊,谢谢。"

"噗……"

"你笑什么?"

"没什么,就觉得你看起来很严谨,但没想到居然也会犯这种低级错误。"

"我在专心于一件事的时候经常会忽略其他的事情。"

"那当时你在干吗?"

"专心吃早餐。"

"噗哈哈……"

"这又很好笑吗?可靠信息,每年有近百人因不专心吃早餐而发生事故。"

"噢……"尽管他此时的样子一本正经,但周周还是很想笑。

"对了。"周周抬起头说道,"刚才我出来时你是不是说了什么?"

"嗯,不过现在已经晚了。"

"什么?"

"六点四十,早自习已经快结束了。"

"啊?真的吗?完了完了……"

"等我一分钟。"说完他突然转进早餐店后面的巷子。不到一分钟便骑着自行车出现了。

"上车。"

唔……这个，到底是要怎么坐啊……

从没坐过自行车的周周此时紧张无比，后座上的她不知所措，既不好意思触碰到李瑞航，又害怕从车上掉下去，最后只好背着琴，死死扯住他的校服外套。

"你的车不是应该停在学校的吗？"这是周周在车上说的第一句话，从声音里还是能听出害怕和紧张。

"我家很近，这是弟弟的。"

"亲弟弟？"

"嗯。"

"真好呢……"真想看看你的弟弟是不是也跟你一样。周周扯着他的校服，一边说着一边想着。

"你为什么会来帮我找东西呢？"

"两个人找的话效率肯定会高一些呀，而且我不是找到了嘛。"

"谢谢了……"

"不用谢，这是我分内的事。"周周俏皮地学着他的口气说道。

"你这人真是……"

"我啊……"她抬着望着天空说道，"以前可没有现在这样勇敢，不敢迈开脚步，不敢跟别人打交道，不敢直面自己的感情……当然也不敢像今天这样去翻垃圾桶和坐自行车的。"

"自行车？第一次坐？"

"嗯，刚才还想着原来是这种感觉呀！"

"改变的原因是？"

"我经常会在自家楼顶练琴，在那里认识了一个男生，他的身上有一种东西，一种奇妙无比的东西。虽然看不见，但我能感觉到，是他和他身上散发出来的东西，让我决定改变以前总是在逃避的自己，勇敢地重新面对生活。哦哦，顺带一提，他画画很厉害哦！"

"知道他的名字吗？"

"呃，说起来……都这么久了我和他都没有交换过名字呢……"

"你喜欢他？"

"才……才没有呢！你这是什么鬼逻辑啊！"她红着脸说道，松开了扯住校服的手。

"哇啊啊！"要不是李瑞航突然一个急刹车，周周就掉下车了。她闭上眼睛大喊，下意识抱住了李瑞航。

"不好意思……"她松开手，抓住后座前端说道。

"哦，没事。"他把头扭向一边看了看，自行车正减速驶向学校大门。

"你在看什么？"

"一个朋友。"

"呃，也这个时候才来？"

"嗯，平时比现在还晚，有时还好几天不来。"

"唔……挺厉害的。"

"据说是因为……"

"因为什么？"

"算了，当我没说，我去那边锁车，你赶快去上课吧。"他摆摆手，推着自行车朝高中部走去。

"噢……"这人真是奇怪。

周周望着他的背影，在心里小声嘟囔着。

"据说是因为父母离异才这样的。"朋友的事情不能就这么随便说出去，况且，万一父亲偶然说出的猜想是事实的话……

李瑞航一边向前推着车，一边庆幸自己没有说出多余的话。

2

"出狱之前我还有一些事要向你说明。"李正树把警帽扶正，站得笔直地说道。

"嗯……094 明白。"张学明点点头说道。他已习惯用自己狱中的犯人编号来称呼自己。

"第一，你确实是因为防卫过当导致赵某死亡的，幸好有目击证人的有效证词，所以判的你五年有期徒刑。"这种话在入狱前就已经听过很多次了，我知道现在只是为了办出狱手续例行公事。"但你在狱里表现很好，最终决定减刑至三年零五个月，今天期满将你释放。"

"嗯。"

"第二，企图两次陷害你的覃某前不久在十贝被捕，现已被送入十贝第二监狱，死刑，一个月后执行。"说着他又慢慢坐下，但样子还是如之前一样一本正经，背也依旧挺得笔直。

"哦……"

"讲完了，就这些。"话语中没有掺杂感情。

"谢谢！"

"为什么要谢？这是警察的分内事而已。还有，在你入狱期间我们也对你进行了调查，虽说那点儿事不会再追究了，但作为警察还是得提醒你最后一次，黄、赌、毒是绝对不能碰的。年少轻狂谁都有过，不用我说，身为人父的你也应该明白接下来的路要怎么走了。"李正树说完，抬起高高的鼻梁望向张学明，那是如猎鹰一般凶狠又锐利的目光。

"094 明白。"

"好了，这下你可以带着你的东西回去了。还有，以后就不用老说 094、094 了。"

"0……那个……我能在这里多待一会儿吗?"

"什么?你难道还舍不得这个地方?"

"不是……我想在这里写一封信再离开,如果就这样回去的话……"

李正树似乎看出了他的为难,面无表情地点点头说道:"那好,不过只能给你一个小时。"

说是一个小时,但从张学明接过信纸和笔到现在,已经过去了三个小时。他完全投入了进去,就好像在跟信纸诉说心事一样。

"你能不能快点儿,看看现在都几点了?"

"父亲!都这个时候了!你怎么还不回家!"李正树的话刚说完,李瑞航便进来了,他也挺着胸膛,看起来神气十足。

"哎呀,小航呀,你怎么找到这边来的。"李正树的话语温和了许多,就连目光也变得十分柔和。

"我跑去市公安局找你,你的同事说你来这边放人一会儿就回来,我在那边等了父亲整整一个小时也没个影儿,电话也不接!"

"哎呀,我工作时不都按的静音嘛,让你担心了,对不起对不起。"这话就像从一个犯了错的小孩子口中讲出来的。

"我并没有担心父亲,不过家里只剩妈妈和弟弟会乱套的。"

"好啦好啦,爸爸知道错了,小航,你就不要一口一个'父亲'好吧?这样显得死板又不亲切还有距离感,下次记得叫'爸爸',好吗?"

"不,父亲总是在外面忙,让我感受不到亲切感我才这样叫的。"

"行了小航,再这样爸爸真要生气了,这次忙完了我就好好陪陪你们。"李正树说起要生气脸上却还是堆着讨好的笑容。

"呵,每次都这样说。"

"呜呜，小航都不相信爸爸了……好伤心！"眼前这个假装挤着眼泪的男人与之前那个严肃的警察简直判若两人。

"那个……"张学明开口打断了他的表演。

"干什么？"

"我写完了。"

"啊？你写完了就走啊，你还想继续待下去我就让人把你送回去，快走快走！"

"啊哈哈，不好意思都这个时候了，我们也回去吧，哦对了，小航要不要吃夜宵？"在转身离开之后，张学明还能听见李正树雄浑有力的声音。

"您好，要去哪里？"刚上车司机便热情地问道。

"橙阳小区。"坐进副驾驶的他系上安全带说道。

三年来，究竟改变了多少呢……

张学明望着热闹的夜宵摊和向后闪去的霓虹灯，不禁有些担心，他害怕自己无法重新融入这个社会。

出租车行驶在十分陌生的道路上，直到看见天桥时他才明白自己身处何处。

"车已到达目的地，请按计价器显示价格付费，感谢您乘坐本公司出租车。"收回零钱的他关上车门，沿着那条唯一没什么变化的路朝家的方向走去。路过当年的工艺品厂时，他发现换了新厂门，看起来又高大又气派。里面大概也变了不少，不知道那帮伙计过得怎么样了？

张学明想着这些，不知不觉走进了小区。"B 栋 202"客厅和画室的灯都还亮着！他打开显示着"电量低即将关机"的手机，迅速拨打了儿子的号码，说起这个也得感谢那个警察。

但电话还没拨通他便挂掉了，"呼……"他还没有做好心理准备。

还是发短信好了。

话是这样说，但停在短信界面的他不知说些什么。

"儿子，我在楼下，方便见一面吗？"想了许久才抠出这样一句，他犹豫地按下发送键，再次做了个深呼吸。

"短信正在发送中……"可就在这时手机却因为电量低强制关机了。

"怎么偏偏这个时候！"张学明盯着握在手中渐渐熄灭的冷光屏小声地咒骂道，并强烈地祈祷着短信能发送出去。

三分钟后，画室的灯熄灭了，紧接着消失的是客厅的光亮。他闭上眼睛，听着自己怦怦的心跳和渐渐变得急促的呼吸。十秒，二十秒，三十秒……他等待着某个声音传至耳中。

"是爸爸吗……"张桑桑的身影和声音一并出现在他的面前。

"楚泽……"你长高了，也长大了，嗓音也不像三年前那个你了，眼神也和以前不同了……张学明想说的话太多太多了，但颤抖的声音只让他说出了这两个字。他抱着在监狱里日思夜想的儿子揉搓着那柔弱的胳膊，总感觉这一切都不是真实的。

"爸爸……好久不见。"

"嗯……你……妈妈还好吧？"

桑桑点点头。

"离开你和妈妈是有原因的。楚泽，爸爸的事……你愿意听吗？"

"嗯。其实我也知道一些，尽管妈妈守口如瓶。我不怪你们骗我。"

张学明惊得张大了嘴，怎么能用自己固有的思维来看待眼前的这个少年？他已经长大了。

"那，你妈妈知道你已经知道了吗？"

"我很多次想当着她的面问清你的真实情况，可是看到她常常用酒来麻痹自己，我不忍心再提起她想极力掩盖的东西。"

"对不起，爸爸总是做出一些自以为是的事。我越想在你心中做一个完美的父亲，就越不想你知道我的过去。我想将自己的形象定格在你出生后的时光……"

"爸爸，别说了。这世上有着不堪回首的过去的人很多，但它们毕竟叫过去，一切都已过去。回来就好。"

张学明揽过儿子的肩膀往自己的胸膛上用力地撞了两下，又摸了摸他的头。

"那我把过去的事情都讲给你听？"

"嗯。"

就这样，父子两人在小院子的花坛边坐了两个多小时。张学明慢慢地讲述着，张桑桑认真地倾听着。那封揣在口袋里像小说一样的长信却仿佛被他遗忘了似的没有被拿出来。

"事情就是这样的……"张学明摸摸裤兜，这才发现自己根本就没烟，而且烟在杨茜怀上桑桑的时候就已经戒掉了。那自己想摸出来的是什么呢？噢，知道了。他将那封信撕得粉碎又揉成一团，猛地朝天上扔去。

"那是什么？"桑桑望着那个已经落地的纸团问道。

"从监狱里带出的一堆废纸而已。"

张学明抬起头，望着天上说道："你看，我们头顶有好多星星在闪烁呢，真美啊……这三年虽然见过无数次天空，却没有一次像今天一样看过夜空，真的好漂亮……"他望着璀璨的星河，感慨万千地说道。

监狱里的夜空，是带着无尽黑暗的天花板。他自己最清楚这三年的生活，所以此刻的夜空才显得格外珍贵。

"爸……"桑桑轻声说道，"回家吧，我想带你看看画室。"

"嗯，三年没见过了呢……"

推开门，一道亮光照了过来。

"欸，奇怪，记得我出门前是关了灯的啊……难道记错了？"桑桑一边自言自语，一边拿出了两双拖鞋。

"这是……"张学明吸了吸鼻子，一股难闻的酒味朝他袭来。

"你走之后，妈妈就总喜欢喝得烂醉如泥才回家，然后在家又一罐接一罐地喝……"

"我对不起你和你妈……"

"阿明……"说话的正是杨茜，她无力地扶着客厅拐角的墙，那样子看起来下一秒就会瘫倒在地。

"小心！"张学明冲上去扶住了她。

"欸？原来是桑桑啊……啊哈哈抱歉抱歉，妈妈喝多了，认错了，不过桑桑长大啦，真是越来越像你爸爸了……"她靠在张学明肩上，语无伦次地说道，期间伴着傻傻的笑让张学明心痛无比。

"杨茜，是我，我回来了……"张学明强忍着眼中的泪水说道，并轻轻抱住了杨茜。

"嗨，原来是梦啊！不过还挺真实的……"她扭了扭头，又傻傻笑着说道。

"妈妈，这不是梦，爸爸真的回来了！"桑桑也想笑着喊出来，可是却不知怎么自己的眼眶也被微咸的液体浸湿。

"桑桑？桑桑……阿明！阿明真的是你吗？"

"嗯，已经没事了，那些都过去了，我回来了。"

"呜……呜呜……哇呜呜！"杨茜抓着张学明的衣服放声大哭起来。

"老婆……"

"你这个混蛋！"她依旧扯着衣服不放，边哭边喊，一颗颗泪珠从还没卸妆的脸边滚落到他的衣服上，发出没人听见、细小无比的"吧嗒"声。

"对不起……对不起……"张学明把她抱在怀里，酸楚的鼻子打开了泪腺的阀门，任凭泪水向前奔涌……

"……"在他和桑桑停止哭泣之后，杨茜啜泣的声音也越变越小，她闭着眼，均匀地呼吸着深夜的空气。也许是哭累了，她趴在张学明的怀里像个孩子般展露睡容。

"已经快三点了，楚泽先去休息吧，你妈妈应该已经没事了。"他望向桑桑，悄声说道。

"嗯。"桑桑点了点头，轻声走进了自己的房间。

张学明小心翼翼地抱起杨茜，慢慢移向卧室。

"重吗？"杨茜突然睁开眼睛，像只小猫一样望着他问道。

"呃……"

"敢说重你就完了！"

轻，实在是太轻了……他甚至觉得一只手便能举起她。

"超轻，就好像少女一样。"

"哼，大骗子……嘿嘿！"她把头扭到一边，又忽然笑了起来。

推开门，一股熟悉的味道扑面而来……那是张学明最喜欢的味道，也是杨茜最喜欢的味道。被套的颜色，床头柜上的台灯和书，墙上挂着的桑桑十岁时候一起拍的全家福……

房间的一切，都保持着三年前的模样，一点儿也没有改变。

"不是应该还有五个月吗，怎么提前出来了？"

"我在里面表现好啊，又减了五个月。"

"欢迎回家……"这个一直在等待着他回家的女人，终于有机会说出了这句话。

3

"我出门了。"桑桑背着书包说道，胸前还抱着一个小画板。

"呃，楚泽是去上学吗？"听见声音的张学明转过身来，手里捧着几只刚洗过的小碗。

"嗯，不过在此之前还得去个地方。"他微笑着，打开了迎接阳光的那扇门。

"爸爸。"

"嗯？"

"不要再叫我楚泽了。张桑桑，这是妈妈给我取的新名字。"

"嗯！我知道了，路上小心。"

楼顶没有她，也没有那春风拂过的琴声，但两只兔子却在空心砖下钻来钻去，扶栏一角的"房子"里放着它们啃过的白菜叶。

原来她来过……

桑桑想着有几次也是自己刚来没多久她就走了，这次应该是稍稍来晚了点儿吧……他抹去心中小小的不安，用心享受着这恰到好处的阳光。

"嗯……"桑桑伸了个懒腰，"晴天真是太好了！"

他坐下准备画画，这才发觉没了琴箱当垫子的空心砖坐着格外难受。望着画中的她，激动和兴奋的感觉快从胸中溢出来了。

"明天就能再见到她了吧？如果不下雨的话……"

第二天照样是个大晴天，只不过这样的晴天对桑桑来说已经失去了大部分意义。那个女孩和她悠扬的琴声还是没能和他见面。

真奇怪……

他在想，自己明明六点就起床了，为什么还是碰不到她呢？

"唉，就当是她为了让我更专心地画画才特意没来的吧！"桑桑在心里安慰着自己，可叹的那口气却有着实实在在的失望和更多的不安。

第三天还是一样，没有她的踪影。白菜又摆了新的，兔子也无忧无虑地在房子前啃得"噗噗"作响。

"不下雨的话每天早上都会来的。"哼，说话不算话。他想着女孩说过的话，心中不免生出一股焦躁感。正在房顶踢着石子，似乎把女孩的话当作了珍贵的约定。

这会儿回家的话，老爸一定会问的。

失去画画心情的桑桑决定把画板放在楼顶，然后去学校。虽说老师讲的知识不一定能听进去，但要是找李瑞航说说话、聊聊天的话，说不定心情会好起来。

"那家伙虽然平时老是一副一本正经的死样子，但有一点我很喜欢，就是他会认真倾听你的讲话，并会好好思考要不要对你做出回应。不知道为什么，不管他开不开口回答，只要看到他倾听的样子我就心满意足啦，而且一大堆的烦恼常常就这么莫名其妙地消失了……"这时桑桑想起了跟那女孩聊起"自己的同学和朋友"这个话题时说的话，他还记得女孩的回答是："哈哈，真想认识你说的这个人，感觉挺神奇的!"

从这里走到学校的话，大概要一个小时，这样的话又会迟到。嗯，管他的，就这样走过去吧，反正自己在学校的存在一向都是可有可无的。

桑桑背着书包朝前走去，那是个装不下画板，不算太大的黑色单肩包。因为是父亲在自己十岁生日时送的礼物，所以他格外中意这个普通却又十分"特别"的包。现在很多人都不大喜欢走路，能坐车的时候一定坐车，但桑桑一直很喜欢走路，尤其是在这样的好天气里慢悠悠地走，观察着一点点变化的风景和路上形形色色的人们，或许也是因为画画他才爱上走路的吧。

唔……似乎比想象中还要快一点。桑桑看了看时间，从出发到现在才四十分钟，学校大门已经出现在眼前。

"哇啊啊!"突然身后传来女生的尖叫声音，下一秒是自行车急刹车发出的刺耳声响。

欸? 欸! 闻声望去的桑桑惊呆了，踩着自行车踏板的是李瑞航，而坐在后座上的居然是那个女孩。那个在楼顶，在画中，在自己记忆里的女孩，此时她闭着双眼，紧紧抱着面无表情的李瑞航。

她刚才是在笑吗？

回过神来的桑桑发现自己的视线不小心和扭头看过来的李瑞航碰在了一起。他不明白自己为什么要跑，但心中好像有什么东西催促着他赶快离开，他不得不迈开双腿，飞快地冲进学校大门。

"喂，李大严肃，过来过来。"坐在食堂餐桌边的桑桑冲着刚打到面条的李瑞航一边夸张地挥手一边大声喊道。

"干吗？"李瑞航端着碗走了过来，倒不是显得不快，只是对谁说话都是这种冷冷的口气。

"问你个很严肃的事……"

"说。"

"你……不是一般都会在外面吃了再来学校吗，今天很反常啊？"

"没吃饱，加餐。还有，你到底想问什么？"他用筷子拌了拌面，抬起头问道，脸上依旧是那一本正经的严肃表情。

"呃，就是，那个，呃，就是……"桑桑低下头去夹碗里的卤鸡蛋，但一连夹了三次都没有成功，重新滚入汤中的鸡蛋埋进了面条里。

"你，你认识那个女生？"

"哪个？"

"哎呀，就是今天坐你自行车上的那个呀！"

"哦，那不是我的自行车，是我弟弟……"

"谁问你这个！"

"也算认识。"

"什么叫'也算'啊？我看你们两个关系挺好的呢！"

"这个倒没有，只是……"他又回到面无表情的状态，一边继续拌着快要干掉的炸酱面一边把昨天下午巡查到今天早上的事情清楚明白地讲了出来。

"呼，什么嘛，这下放心多了！"桑桑长舒了一口气，把筷子插进那个怎么也夹不起来的鸡蛋里。

"你喜欢她？"

"噗！"这一问桑桑差点儿把好不容易才吃进嘴里的鸡蛋全喷了出来，"咳咳，你这是什么狗屁逻辑，我，我只是以为你都能找到女朋友了，觉得很不可思议很害怕而已……"他抓起一瓶矿泉水仰头喝了起来，试图挡住已经开始微微发烫的脸颊。

"……"虽说忙于掩饰自己的桑桑并没有看见，但此刻李瑞航确是扬起了嘴角。

"对了！你知道她的名字吗？"脸上的红还没褪去，他开始一脸期待地提问。

"知道，但在别人还没同意的情况下我不能告诉你，这样非但不礼貌，更严重的是还泄露了他人隐私。"

"嘁！李大严肃，李大认真，李大死板，李大正经！"桑桑对着他做了个鬼脸，又低头继续"呲溜呲溜"地吃他的面条。

"先走了，明天早上来学校记得还我一碗面条。"李瑞航端着那碗一口没吃就已经失去生命力的炸酱面转身说道。

"哼，名字都不跟我说，李大小气！"桑桑虽是这样说着，但心情已经好了起来。嗯，她的名字总有一天我要亲自问出来！

桑桑朝食堂的大窗望去，由粉、蓝、橙三色渲染的朝霞在他眼中显得美丽无比……

4

连绵不断的灰色云团没有一丝间隙地覆盖了整片天空，周周这才想起了今天早上看见的云霞。

"完了完了！"除开快要下雨这件事情，她还想起了晾在楼顶的衣服和被套。

雷声轰鸣，灰黑的雨云朝着一个方向挤了过来。

糟了，就快要下大雨了。吹来的风带着水汽和灰尘的味道，桑桑知道自己的画板还在楼顶，更要命的是那幅画也还留在画板上。

"李大严肃，借下车，我有急事！"他找到正在学校执行工作的李瑞航，借走了自行车的开锁钥匙。

"周周，这天是快要下雨了，我们一起走吧！"跟她一起结束训练的女生提着琴箱拿着透明的大伞说道。

"啊……今天有点急事得马上回家，对不起啦！"她谢绝了女生的请求，担心两个人聊起天来便怎么也走不快了。

"噢……可是你没带伞呀，万一中途就下大雨可怎么办？"那个女生看着向前跑去的周周一脸担心地喊道。

"没关系，我会坐出租车回去的，谢谢你啦！"周周挥了挥手，转身加速奔跑。

"靠！这是什么自行车啊！"打开锁坐上车的桑桑忍不住小声地咒骂道。自行车的两个胎一点儿气也没有，如果他有时间仔细看就会发现上面其实已经扎着四五个图钉。

"唉，不管了！"他大喊着猛踩踏板，心里想的全是那幅画。今天你就算是报废也要先给我撑到回家再说，所以一定要争气啊，自行车！桑桑握紧把手，在心里拼命喊道。车还是勉强提起了速，只是每踩一下便发出痛苦的呻吟，好像在说着"我就快散架了"！

这会儿根本没有出租车。跑出学校的周周才认清这个现实，而刚刚与自己擦肩而过的公交车下一班还在半小时之后。

"完了完了，这下完了。"周周望着情绪极不稳定的天空，心想这下要是能瞬移回楼顶就好了。

"上车，快下雨了，我送你回家。"就在这时，李瑞航骑着自行车停在了她的身边，这句话要是换别人来说一定听着像目的不纯的搭讪，但开口说话的是李瑞航，那个总是一本正经、面无表情的李瑞航。

"嗯，谢谢啦！"说着她蹑手蹑脚地坐上了自行车的后座。

"这回记得抓紧。"话音未落，车便猛然加速。

"哇啊啊啊！你故意的吧？啊啊，我一定会掉下去的！"她闭着眼紧紧搂住李瑞航的腰，用慌张的声音喊道。层层乌云之下的自行车，正伴着后座上的声声尖叫向前驶去。

雨是在桑桑骑着车飞速开进小区大门时开始下的，当落在他身上的第一滴雨被他感受到的那刻，不计其数的雨点便同时落在了大地上。他跳下车，没心思管顺势倒地的车有没有摔坏。他现在心里想的只有一件事：去到楼顶，带着自己的画板和那幅画回家！

"呼嗬——呼嗬——"呼吸声跟着心脏剧烈跳动的节奏在狭小的楼道里回响，桑桑用最快的速度连上五楼，推开了通向楼顶的门。他飞奔过去抱起画板便往回跑，倾斜而下的雨滴疯狂地拍打着他的全身。

——还是晚了……

浮在画板上大大小小的水珠聚在一起，又形成一条细小的水流沿着板面滑到地上。包括那幅画在内，上面所有的画都没有幸免于难。全湿透了，素描草稿看起来皱巴巴的，颜料跟雨水融在一起，变得污浊不堪，而那幅画上一根根精致的线条也在雨中变得模糊不清了。

这一切都是拜自己最讨厌的雨天所赐。

桑桑站在门槛内看着楼顶，落下的雨在空心砖上形成了正泛着波纹的水洼，水泥砌成的扶栏变得更加灰黑，像是与远处如背景板一般的阴暗天空融为一体。

这样的楼顶，实在是太陌生了，这就像是一个自己从未来过的地方……

他失去了继续待在这里的耐性和心情，索性脱下已经湿透的校服外套，转身准备一边拧着衣服一边下楼。

"完了完了完了！"就在这时，一个熟悉的声音和那娇小的身影出现在了楼道的拐角。

不过她就像没看见桑桑一样，径直冲进了正在被大雨冲刷的楼顶。过了半分钟，她抱着一堆湿透的衣服和被套跑了出来。

"……"

"……"

"噗哈哈哈……"

两人看着彼此落汤鸡一般的模样，突然都大笑了起来。

"衣服和被套全都湿透啦，这下又得拿回去重洗……"坐在桑桑旁边的周周看着放在地上已经湿透的那堆衣物说道。

"唉，我也来晚了一步，那幅画也作废了。"桑桑重重地叹了一口气，露出十分沮丧的脸。

"没关系的。"周周轻轻拍了拍他的肩说道，"衣服可以重新洗了等天晴的时候晾干，画也可以重新画嘛。"

"你……愿意再当我的模特吗?"桑桑摸了摸鼻子，别扭地开口说道。

"嗯，当然愿意！"周周笑着说道，倒映在桑桑眼中的笑容似乎带着美丽的光晕。

"那就约定好了，下一次天晴，我在楼顶等你！"

"嗯！"

桑桑点点头，笑了。

那片雨云之上，是他们看不见的晴空。

第九章

1

"小蓝，起床啦！"谭奕华站在床边摇着黄红蓝喊道。

"哎呀，干吗，好不容易有个假期，你就忍心这么大清早把我叫起来啊。"她迷迷糊糊睁开双眼看了看手机，又盖上了被子。

"快起来，我要带你去个地方。"谭奕华又摇了摇。

"不去，今天我要睡到十点之后再起来。"她扭了扭，转过身背着谭奕华说道。

"欸，我想想……今天的早餐好像是桂圆莲子粥，不赶快起来吃的话可能就没有了哦。"他故意朝着黄红蓝这样说道，脸上露出了笑容。

"什么？我这就起床！"她先是愣了一秒，随即一下从床上弹了起来。

"欸我说，到底要去哪里啊？"清明假的第一天，带着一脸满足吃完桂圆莲子粥的黄红蓝准备去睡一个美美的回笼觉，却硬是被谭奕华强行拉了出来。

"先卖个关子，嘿嘿。"他转身笑了笑，又继续向前大步走去。

"哎呀，干吗搞得这么神神秘秘的呀？"

"你别管那么多，到了就知道了。"

"欸，你这样说我反而更在意了，不会是要重新求婚吧？"她的眼里闪着光，露出一副期待的表情。

"你想要结几次婚啊，蓝小姐？"奕华假装生气地问道。

"一百次，一千次，一万次，无数次，都跟你。哎呀……还有多久啊？"走了快五十分钟了，她眼中的光已经黯淡了下去，用小孩子一样的语气说道。

"快了。"谭奕华加快了脚步，她只好一脸无奈地跟上去。

又穿过两条街道，转了三个拐角。

"欸，这路，这不是去我们公司吗？到底要干吗啊？"

"跟我就走行了。"谭奕华牵着黄红蓝，轻轻扬起了嘴角。

在公司的对面乘上电梯，他把伸手向了最上面的那个按钮。

"哇你干什么，为什么要去顶层？"

"别急，就快了。"

电梯门打开，他们还得再走一小截楼梯。

"想不想进去看看？"谭奕华指了指身后的铁门说道。

"楼顶有什么好看的？而且门是关着的……"还没等黄红蓝的话说完，谭奕华就摸出了一个亮闪闪的东西。

那是一把钥匙，把上的小孔里还系着一个穿着紫色拉丁舞服的小姑娘挂件，上面黏着钻石一样的小颗粒，从门缝射来的光照在上面显得耀眼夺目。

"把门打开吧。"他把钥匙递给黄红蓝，微笑着说道。

"……"她看了谭奕华一眼，小心翼翼地接过钥匙打开了门。

这样的楼顶，黄红蓝一定没有见过。绿色的橡胶垫铺满了整个地面，四面的墙全被装上了镜子，头顶还有几盏电灯和一个超大雨棚。

"喜欢吗？蓝牙音响大概明天就可以送来。这儿跟你上班的地方就隔一条马路，以后你每天下班就可以来这里练拉丁舞了！"

谭奕华叉着腰，带着一脸骄傲的神情看着这个"楼顶舞蹈室"。

"一开始我还在担心城管不许我这样做，好的是这个顶层当初设计时就预留了加盖顶棚的方案，一切都那么顺利，安全，高效，简直完美透顶。"他又说道，"还有，为什么每天都走路到公司？这么远。今天我也走了一遍感受一下，看看你是怎样开始这一天的。累啊，真累！"

"奕华……"

"嘿嘿，我想慢慢走出来，想让你重新看见高中时候那个阳光的我嘛。"他摸摸头笑了笑，看着她说道，"其实这些年我一直都想对你说这句话：为了大家和梦想追逐的你，辛苦了。"

"对不起，让你承受这么多……以前我不知道亦然的情况，我认为是你对我的感情发生了变化。现在亦然已经有了自己的归宿，你不必再为她自责和牵挂。是的，我也好希望那个自信坚强充满阳光的你快点儿回来！"她紧紧抱住谭奕华，泪水止不住地流下。

"好啦，感动一下下就行了，一会儿我们还得出发去看亦然呢。"谭奕华轻轻拍着她的后背，眼中也渗出了泪花。

2

夏安东的便利店今天早早就打烊了，店里正播放着周周最喜欢的《八号风球》，收银台前还站着一男一女。

"这下就由你来代替周周的位置了。"夏安东拍了拍那件小小的工作服说道，"不过，这个你能穿上去吗？"

"哼，我也是很苗条的！"付惠夺过衣服嘟着嘴说道。

"欸，这个我不是放在家里的吗？"他突然抬起头，指着收银台后面那面墙问道。

"你反正一天都待在店里，放这里也行嘛。"付惠也看着墙上说道，"不过这样装在相框里真的合适吗？"

"嘿嘿，这种具有纪念意义的东西当然要这样装着。"夏安东点点头，像是在欣赏某件艺术品一样看着那个普通的相框，相框里面装着一张一百元面值的钞票。那是周周收到的那个醉鬼的一百元，一百元假钞票。

"幸好那孩子自己没发现这是假的，不然说什么她肯定都会赔给你的。"

"她未来要走的路还很长，不过暂且还是让她多感受一下世界的美好吧……"夏安东看着玻璃门外泛着橙光的沥青路眯着眼说道。

"不过……那两个小子怎么还没来？"说到这里他看了看表，皱起眉头一边在冰柜前绕圈圈一边问道。

"啊，抱歉抱歉，来迟了！"刚说完，送货小哥和换班小哥就来了。

"哼，要是再晚到几分钟，我绝对饶不了你们！"夏安东摆出店长的样子，踮起脚从中间挽住两个小伙子的肩膀说道，"来，我和你们惠姐的已经写好了，你们也要认真写才行。"

"哇，店长好重啊！"两个小哥异口同声地喊道。

"噗噗，明明这么矮，非要自取其辱。"付惠捂着嘴笑开了花。

"请问夏安东先生在这里吗？"一个穿着深蓝色制服的高大男人突然推门进来，他有着方方的脸和高高的鼻梁。

"我是。对不起，因为要盘存我们今天六点后不营业？"夏安东客气地说道。

"我是市劳动监察执法大队的，有人举报你招收童工，我是来做个调查的。"那个人肩章上分明印着"劳动执法"几个字，用猎鹰一般的眼神盯着夏安东说道。

"呃……同志，不，我没有招收，但确实用过，情况很特殊，唉，我都不知道怎么说了。而且我们现在正给那孩子写信呢，能不能……"

"请你先跟我到大队去一趟，有什么到那里说，相信我们会公正处理的。"他打断夏安东，摆出一副"没什么好商量"的架势，不过其实也是面无表情。

"哇，不是吧……惠惠你快想办法啊，你老公都要被带走了欸！"夏安东一脸委屈地望着付惠说道。

"快去快回，如果有罚款的话就从你的账上扣！"付惠一边挥手，一边笑着说道。

"喂，你们要认真写信啊……我一会儿就回来！"

"呃……惠姐，看来，有件事我……我……我不得不跟你说了。"刚拿起笔，戴着帽子的换班小哥便望着付惠说道。

"什么事呀，瞧你紧张得，今天不热啊，怎么都出汗了……"付惠取下他的帽子，当作扇子挥着给他扇风。

"那个……就是……那封举报信其实是我写的。"他一脸慌张地摸摸鼻子，吞吞吐吐道，"以前不是因为工作不认真被店长没收了一个帽子吗，所以就……想着小小报复一下。"

"好啊，你这小子，看店长回来我不告你的状。"

"别啊……我都坦白了。"

"坦白从严，抗拒死罪。"

"哇，不是吧……"

"哈哈哈哈哈哈……"

小小的便利店里，又一次回响起了爽朗的笑声。

3

冯柯西站在镜子前端详着自己，最近一直在为校园排球赛做准备，所以稍稍有些晒黑了。粉红色和白色相间的连衣裙配上米色的小帽子看起来还很自然，但想来想去最后还是决定不戴帽子。她昨晚去理发店剪了齐耳的短发，现在正打算约阿布出去。自从上次那件事情后，自己已经有一个星期没跟阿布讲话了。尽管自己照常会去篮球场看阿布比赛，照常会把水送到阿布手上，可阿布每次碰见自己都像没看见一样，而且总是带着一副柯西以前从没见过的失落模样。她想阿布一定是误会了自己和桑桑的关系，而且之前又说出了那种话……她希望今天能鼓起勇气向阿布告白，不管他还会不会接受，至少自己需要先迈出这步。她不希望看见张桑桑逃避，当然更不愿看见镜中的自己逃避。

"我决定变得更加勇敢。"桑桑在信中写到的话，此刻成了自己前行的动力。

"阿布……能出来见一面吗？"她拨通了电话，带着略微颤抖的声音说道。

"哦？找我有事吗……"电话那边的声音似乎没什么精神，就像是刚从睡梦中苏醒一样。

"嗯，有很重要的事情。"柯西将手机紧紧地按在耳朵上，语气中透露出一丝坚定。

"好吧……在哪里呢？"她能想象出阿布拿着手机，犹豫不决的样子。

"石树公园，我在第一个雕像前等你。"电话还没挂断，她便飞快地冲了出去。

"哦，等很久了吧……"阿布一副无精打采的样子，把手揣在裤兜里慢慢走到雕塑前说道。

"没，没等多久。"柯西抬头看着阿布，她很久没有这样仔细看过他的脸了。

"那你说的很重要的事情是什么呢？"可能是感觉到了她的视线，他把头扭到一边小声问道。

"我喜欢你！"她冲上去抱住阿布，又大喊了一声，"阿布，我喜欢你！"

"你不是……"阿布愣着一时不知道该说什么。

"不，我喜欢的是你！我说'我有喜欢的人了'，那个人就是你，当时情急之下说出了那样含糊不清的言语，没想到让你误会了。你应该能够感受得到，这一个星期我过得一点儿也不开心，我很难过，只要想起你的脸就很后悔。自从家里发生变故以来，我感觉自己也变了，变得瞻前顾后，变得敏感而脆弱，我担心如果妈妈知道我现在居然在纠缠感情的事一定不会饶我，更重要的是我不想让她再为我的事劳心费力，因为失去爸爸已经让她几近崩溃了。毕竟在他们这一代人眼中，高中这个人生最重要的阶段是不应该浪费在儿女情长上的，谈恋爱无一例外都会被看作是洪水猛兽。可另一方面，我真的不喜欢每天离你远远的那种感觉，那会是一种干什么都心不在焉甚至心烦意乱的状态。不过我知道，尽管我们还未真正成熟可也在不断长大，不是吗？我们也有自己处理事情的一些方式，我们会相处得很好，不会因此而影响学业对吗？说实在的，我不知道该怎么来再次面对你……不过现在，误会也好，内心的真实感受也好，我都决定好好讲清楚，我们都可以变得更加勇敢。"柯西并没有刻意准备，但连她自己都惊讶怎么会一口气讲这么多话，大概是这几天一直想着这个事情的结果吧。

"对不起！小西……"阿布将她拥入怀中。对于两人来说，或许言语已经变得不再重要了。

接下来的半天，两人以情侣的身份开始了第一次约会。不过只有他们自己知道，四下无人时他们才会牵着手一起走。每看见一种漂亮的花柯西都会指着它们考问阿布；他们一起坐了过山车和旋转木马，先坐旋转木马时两人还笑嘻嘻地说着"好慢呀，快要睡着啦"之类的话，结果一坐过山车两人便吓得说不出话来；他们还去了新开的咖啡店喝咖啡，毛茸茸的小兔赠品让柯西高兴得不行。

到了晚上，柯西带着阿布又去了一次那天去的麻辣烫餐馆。

"误会就是在这里发生的呢……"柯西有点难为情，但还是开始说道，"那个人叫张桑桑，是我从小要好的朋友，那天晚上他误以为你是纠缠我的流氓才走过来的……"

"噗，我看着很像流氓吗？即使是流氓也应该是最帅的流氓。不过那小子也真是的，明明打不过我却还是不肯退步，看来他也很在意你呢，真好啊，我好羡慕柯西有这种朋友。"他笑眯眯地夹起一颗牛肉丸子，又像是突然想起了什么一样望着柯西说道，"哦对了，如果有机会，请替我向他道个歉。"

"嗯。"柯西点点头，心想着这两个人或许今后能成为朋友，"如果有机会的话你可以亲自向他道歉。"

"唔……这个牛肉丸好好吃，哇！汤汁出来了，好烫好烫……"捂着嘴巴的阿布，跺着脚含糊不清地喊道。

"桑桑，你还好吗？我已经向阿布表明了自己的心意，想来想去还是决定告诉你。无论是生活还是梦想，你都要更加努力才行哦，我会一直为你加油的！"

"小西，快点哪！"短信发送出去的时候，高高的阿布正像一根电线桩一样守候在洗手间外。

4

噩耗是在亦然失踪五天后传来的。

那一天，沈默和谭奕华都已精疲力竭却又毫无睡意，就那样茫然地坐在乱成一团的沙发上。窗外几幢高耸的建筑刺入深灰色的天幕。黄红蓝忙着查了两天的视频监控，除了知道亦然拖着旅行箱上了一辆全市上下都长得一模一样的出租车以外，再也没有其他任何有价值的线索。搜索的范围已扩大至周边的县市，火车站和长途客运站也都没有关于亦然的半点信息。

谭奕华的电话响了，他从沙发上弹了起来。这些天来每一个来电都牵扯着他们敏感的神经。

"找到了？在哪里？"谭奕华兴奋地问道。

"嗯，嗯……"

看到谭奕华的脸在一瞬间由暗青色变得煞白，沈默知道大事不妙。谭奕华的眼泪不住地涌出，嘴一张一合却没有发出一点儿声音，然后整个人向后重重地倒在了沙上，手机跌落在地板上摔得机身与电池分了家。

在青藤疗养院沈默和亦然曾经住过的那间房里，亦然静静地躺在床上，睡得那样平稳和安详。她是美丽的，脸庞变得更加清瘦，不见了以往的苍白，而是一种从前少有见过的红润。她只是睡着了，这是她此时此刻留给沈默的感觉。当医生再次拉起白布盖上她的头的时候，沈默才领悟到那层没什么厚度的布匹竟然隔着阴阳两个世界。

黄红蓝红肿着双眼，不时还发出一两声啜泣。谭奕华一脸木然地守在亦然身旁，似乎在等待她醒来。

"小然，你一个人是怎样来到这里的？你为什么会选择这样的方式离开？"沈默只能在心里一遍又一遍地问自己没有答案的问题。那些与这个房间、与这个院子、与这片土地相关的点点滴滴也便在此时一齐涌上他的心头。他的右手指尖在左手背上划过两道清晰的血印却没有感觉到一丝疼痛。

"节哀，可怜的孩子。你们也要坚强啊！"院长来了，他与谭奕华和黄红蓝握了手。

"池叔……"沈默刚开口，眼泪就流了下来。

池叔搂着他的肩膀轻拍着，然后摇了摇头说道："说来就在前天，她迎面走过来，还望我笑了笑。我向她点点头就走过了，只觉得这个女孩儿很面熟，却怎么也没想起来她是谁。与之前相比她可瘦了不少，很疲倦的样子，没想到……"

"我问过她怎么一个人？她说家里人随后就到，还特意让我帮她调整到这间病房，说以前住过的适应起来快一些。"一个刚进来的护士插话道。

池叔向护士点点头，"现在我们也只能等法医提供相关信息……对了，她有一只旅行箱现在还在作为物证，里面应该是她生前的一些用品。"

很快，法医报告显示亦然是服用大剂量安眠药自杀的。旅行箱也交到他们手里了，正如池叔所说，里面是亦然的生活用品，简单到只有两套衣服和一些化妆品，还有一封信，信封上写着沈默的名字。

沈默：

我最亲爱的人。原谅我的不辞而别，原谅我的胆小懦弱，原谅我的任性顽冥。我亲爱的默，谢谢你，谢谢你对我的关心忍让和迁就，谢谢你对我的体贴照顾和陪伴，谢谢你爱我！我独自一人的时候常常哀叹老天对我不公，又时常庆幸老天没有绝情。我的一生命中注定是短暂的，有时会想当初怎么不跟着爸爸妈妈一同离去，但转念又想若不是老天让我多活这些年又怎么能遇到你。可恨可叹又可笑的是，我已经够不幸了，老天为什么却还要给我一个恶疾缠身的躯体？好了，说太多这些负能量的你会不高兴的。

当你读到这封信的时候，我想我已经跟爸妈团聚了。我想回到这里，因为我喜欢这里的窗户和窗帘，喜欢这里的发着橙色光亮的台灯，喜欢这里的宁静，喜欢田野里的大树，喜欢被风吹起的麦浪，喜欢布满阳光的楼顶。我喜欢这里的一切。我不想离去，但我害怕自己变得像楼下140病房那个老人的样子后才不得不离去。我要趁自己还不难看，我要把好看的样子留在你们的记忆里。写完信，接下来我打算把自己打扮得漂漂亮亮的。人们都害怕死亡，可我却在做出这样的决定后感到一身轻松。其实，我也不知道自己这样做到底是怯懦还是勇敢。不过，这些都不重要了，我相信会得到你的理解和尊重。因为我们彼此相爱！

亲爱的默，如果此生真的还有什么牵挂那就是我哥了。他才是这世界上最可怜的人，他需要承受的实在是太多了，所以，就算是再难以忍受的病痛，我也要独自扛下来，我不想他成天陷在随时都可能失去唯一亲人的痛苦之中。好在现在有嫂子心疼他。我原打算请你就把我埋葬在这里，但那样的话，哥、嫂，还有你想看我还得跑很远的路，所以我不能太自私。默，请你将我的骨灰带回万州吧。

你不是问起过我的"遗愿清单"怎么少了一项吗？是的，它本来是九项，现在可以告诉你了。它是一条自私无比的愿望：想与你举行一场浪漫的婚礼。我划掉了它，把它装进了心里。因为尽管我很想那样，但是我没有资格把你囚禁在我幻想出来的"婚姻"里。我只想你尽快振作起来，找到属于自己的真爱。就像我俩一样，你深爱着她，她也深爱着你。

沈默，不必为我伤心难过，为我祝福吧。如果有来生，我们再相见。

爱你的亦然绝笔

信纸上有模糊的泪痕，沈默已分不清是亦然的还是他自己的。

沈默与谭奕华、黄红蓝统一了意见，他们决定将亦然就葬在这里，这是她走完短暂一生的地方，也是她最喜欢的地方。

那天，从清早起雨就下得很大，疗养院里的人都知道是天空和云朵在哭泣。他们冒着大雨去到原野，在那棵香樟树的不远处挖了一个墓穴，不大不小，刚好能将亦然的灵柩放进去。再没有人哭泣，只当她开心地沉入了梦乡，此后长眠不醒……

雨过天晴，大家在亦然的坟墓旁立了一块石碑，从田野里采摘鲜花做成花圈放在石碑旁，墓碑上刻下了沈默写的话：如樱花般灿烂。

之后沈默辞去了新川市医疗器械厂的工作留在了青藤疗养院，毕竟这里有着他和亦然最美好的回忆。他每天都会去原野里陪亦然说一说话，也会帮护士们做一些比较简单的工作，他成了院里唯一一个男护士，这里也慢慢变成了他和亦然温暖的家。

刺眼的阳光照在大地上，声势浩大的蝉鸣声让我确信盛夏算是来临了。你坐在麦浪翻滚的田园上，轻轻吹着口琴，我躺在离你不远的一棵香樟树下，侧着头静静望向你。不知不觉到了黄昏，你摘下草帽跑到我身边，轻靠在我的肩上，双手像小猫一样搭着我的后背，我们依偎在一起望着血红的夕阳。你侧了侧身子，在我耳边说道："你猜晚霞和夕阳谁会先消失呢？"我没有开口回答，只是抚摸着你的脑袋，让柔软的发丝穿过指间，一遍又一遍。终于，天边的云霞跟着染红它的夕阳一起远去，天空慢慢暗了下来……

一年后，沈默将自己和亦然的故事写成书出版，名字叫《你和我的歌》。出乎他意料的是，初印的一万本竟然在一周之内售罄。

5

"小桃，一起回去吧？"自从那天送完信之后小栗都一直跟着她一起离校，她们害怕自己打小报告的事会被吴淼知道。

"嗯，吴淼好像已经走了……"小桃慢慢站起身，谨慎地看完四周才一边收拾书包一边说道。

"喂！你们两个……"空空的教室里突然出现了第三个人，吴淼正气势汹汹地朝她们走来，"为什么最近一段时间老是躲着我啊？"

"没、没什么……"小桃不敢看她的眼睛，扭过头用几乎听不见的声音说道。

"呃……我……"小栗取下眼镜，低着头用纸巾在上面反复擦拭，发出细微的声音。

"那个……有什么事吗？"

"当然有啊，我突然想起来才回的教室，是关于李周周的。"

"嘤嘤嘤——"一听"李周周"三个字，她们就知道还是被发现了，于是害怕地抱在一起，像出生的小鸭一样瑟瑟发抖。

"你们干吗啊，演戏呢？我是来找你们一起写信的。"说着吴淼走到她们身边，拿出两张信纸说道。

"欸？"小栗抬起头，眼中居然泛着泪花。

"还有啊，那件事我也知道，你们做的是正确的，谢谢你们帮了我……我不希望自己活得像只刺猬一样，不经意间就伤害了别人，让别人害怕自己，无法亲近自己。所以……"她伸出手摸了摸小栗的蘑菇头，"我们能重新交个朋友吗？"

"嗯！"三个少女终于像好姐妹一样把手握在了一起。

"吴淼，还没走呢……"戴着绿色美瞳的女生和打了耳洞的女生突然从教室后门伸出脑袋，吓得小栗又"嘤"地把头埋进了两人的怀里。

"没事没事。"吴淼轻轻摸着她的头说道，对两人挥了挥手，"你们也过来。"

"干吗啊……"两个人女生虽是一脸不情愿但还是走了过来。

"来，写信。"吴淼嘿嘿一笑，又递给她们两张信纸。

"你们写完了就把信给我，我汇总之后用一个信封寄过去。"

"啊啊，这个到底要怎么写啊？"最后一个被拉过来的刘天皓抓着头发，一副苦恼的样子。

"别装了，情书都能写，这个就不行？要不还是就当情书来写吧？"

"哈哈哈哈……"

"我说，用手机发条短信不就行了吗，现在谁还这么老土啊？"刘天皓嘟嚷着。

"你们不觉得这样更诚心诚意？"吴淼用信封轻轻敲了一下他的头。

"是的，大姐。"大家齐声说道。

脱去尖刺的吴淼望着大家，夕阳正照在教室的一角，把六个人的影子衬得清晰而美好。

但是，人世间并不是每个地方都很美好。"小贱人，看我今天不弄死你！"校园的一角，一个男生正对着一个满脸惊恐的女生喊道。他一手扯着女生的校服，一手举起准备挥过去。

"干什么的！"就在这时，高大的李瑞航瞪着男生大喊一声冲了过去，"文明值周"的臂章迎着风左右摇摆。

男生来不及留下话语便逃得无影无踪。

"谢谢你……"女生像是遇见了自己的英雄，抹去泪水的眼睛里闪着感激的光芒。

"不用谢，这是分内的事。"他把臂章摆正，面无表情地说道。

6

自从那天之后，已经不知道有多少个晴天来临又过去。

可是，女孩没有如约出现在楼顶。

她的家里一直没人开门，没有联系方式，也不知道她的名字。桑桑的那幅画，从那天的约定起便没有任何进展。不过这次的他没有焦躁，说不出原因，但他相信女孩会回来，会在这个晴空之下的楼顶实现那个发着光的约定。

"张桑桑，明天让你家长过来一趟。"数学课结束后，老班走到他身边冷冷地说道。

"老师您好，我是张楚，张桑桑的爸爸。"一提到见班主任张学明就莫名感到很紧张，大概是以前的自己只要同时见到老师和家长就一定会挨打的原因吧。他吞吞吐吐地还差点儿说错了，额头上浮起了一层汗珠。

"哦，来了啊？"班主任抬起头，扶了扶厚厚的眼镜说道，透过那层镜片似乎能看到他的傲慢和不屑。

"张桑桑的事……也有必要跟你们当家长的说一下了。"他抿了一口茶才慢慢开口，"这过了高二马上就是高三，高三一晃就是高考。之前我可以不管他，但现在这个时候了如果他再不务正业……"

"才不是不务正业呢！"站在一旁的桑桑大喊道，"画画是我的梦想，我想成为画家！"

"哼！你这是什么态度？"班主任把茶杯"砰"地一下顿在办公桌上，"那些自称漫画家、画家的人，大多还不是在社会上瞎混，有的连饭都吃不上，到头来还不是……"

"不是这样的！这不是我逃避的借口，这是我唯一的梦想，我无论如何都会去实现的梦想，我的梦想不容许你这样随便践踏！"桑桑捏紧拳头瞪着老班，越说越激动。

"不管你听不听得进去，该说的我都说了。还是劝你现实一点，那些所谓的梦想都是很虚幻的，不是每个人嘴上说着要实现就能随便实现。"班主任摆出一副"我不想再跟你继续谈下去"的样子，转过身抓起一张卷子说道。

"老师……"张学明开口了，"我当时连高中都没考上，所以最能体会没有文凭的痛苦了。但是，您应该也知道，桑桑是真心喜欢画画，作为父亲，我不想反对他的爱好。更不想扼杀他的梦想。"

"行，你们怎么说都行，干脆转为艺术生去画你的画！如果没这个本事，那么，今天起，张桑桑，你不许在学校里画画了，我看见一次就撕一次。"

"画不画是我的自由，你这是军阀作风。"张桑桑倔强地顶撞着老班。

"桑桑！"张学明大声阻止儿子继续说下去。

"你，你，你……"老班已经气得满脸通红，说不出话来。

"你不就是希望我把成绩提上去吗？行，这一年多的时间我会让你看到一个不一样的张桑桑。我能画好画，也能搞好学习成绩。但是同时真的请你不要讽刺、打压、干涉我的梦想！"

"好。我也请你记住你今天的话。"毕竟是老班，睿智地给双方下了台阶。

在那个朝阳能够照到的办公室，桑桑本身也正散发着耀眼无比的光。

那天晚上，杨茜在家做了一顿桌子都差点儿没摆下的大餐，以至于三个人只能端着微烫的饭碗吃饭。

虽烫手，却暖心。

这是张学明对这顿饭的评价。

虽困难，也精彩。

这是张学明对自己前半生的评价。

现在的他没有更多的愿望，只求能够陪伴着自己最重要的两个人一起走下去。

"老婆啊，你知道儿子今天在办公室干了什么吗？"他吃掉泡着鸡汤的最后一口饭，看了看杨茜又望向桑桑说道。

"欸，什么呀……"杨茜歪着头问道。

"别!"桑桑举起筷子,示意老爸赶快停下。

"你不知道,我都被他说话的样子迷住了,还有他说的话那些话,简直帅爆了……"

"什么话啊,说来给我听听。"

"什么啊,哪有这样的!"桑桑拿起最后一个鸡腿,红着脸一边喊道一边躲进了画室。

7

上海浦西,第一康复医院。李周周正躺在病床上,左下肢打着厚重的石膏。说实在的,来上海这一段时间她真的过得不好,或者应该说是很糟糕。被失控冲上人行道的轿车撞断了左小腿,住院期间又得到亦然姐姐自杀的消息,还是因为可恶的癌症。她哭了很久很久,以至于同室病友都认为这个小姑娘是无法忍受腿上的剧烈疼痛。她自然而然地把欧阳老师的死因跟亦然的死因联系在了一起,甚至想到馨艺楼楼顶上那个女孩指责自己的话,怀疑会不会真的是因为自己才让身边这些亲密的人一个一个被病魔夺去了生命?想起连亦然姐的葬礼都不能参加,周周捂着脸又抽泣起来。

今天浦西的天气不错,窗外有几朵白云从蓝天飘过。李周周看着窗台上那盆小小的向日葵出了神,也许它和那个楼顶一样,都象征着光与希望、爱与梦想。再过一个小时她就要去参加康复训练,不过在此之前,她要先把大家寄来的信看完。

"周周妹妹,你好!每天送货都能看到你,现在只能看店长满脸的横肉,真的很想你呢。那家伙竟然敢把车开到人行道上去,为什么酒鬼都这么跟你过不去呢?好在这次没什么大碍,刚知道时可是吓死我了,差点儿就冲到那酒鬼家里去揍人了,我是说如果我知道他住在哪里的话(笑)。不过你呀,也要更加学会保护自己才行。不过既然那人赔了这么多钱，就好好在上海多玩会儿再回来吧，记得给我带特产哦，哈哈。"

"小周周：啊，平时跟你说话还没什么压力，这会儿要拿起笔来写点儿东西却觉得很别扭，都是店长给逼的，我觉得还没有下田种地轻松。你要记住哦，这可是我第一次给别人写信。别听你送货哥哥乱说，好了就快点儿回来，大家都很想你。加油，能等你回来是我的荣幸。"

周周读着送货小哥和换班小哥的来信一直咯咯笑个不停。

"周周：你这小家伙真是不让人省心，总要让我们大家担心。要早日康复回到我们的身边，无时无刻不在想你。那盆花还好吗？要好好照顾自己和它哦！呃，本来我让你惠惠姐接着下面写的，她还不干，非要自己另外写一篇。好了，不说了，我在等那两个死家伙过来呢。安东（草书）。"

"周周：一群怕麻烦的懒汉，居然敢反对我写亲笔信的提议，但在我这里反抗是毫无意义的。真希望周周能早日康复，我等你回来再一起吃饭，一起去楼顶吹舒服的风。今天天气很好哦，希望你那边也是一片晴空。爱你的惠惠姐。"

姐姐的字写得虽然算不上很好，但是却工整而清秀。周周感受到跟以往有些不一样的温暖，但究竟怎么不一样她一时也说不上来。

"李周周：之前也给你写了两封信，都是很过分的东西，还请不要在意。听说了你出了点意外，不过我知道你很坚强，这点小事对你来说根本不算什么。祝你早日康复，大家在音乐教室等你的琴声响起呢！PS：附赠大家给你折的千纸鹤，希望能喜欢。吴淼。"

"李周周：祝你早日康复。李瑞航。"

周周看着这一封封信，眼眶不禁湿润了。

是啊，我要更加勇敢，更加努力，我要重新回到那个楼顶去拉小提琴，去实现我还未完成的约定。

尾　声

"阿姨，买一枝康乃馨。"桑桑急匆匆地穿过街道，停在一个新开不久的花店门前。

在此之前他还去了一趟花店对面的便利店，本来只是抱着试一试的想法问一下有没有信纸和信封，结果老板说着"虽然不卖，但可以送给你"便笑眯眯地把东西给他了。

那女孩去上海参加全国中学生小提琴比赛，被一个酒鬼开车冲上人行道撞倒，胫骨骨折，现在正在浦西康复医院进行治疗和恢复。这是今天桑桑偶然提起那个女孩时，李瑞航告诉他的。

"写好了吗？"李瑞航面无表情地看着桑桑说道。

"嗯，写好了，这下你能告诉我她的名字了吧？"桑桑手里握着那枝粉红色的康乃馨，气喘吁吁地问道。

"不行，这样泄露了他人的隐私。"

"什么啊，那我怎么寄到她那里去呢？"桑桑有点着急了，走上前一步对着李瑞航大喊道。

"把信封好，我来帮你寄。"要是一般人这样说桑桑一定不会放心的，但说话的是李瑞航……

"唉，好吧好吧……"桑桑叹了口气，一脸无奈地看着这个总是一本正经，严肃得不行的朋友。

"楼顶女孩：呃，李瑞航那家伙死活不肯把你的名字告诉我，也不知道这样的称呼是否礼貌，你会不会喜欢。那天雨后的第一个晴天，我跑上楼顶可是却没有见到你。我等了一天，仍然没有见到你。说实话当时是很失落的，但更多的是担心。我找到李瑞航才知道你的情况，你现在还好吗？这里面的是康乃馨的花瓣（因为完整的一枝送不过来，我就把一片一片的花瓣铺在里面了），希望你能开心，能早点好起来。楼顶男孩。"

"张桑桑：你好呀，楼顶男孩。其实我是知道你名字的（悄悄跟你说一下，是李瑞航告诉我的……哈哈），能收到你的信我非常开心，之前还一直担心你会不会因为我不信守约定，讨厌我记恨我或是把我忘记了呢。（关于这个还想跟你说声对不起）真的，我非常开心，开心到想哭出来。谢谢你的康乃馨，我把这些花瓣都压在枕头底下的呢。哦对了，里面还有一张纸条，上面有我的电话号码。如果可以的话，短信、电话都行。（每天早上八点到十点和下午的三点到五点不能打电话哦，这段时间我在进行康复训练）差点儿忘记说，我很喜欢你给我取的这个名字，我也过得很好，请不要担心。楼顶女孩。"

"能收到回信我很开心，一点儿也不夸张，是那种激动到想跳起来、兴奋得会失眠的开心。看到号码之后想了很久，最终还是决定发短信。李瑞航这个家伙真是太过分了，我每次都求着让他把你的名字告诉我。可那家伙老是装模作样地说'这样就算泄露了他人的隐私'，但他就从来没想过我这个朋友也有隐私啊。康复训练一定很辛苦吧？加油！"

正如自己短信中所说的一样，他抑制着强烈的情感，害怕自己要是不控制一下可能就会飞起来。昨天李瑞航来找自己时，他怎么也没想到是女孩的回信。看着这个小小的蓝色信封，他感觉女孩就在自己的面前。

"刚从康复训练室回来就看到了你写的短信，同样很开心。要不是我现在还受着伤，说不定也会高兴得跳起来。我将你号码的备注已经存为了'张桑桑'哦，其实是我求李瑞航告诉我的。我觉得很好听，也是个十分可爱的相当不错的名字。说起来，康复真的很辛苦呢。不过请的护工阿姨非常照顾我关心我，还有好吃的饭菜和水果。当然还有大家温暖的问候，还有你的短信。嗯，我一点儿也不觉得自己是个病人，我会加油的！"坐在床上的她按下发送键，看着窗台上背向自己的向日葵，不禁露出了微笑。

"什么啊，这不公平！明明你都知道我的名字了，那我也要知道你的名字才行。"

"我的名字现在可不能告诉你，因为我想等回到那个楼顶时再亲口告诉你。"

"可以问一下吗，出这么大的事你爸妈没有赶过去陪在你身边？"

"爸爸走不了，他要照顾妈妈。妈妈在六年前突发脑溢血，胸腔以下都没有知觉了。"

"对不起，我不知道。我能为你做点什么呢？"

之后的十多分钟里再没有短信回过来。张桑桑感觉时间像过了几个世纪一样漫长，手机已被他握得发烫。

"在干什么呢？"他终究没忍住追发了一条。

"发呆呀，这会儿病房里只有我一个人。有点无聊，不知道干什么，不如你给我讲点儿有趣的事情吧？"好似断了的线又重新连接起来。

"记得我以前跟你提到的那个朋友吗？他就是李瑞航，没想到你们还真的认识了，挺奇妙的呢。"

"这我早就知道了。"

"冒昧问一下，你小学在哪里读的？"

"前三年在万州，后三年在新川彩虹小学。"

"彩虹小学！啊啊啊，是说在哪儿见过你。你常在音乐教室练小提琴，是吗？喜欢躲在图书馆角落看几米绘本然后偶尔爬上窗户看你们上课的那个男孩就是我。还有印象吗？"

"啊？不会吧！那个像三年级学生的眼镜仔竟然是你呀，那你怎么认得我的？"

"拉琴的人最少，感觉你与众不同，好可爱的样子，所以就看了很多遍啊。"

"现在怎么不戴眼镜了？如果戴上我想我也可以很快找回童年的记忆。哈哈，眼镜仔。"

　　"那是一直看书造成的假性近视！这一点儿也不好笑啊，倒是你，不觉得很不可思议吗？"

　　"虽然确实难以置信，但其实我也一直有种感觉，你很早以前就在我身边了。"

　　"不会吧……"

　　"嗯，跟你说话就好像在跟一个老朋友讲话。"

　　"你能这样说我很高兴。"

　　过了大概两分钟，"楼顶女孩"打了电话过来，桑桑没有犹豫，接通了电话。

　　"快看！有流星！"电话的另一端激动地喊道，甜甜的声音听着就像个几岁的小孩子。

　　"嗯？啊！我看到了！"桑桑握着手机，趴在窗台上说道。像是带着火花的流星已经划过了一半夜空，伴着天上闪烁的繁星一同发出光亮。下一秒，璀璨的光点便落向了天边漆黑的一角。

　　"真美啊……"桑桑听着她的话语，但夹在里面的似乎还有微微啜泣的声音。

　　"喂……你没事吧？"桑桑有点担心地说道，但又不知如何安慰她。

　　"没事没事，有点多愁善感。我在想，要是这会儿能站在那个楼顶和你一起看流星，那该多好呀。"

　　"嗯，会有那么一天的。"

　　"时候不早啦，我该去睡觉了。"

　　"嗯，晚安。"

　　"晚安，张桑桑。"女孩温柔的声音就像夜晚轻拂脸颊的风，吹得他的耳根微微发烫。

　　此后的每一天晚上，女孩都会打电话过来，也有几次是桑桑打过去的。每次聊天的内容通常是讲这一天的生活，有时都讲完了就说一些在杂志上看到的笑话和故事。一打就是几个小时，他们听着彼此的声音，想象着彼此的面容，就好像真的在面对面说话一样。

这样的日子，持续了一个多月……

"我明天回来。"这是桑桑在一天放学后，突然收到的短信。

望着灿烂的阳光，他强烈地希望明天也能如此。

背着画板，一口气爬上了楼顶，呼吸变得有些急促。推开略显陈旧的木门，来自晴空的光便照了过来。

悠扬的琴声带着美妙的音符绕过拐角飘了过来。

"呼……"他一边调整呼吸，一边踩着空心砖慢慢朝那边走去。转过拐角，楼顶的全貌便能看得一清二楚。

那里站着一个穿着白色衬衫、棕色短裙的女孩，头上还戴着一个红色的蝴蝶结发卡。

张桑桑停住了脚步，琴声也停了下来。

那女孩把架在左肩的小提琴放了下来，右手拿着离弦的琴弓。整齐的栗色鬈发刚好披在她小小的肩膀上。突然，她转身望向张桑桑。一瞬间，两人的视线对上了。

"你好，我叫李周周，很高兴做你的模特。"她灿烂地笑着，犹如一朵绽放的花儿。

两只兔子在楼顶上跑来跑去，一位少女正忘我地拉动着琴弓，一位少年正坐在不远处的琴箱上挥动着铅笔。在这个只属于他们的楼顶，在他们洒满阳光的头上，是一片如画般灿烂斑斓的美丽晴空。

后　记

十分感谢你能看到这里！

说是后记其实不太清楚怎么来写，也不太清楚具体说些什么好，于是就决定想到什么写什么好了（原谅我的不专业）。

这本书花了整整一年的时间来写（先是用极其潦草的字写在某个印有小折耳猫的紫色笔记本上，再一边修改一边往电脑上誊）。

某评论家的名言是："作者的痛苦往往是读者的幸福。"的确，在创作的过程中遇到了很多困难和瓶颈，抱着脑袋怎么也无法动笔的时候尤其痛苦（但愿没把什么恶毒的消极情绪带到小说里面去）。但更多的时候，我都会觉得自己能带着一副健全的身体去写故事实在是太棒了！灵感突涌时彻夜难眠的兴奋，感叹"这个人物怎么可以这么可爱"时情不自禁浮起的笑容，完稿时一边伸懒腰一边回味其中的舒坦，太多太多的美好感觉，都是小说带给我的。

再说说关于我和楼顶。

讲不出原因，我从小就对楼顶有着喜爱和向往之情。尽管那只是一栋墙皮斑驳、仅五层高的老式居民楼，但却感觉楼顶的天空离自己更近，相比地面视野也更加开阔。跟表姐提前折好一大堆纸飞机一只只痛快地朝楼下甩，飞一下午也不觉得疲倦。将楼顶本身就有的碎泥块和小石子扔到对面住户的窗户上（一般是扔完就跑，要不就躲在扶墙下面），虽然最后遭到了举报和家长的一顿训斥，但还是觉得挺刺激的。当时家里没有足够的空间来养小动物，所以楼顶便有了新用处。在上面养过一只中华田园犬、一黑一黄两只小奶猫，还有一灰一白两只兔子（现在也只记得兔子的名字叫"灰灰"和"白白"了）。

冬天的雪总是只有楼顶的最厚最干净，偷偷叫上院子里的小伙伴一起打雪仗、滚雪球（为了安全起见，当时冬天家长们是不许孩子往楼顶跑的）的快乐心情和冰凉触感至今还能回忆起。现在回家乡也偶尔去那个楼顶散散步，吹吹晚风（现在的楼顶成了老年人的天下，有早上去晨练的，有在上面种菜的，有在上面晒被子的……但愿广场舞大妈们不会瞧上这里）。

总之，这个小小的楼顶给我的童年带来了无尽的乐趣，以及现在讲不完的回忆和故事。

我曾在一封写给至亲朋友的长信中提及了关于对这部作品的期望："多多少少让一部分人明白些什么，多多少少给予一些人勇气，多多少少改变一些人的生活。"

关于这本书体现的和想要表达的，我觉得用八个字来讲应该是——"爱与梦想，光与希望"（每次这样说别人都会觉得我二且幼稚，其实我很成熟）。爱，希望它能让大家感受到爱意，教会大家怎么去爱；梦想（成为小说家写出许许多多优秀作品和导演一部动漫电影并在大荧幕上播放是我最想实现的两个梦想），希望它能让大家找到自己没有或是曾经失去的梦想，再一次为自己心心念念的东西热血沸腾一次；光与希望，只要你心中有爱，心怀梦想，相信路一直都在，那么即使你暂且于黑暗中爬行，光也会照亮你的未来，给你源源不断的希望。

最后，我想感谢一直在背后支持我的家人，提供宝贵建议和有力帮助的朋友，为主题曲的编曲操碎心的高翔老师，以及还算有才的自己（嘘，这话得说小声点）。

当然，还有那个耐心看到这里的你（尤其这是一本不算优秀的书），期待在不远的将来与你再会。

八月于某个阳光明媚的夜晚

图书在版编目（CIP）数据

晴空楼顶 / 张先航著. — 北京：九州出版社，
2017.11 （2023.7重印）

ISBN 978-7-5108-6286-1

Ⅰ. ①晴… Ⅱ. ①张… Ⅲ. ①长篇小说-中国-当代
Ⅳ. ①I247.5

中国版本图书馆 CIP 数据核字(2017)第 258961 号

晴空楼顶

作　　者	张先航　著	
出版发行	九州出版社	
地　　址	北京市西城区阜外大街甲 35 号（100037）	
发行电话	（010）68992190/3/5/6	
网　　址	www.jiuzhoupress.com	
电子信箱	jiuzhou@jiuzhoupress.com	
印　　刷	成都市天金浩印务有限公司	
开　　本	880 毫米×1230 毫米　　32 开	
印　　张	8	
字　　数	200 千字	
版　　次	2017 年 11 月第 1 版	
印　　次	2023 年 7 月第 3 次印刷	
书　　号	ISBN 978-7-5108-6286-1	
定　　价	36.00 元	